여섯 번째
2월 29일

여섯 번째 2월 29일

송경혁 장편소설

고즈넉이엔티

여섯 번째
2월 29일

2쇄 발행 2025년 10월 31일

지은이 송경혁
펴낸이 배선아
펴낸곳 (주)고즈넉이엔티

출판등록 2017년 3월 13일 제2021-000008호
주소 서울특별시 강서구 마곡중앙로15, 테크노타워차311-312호
대표전화 02-6269-8166 **팩스** 02-6166-9199
이메일 gozknockent@gozknock.com
홈페이지 www.gozknock.com
블로그 blog.naver.com/gozknock
페이스북 www.facebook.com/gozknock
인스타그램 www.instagram.com/gozknock

ⓒ 송경혁, 2025
ISBN 979-11-6316-297-1 03810

차 례

수현의 시간

가로등은 죽어가는 반딧불처럼 희미한 빛으로 도로를 비췄다. 얼마나 걸었는지 시간이 가늠되지 않았다. 공기가 탁한 데다 가로등이 드문드문 박혀있는 탓에 2차선 도로의 끝은 보이지 않았다. 옷은 갑옷처럼 무거웠다. 가로등 아래를 지날 때마다 젖은 옷에서 피어난 하얀 수증기가 영혼처럼 빠져나갔다. 볼에서 경련이 일었다. 차가운 바람이 몸을 훑을 때마다 체온을 한 움큼씩 떼어갔다. 눈이 부셨다. 불빛이 점점 커졌다. 한쪽 팔을 들어 휘저었지만, 그것은 그대로 스치듯 지나갔다.

모든 것이 끝났다. 아내와 아이는 떠나갔다. 현채는 조금 전에 죽었다. 나는 다시 완전한 혼자가 되었다. 십 년 넘게 나를 파멸로 몰아넣으려던 현채가 죽었는데 홀가분하지 않았다. 현채는 자신의 고통을 내가 떠안고 살아가길 바란 건 아닐까. 현채를 죽였지만 내가 이겼다고 자신할 수 없었다. 현채는 제 죽음조차 계산에 넣은 것인지도 모른다.

이제야 확신이 섰다. 어떤 이유로든 내가 죽지는 않으리란 확신.

발이 점점 느려지면서 한기도 잦아들었다. 신경들이 하나둘 무뎌지고 있었다. 생각마저 뜻대로 되지 않았다. 현채는 금방이라도 물속에서 뛰쳐나올 것 같았다. 현채가 제멋대로 떠올랐다가 사라졌다. 망상인 줄 알면서도 헤어날 수 없었다. 탈진일까. 저체온증 때문일 수도 있었다.

전화기는 젖어서 작동하지 않았다. 다행히 의식하지 않아도 발은 걸음을 내디디고 있었다. 마주 오는 차에 몸을 부딪치는 것도 방법이었다. 죽지만 않으면 되겠지. 병원에서라도 깨어나면 되겠지. 그러나 그런 상념은 습관적으로 주머니에 손을 넣으면서 차갑게 깨졌다. 현채의 유산과도 같은 금속 덩어리가 정신을 들게 했다.

"어디까지 가세요?"

누군가 물었다. 뒤에서 차가 오는 줄도 모르고 있었다. 차 지붕에 달린 불빛이 점멸하며 눈을 때렸다. 경찰이다.

"평택이요."

목소리가 겨우 나왔다.

"어쩌다가 이렇게 되셨어요?"

그의 말이 드문드문 귀에 들어왔다. 나는 발을 헛디뎌 도랑에 빠졌다고 둘러댔다.

"어휴, 여기 택시도 잘 안 잡혀요. 얼른 타세요."

경찰은 다정했다. 그러나 물과 기름에 젖은 몸으로 경찰차에 탈 수는 없다. 거짓말이 금세 들통날 것이다.

"친구가 여기로 데리러 오는 중입니다."

"네?"

핑계가 적절하지 않았는지 그는 순순히 수긍하지 않았다. 나는 부차적인 이유를 댔다. 친구에게 다시금 나의 위치를 다시 설명하기가 복잡하다고. 경찰이 눈을 가늘게 떴다. 그는 쯧, 소리를 내더니 입을 뗐다.

"정말인가요? 전화기 줘보세요. 친구분한테 물어보게."

그의 시선이 나를 향해 고정돼 있었다. 쇳덩이 같은 적막이 들어찼다.

나는 주머니 속의 손으로 리볼버 손잡이를 천천히 쥐었다.

04

경찰, 총기탈취 사건에 비상

입력 : 2004-02-02 10:35 수정 : 2004-02-03 00:25

괴한이 순찰 중인 경찰관을 습격하여 총기와 실탄을 탈취하는 사건이
발생했다. 서울 서초경찰서는 서초경찰서 소속 A 경사가 1일 오전 4
시경 서울 양재동에서 괴한의 습격을 받아 총기를 탈취당하는 사건이
발생했다고 2일 밝혔다. 경찰은 A 경사가 용의자의 차량에 들이 받혀
의식을 잃은 사이 총기와 실탄을 탈취당한 것으로 보고, 인근 폐쇄회
로(CCTV) 분석을 통해 용의자 신원을 파악 중이다. 괴한이 탈취한 총
기는 38구경 리볼버로 실탄 5발이 들어 있던 것으로 확인되었다. A 경
사는 인근 병원으로 옮겨져 치료를 받고 있다.

경찰 관계자는 '총기 탈취 사건 용의자의 소재를 파악하는 데 수사력을 집중하고 있다. 사고 발생 지역 인근 주민들은 늦은 시간 외출을 삼가고, 의심스러운 사람을 발견했을 때는 즉시 신고해 달라'고 당부했다.

커튼을 친 방 안은 늘 어두웠다. 수현은 눈을 뜨는 게 죽기보다 힘든 날이 점점 늘고 있다고 여겼다. 사는 게 지겨웠다. 죽음에 대해 구체적으로 생각하는 일이 늘었다. 그건 드물게 지겹지 않았다. 언제부턴가 잠을 깊이 자지 못했다. 알람을 설정해 둔 시간보다 늘 먼저 깼다.

수현은 버릇처럼 꺼져 있던 핸드폰의 전원 버튼을 눌렀다. 핸드폰이 켜지자마자 벨이 울렸다. 수현은 전화를 받지 않고 종료 버튼을 눌렀다. 정말 급한 일이라면 집 전화로도 올 터였다. 핸드폰이 꺼져 있다면 집으로 전화하라고 병원에 말해 두었다. 수현에게 급한 일이란 병원에 있는 엄마의 병세가 악화되는 것뿐이었다.

오후 다섯 시 십 분. 시간을 확인한 뒤 바닥에 손을 짚고 일어섰다. 바지에 발을 쑥 꿰었다. 사이즈가 맞지 않아 허리띠를 졸라매야 했다. 수현의 몸은 갈수록 가벼워졌다. 영양이 줄어드니 머리카락에도 기름기가 없어 늘 푸석거렸다. 음식을 자주 먹지 않았더니 요 며칠 먹은 것들을 하나하나 떠올릴 수 있었다.

수현이 유일하게 자신의 모든 걸 터놓는 사람은 동네 미용사였다. 미용사는 수현의 이름과 사는 곳, 직업이 뭔지 몰랐다. 그렇기에 미용사에겐 그 어떤 말이든 할 수 있었다. 어제 달에 다녀왔다고 말해도 토끼는 잘 있느냐고 받아치곤 했다. 그렇게 실없이 오가는 말들 사이에 진심이 하나씩 섞여 들어가곤 했다.

수현은 자신의 머리를 깎던 미용사가 그렇게 마르면 어떡하냐고 물었던 기억을 새삼 떠올렸다. 체중을 재보지 않아서 대답할 수 없었다. 어림잡아 십 킬로그램쯤 빠졌을까.

방문을 여니 눈이 부셨다. 거실은 밝았다. 집이 넓지 않음에도 넓다는 생각이 들었다. 빨간 스티커가 여기저기 붙어 있었다. 압류딱지가 붙은 냉장고와 TV에는 손이 가지 않았다. 기우는 해가 거실에 얇게 내려앉은 먼지를 비췄다. 먼지 위의 발자국들은 난(蘭)처럼 현관으로부터 안방과 수현의 방문 앞까지 곡선으로 이어졌다. 그 발자국 위를 고스란히 밟으며 곧장 현관으로 나섰다.

현관문을 닫는 소리가 쨍하니 복도에 울려 퍼졌다. 차는 또 어디에 세워뒀더라. 수현은 집에 돌아올 때마다 차 세울 곳을 찾느라 늘 애를 먹었다. 살고 있는 빌라엔 주차장이 따로 없었기에 주차하는 장소는 매번 달라졌다. 그러다 보니 차를 어디에 세워뒀는지 기억이 나지 않는 일도 많았다.

차를 찾기 위해 리모컨을 누르며 언덕길을 걸었다. 길 건너에서 삐빅, 소리를 내며 노란 불을 반짝이는 차가 보였다.

그 순간에 전화벨이 다시 울렸다. 받지 않고 그냥 두었더니 좀처럼 끊기지 않아 주머니가 계속 요란했다. 핸드폰을 꺼내서 폴더를 폈다. 수화기 너머에서 누군가 웅얼거렸다. 그는 동탄에서 수원시청까지 얼마냐고 물었다.

"지금 먼저 온 콜 받고 이동 중인데요. 다음에 부탁드립니다."

거짓말이었다. 수현은 제 말이 거짓이든 아니든 상관없다고 여겼다. 허겁지겁 움직이고 싶진 않다. 콜이야 많았으므로 아쉬울 건 없었다.

수현은 자신의 차 뒤에 섰다. 손가락 한 마디 정도 들어간 뒷범퍼가 신경 쓰였다. 차에 난 상처는 사람과 달리 아무리 시간이 지나도 재생되지 않았다. 열심히 관리한 덕에 겉은 번지르르했지만, 들여다보면 사실 성한 곳은 없다시피 했다. 그래도 운전석의 낡은 가죽시트는 넉넉하게 수현을 받아주었다.

수현은 운전석에 앉아 키를 꽂았다. 전화벨이 또다시 울렸다.

"콜입니다."

수현이 이번에는 전화를 받으며 말했다.

"인계동인데요. 여섯 시까지 광교 도착 가능해요?"

"네."

전화기 너머의 질문에 짧게 대답했다. 이제 준비가 됐다고 생각했다. 차에 시동을 걸었다.

전역한 날, 수현은 수원에 처음 발을 디뎠다. 전역하기 두 달 전에 엄마의 편지로 달라진 집 주소를 받아보았다. 주소만으론 자신의 집이 어디인지 정확히 알기 어려웠다. 평생을 충청도에서 살던 엄마가 어떻게 연고 하나 없는 도시인 수원으로 왔는지 의아할 뿐이었다.

그날은 비가 내렸다. 역 앞에는 그대로 드러난 흙바닥이 비를 머금고 질척거렸다. 역 주위에 거대한 철골이 병풍처럼 둘러 있었다. 대규모 공사였다. 국방색 모자와 어깨에 멘 가방이 대신 비를 받아냈다.

전역을 맞이해 깨끗하게 광을 낸 군화 옆으로 진흙이 붙기 시작했다.

군복이 어느 정도 방수가 되었지만, 짙은 습기는 이기지 못해 눅눅해지는 게 느껴졌다. 나름 기념할 만한 날일 수도 있었지만, 날씨는 보란 듯이 궂기만 했다. 역 앞은 버스와 승용차,

택시, 그리고 사람이 뒤엉켜 있어 아수라장이나 다름없었다.

문득 눈앞에 있는 수많은 사람이 모두 살아 움직이고 있다는 사실이 새삼 신기했다. 각자의 목적을 위해 어딘가로 끊임없이 움직여 흘러 들어가는 게 이유 모르게 얄미워 보였다.

수현은 택시정류장에서 이어져 나온 줄의 끄트머리에 섰다. 줄은 백 미터 남짓 돼 보였다. 한참이나 기다려도 줄이 줄어들 기미가 보이지 않았다. 수현은 결국 택시 타기를 포기하고 줄에서 빠져나와 발걸음을 옮겼다.

수원역 로터리에는 온갖 차들이 빽빽하게 들어차 아비규환이 따로 없었다. 엄마가 이사한 집은 시청 근처라고 했다. 둘러보니 곳곳이 버스정류장이었다. 어떤 정류장에 서야 할지 혼란스러웠다. 버스를 탈 생각은 없었건만, 지금은 어쩔 수 없었다. 궂은 날씨와 북적대는 사람들 탓에 제대에 부풀었던 가슴이 바람 빠진 풍선처럼 쪼그라들었다.

"오늘 제대했어?"

군중과 소음 사이를 웬 물음이 분명하게 뚫고 들려왔다. 방향은 대로변이었다. 깜짝 놀라 고개를 돌려보니 차에 탄 사람이 수현에게 말을 걸고 있었다. 검은 세단에 앉아 핸들을 잡은 사람이 조수석으로 몸을 기울여 쳐다보고 있었다.

"저요?"

"어. 어디 가?"

질문과 함께 그가 탄 차의 반쯤 열렸던 조수석 창문이 완전히 내려갔다. 어느 누구도 처음부터 수현에게 이런 식으로 말을 건 적이 없었다. 전날만 해도 '병장님, 전역 축하드립니다'라는 깍듯한 말을 열댓 번은 들었기 때문에 이런 상황이 더욱 비현실적으로 느껴졌다.

그래도 불쾌감이 느껴지지 않았다. 수현은 그의 작정한 듯한 반말이 무례가 아니라 시간을 낭비하지 않기 위한 자연스러운 태도임을 직감적으로 알아챘다.

그는 팔이 유난히 굵었다. 그의 어깨에 화려하게 수 놓인 문신 덕분에 그가 민소매를 입고 있다는 건 조금 더 지켜보고서야 알 수 있었다. 눈에 밟히는 것들이 있기야 했지만, 그런 것들을 무시하고 보면 그에게선 적의가 느껴지지 않았다. 수현은 애초부터 세상의 예의와 규범을 신경 쓰는 편이 아니었다. 오히려 호기심 어린 눈빛으로 그를 바라보며 대답했다.

"시청이요."

그가 옆으로 고개를 까딱하며 말했다.

"타."

수현은 망설임 없이 뒷좌석이 아닌 조수석의 문을 열었다. 왠지 그의 옆에 앉아야 할 것 같았다. 기꺼이 타기는 했지만, 수현은 왜 자신이 이 일면식도 없는 사람의 차에 타는지 이유를 알지 못했다.

충동적이었다. 납작해진 해방감에 대한 보상심리 때문인지도 몰랐다. 나중에는 제대 직후의 붕 뜬 마음이 예상치 못한 행동을 부추긴 것이라 스스로 추측했다. 이렇게 새우잡이 어선에 팔려 가는 걸까? 짧은 순간에도 그런 상상이 떠올랐다. 어떻게 되든 상관이 없었다.

차 안에 들어와 문을 닫는 순간, 세상과 단절된 듯 먹먹해지는 기분이 들었다. 그것이 차 천장의 올록볼록한 방음 쿠션들 때문임은 조금 후에 깨달았다. 차 안은 티끌 하나 보이지 않을 정도로 깨끗했다. 너무 깨끗해서 바닥에 발을 뗀 채로 앉아야할지 고민이 될 지경이었다. 빗속을 걸었던 수현의 전투화는 진흙으로 엉망이었다.

다행히도 그는 수현의 더러운 군화는 신경을 쓰지 않았다.

"어디 부대야. 이기자야?"

그는 수현의 어깨에 붙은 견장을 힐끗 보더니 물었다.

"네."

"이거 콜인지 몰랐지?"

"……."

수현은 말없이 입을 달싹거렸다. 될 대로 되라는 심정이었다고 말하면 우스워질 것 같았다. 하지만 대답하지 않은 게 그에게는 대답이 된 듯했다. 그는 어이없다는 듯한 표정을 지으며 코로 한숨을 내쉬었다.

"두리번대는 거 보니 어디로 어떻게 가야 할지 모르는 것 같더라. 나도 길 가는 사람 아무나 태우진 않는데……."

이때까지도 수현은 '콜'이 무엇인지 몰랐다. 사람들이 무허가 택시를 '콜때기', 혹은 '콜'이라 부른다는 것은 나중에 가서야 알게 되었다. 수현이 불법 콜택시를 타게 된 건 이때가 처음이었다.

조수석에서 수현이 벨트를 매자 차는 금방 미끄러지듯 출발했다. 운전대를 잡은 그는 능숙하게 차를 몰며 시시콜콜한 잡담을 늘어놓았다.

그의 말에 따르면 수현을 태운 이날이 그의 마지막 근무일이었다. 시청 앞 번화가에 주꾸미 집을 개업한 후로는 콜을 하지 않기로 했다는 것이다. 생각보다 장사가 잘된다는 이유였다. 이외에도 그는 자신의 이야기를 두서없이 늘어놓았는데, 처음 본 사람에게 할 만한 내용은 아니었다. 그는 자신이 전과자라고 했다. 자신이 출소한 날 아무도 나오지 않았는데, 수현을 보니 딱 그 꼴이었다고 했다. 과장되었겠지만 수현은 그의 말이 그럴듯하게 들렸다.

"널 보는데 꼭 나 같더라고."

그는 말을 하면서도 발에서 한 번도 엑셀을 떼지 않았다. 급정거도 거의 없었다.

"다 왔어."

그가 손가락 두 개를 펼치며 말했다. 이만 원. 요금은 생각 이상으로 비쌌지만, 러시아워임에도 집에 도착하기까지 20분이 채 걸리지 않았다. 수원역에서 시청까지 보통 얼마나 걸리는지야 모르지만, 그 어떤 차도 이 차보다 빠르게 올 수 없을 거라는 그의 자부심 어린 말에 은근히 동의할 수밖에 없었다.

그에게 이만 원을 건네자, 그는 명함 한 장을 수현에게 건네주었다.

"할 거 없으면 연락해. 나 이걸로 돈 벌어서 가게 차렸어."

수현은 시청 앞에 서서 그 운전사가 준 주꾸미 집 명함을 물끄러미 바라보았다. 양무배. 그의 이름이었다.

집에 들어서자 수현을 맞이하는 건 병상에 누워있는 엄마였다. 엄마의 지병은 그새 더 악화되어 있었다. 더 나은 삶을 살기 위해 이사를 왔겠지만, 그러지 못한 현실이 침통함을 불러왔다.

수현은 한참 엄마의 옆에 앉아 바라보고 있다가, 주꾸미 집 명함을 꺼내들었다.

"그거, 어떻게 하는 거예요?"

전화로 들었던 사람의 목소리가 왠지 익숙했다. 이전에 이런 목소리의 사람을 자신의 차에 태운 적이 있는지 기억을 되살려보았다. 수현은 이제 이런 느낌의 전화가 낯설지 않았다. 콜 생활이 길어지면서 단골이 많아진 덕이었다.

수원역이나 터미널에는 늘 택시보다 사람이 늘어선 줄의 길이가 더 길었기 때문에 택시 잡기가 쉽지 않았다. 택시보다 더 빨리 가고 싶어 하거나, 모종의 이유로 택시 타는 것을 꺼리는 이들이 주로 콜을 이용했다. 서비스에 만족한 사람들은 단골이 되었고, 단골들은 러시아워가 아니더라도 수시로 콜을 불러 타고 다녔다. 콜때기에 이용되는 차는 대부분 대형 세단이었다. 그러니 승객의 입장에서 콜은 빠르고 편안한 이동 수단이었다.

수현은 사람들이 자신의 차를 이용하는 이유를 굳이 깊이 생각하지 않았다. 딱히 그러고 싶지도 않을뿐더러, 그러지 않는 편이 더 낫기도 했다. 그저 콜이 오면 받고 이동을 할 뿐이었다. 그렇게 기계적으로 움직이는 동안 처음엔 묵직했던 검은색 다이너스티의 엔진소리는 시간이 지날수록 카랑카랑하게 변해갔다.

전화로 들은 장소로 접어드니 신호등도, 가게도 없는 인도에 한 사람이 서 있었다. 베네통 힙합 팬츠에 후드티를 입은 여성이었다. 얼핏 보면 중고생처럼 보이기도 했으나, 손에 쥔 담배를 감추지 않은 모습은 미성년자와 구별되는 점이었다.

수현이 차를 인도 옆에 대자, 그녀가 뒷문을 열고 들어왔다. 데자뷔처럼 익숙한 기운이 바깥의 냉기와 함께 수현에게 와닿았다. 그녀는 분명 이전에도 이 차를 이용했을 사람이다. 그러나 수현은 어디서 태웠던 사람인지 아직 기억해내지 못했다.

마침 퇴근 시간이었기 때문에 차량정체를 뚫고 가야 했다. 경부고속도로와 나란히 놓인 경수대로는 자갈을 쓸어 넣은 배수구처럼 꽉 막혀 있었다. 수현은 이면도로 방향으로 핸들을 돌렸다. 뒤에서 찰칵거리는 라이터 부싯돌 소리가 이어졌다. 그녀가 여러 번 시도했지만 불은 켜지지 않았다.

"팔걸이 홈에 라이터 있을걸요."

수현은 창문을 조금 내리면서 승객에게 말했다. 뒷자리 승객은 수현의 말을 들었는지 팔걸이 덮개를 열었다.

"어, 세븐스타 갖다 놓으셨네요."

세븐스타라는 말을 들은 수현은 그제야 그녀가 누구인지 떠올렸다.

지난번 그녀는 룸살롱 앞에서 수현의 차를 불렀었다. 타기 전에 담배 하나 피우고 가겠다 하던 이였다. 지금과는 달리 그때는 타이트한 원피스 차림에 긴 머리를 늘어뜨린 모습이었다. 수현의 차를 이용하는 승객의 반 이상은 유흥업소에서 일하는 사람들이었다.

수현은 뒷좌석 가운데의 수납함에 항상 온갖 담배를 꽂아놓았다. 무배라는 사람에게 차를 양도받을 때부터 그곳은 담배로 가득 채워져 있었다. 그래서 수현도 무배가 했던 것처럼 늘 뒷좌석 수납함에 담배를 채우게 되었다.

대부분의 승객이 짙은 선팅으로 두른 차 안에서 포근한 시트에 앉아 담배 피우는 것을 즐겼다. 덕분에 가죽시트에 스며든 담배 냄새는 사라지지 않았다. 수납함에 들어 있는 담배가 모두 새것이진 않았다. 말보로 담뱃갑을 디스 개비들로 채울 때도 있었고, 누군가 떨어뜨린 담배를 그대로 꽂아둘 때도 있었다.

그 담배를 이용하는 사람들도 마찬가지였다. 그들은 얼핏 깨끗해 보이지만 그렇지 않은 것들을 선호했다. 그들은 흠결 없는 이들과 어울리지 않았다. 마치 멀쩡한 사람들에게 알러지가 있는 것처럼 보이기도 했다.

세븐스타는 그녀가 피우고 있던 담배의 이름이었다. 담뱃갑엔 자잘한 별무늬 바탕에 7이라는 숫자가 정면에 인쇄되어 있었다. 흔히 볼 수 있는 제품은 아니었다.

수현이 호기심 어린 눈으로 담배를 바라보았다. 수현의 눈길을 눈치챈 그녀가 '하나 줘요?'라고 묻자, 수현이 손을 내밀었다.

"대박이에요."

그녀가 담배를 건네며 다시 입을 열었다.

"뭐가요?"

그녀가 말하자 영문을 모르는 수현이 되물었다.

"세븐스타의 뜻이요."

"이유라도 있나요?"

"별을 나쁘다 말하는 사람도 있나요? 심지어 떨어지는 별을 보면서도 행운을 빌잖아요. 그런 별이 일곱 개라니 나쁠 수가 없겠죠."

그녀의 말이 사실인지 알 길은 없었지만, 대박이라는 단어는 나쁘지 않았다. 깊이 담배 연기를 빨아들이는 순간 머릿속이 진득한 꿀통에 빠져드는 것 같았다. 세븐스타는 진하고 독했다. 독해서 달았다.

"올해가 윤년이에요."

어질어질한 머릿속에 그녀의 말이 몽롱하게 스며들었다.

"알아요, 윤년인 거."

수현은 반사적으로 대답했다.

"그래요?"

그녀가 되물었다.

수현은 윤년이 무슨 뜻인지 즉각 알아들었다. 2월 29일이 자신의 생일이기 때문이었다. 수현의 생일은 4년에 한 번씩 돌아왔다. 그녀는 이번 달이 29일까지 있어서 싫다고 했다. 일하는 날이 늘어난다는 이유였다.

"2월 29일이 제 생일이에요."

수현은 자신이 말을 뱉고도 뜬금없다고 생각했다. 목덜미가 벌겋게 달아올랐다. 담배 탓은 아니었다. 수현은 자신이 왜 난데없이 그런 말을 꺼냈나 약간 부끄러워졌다.

"저 누군지 알아요?"

뒷좌석에 탄 승객이 물었다. 지금 승객과 수현은 그날 밤의 세븐스타를 떠올리고 있었다.

"아, 예. 모를 뻔했네요."

수현은 당황한 듯 말을 더듬었다.

그녀가 자신의 이름을 말했다. 수현은 그녀가 말한 이름은 당연히 가명이라고 생각하면서 성의 없이 고개를 끄덕였다. 유흥업소를 드나드는 사람이 본명을 쓰는 일은 드물었다. 그녀가 다시 물었다.

"기사님은 수현 씨죠?"

"네?"

대답이 비명처럼 뻗어 나왔다. 자신의 이름을 어떻게 알고 있을까.

"저는 전부터 이 차 탔었어요, 다이너스티. 전화하니까 이전

차주분께서 차 넘겨줬다고 번호 알려줬어요."

수현이 놀란 것을 알아챘는지 그녀는 재빨리 설명했다. 이전 차주라면 분명 무배일 것이다. 수현은 그제야 놀란 눈을 거두었다. 문득 고객들에게 자신을 소개해준 무배가 달리 보였다. 예기치 않은 호의는 늘 낯설었다.

"그렇군요……."

"기사님은 내일이 생일이네요."

그녀가 이전에 나눈 수현과의 대화를 기억하고 있었다. 수현은 다시금 놀라 핸드폰으로 시선을 돌렸다. 날짜를 확인하니 2월 28일이었다.

"아, 생각해 보니 그러네요. 잊고 있었습니다."

수현이 당황하며 대답했다. 민망함이 시간차 없이 따라붙었다.

바쁘게 지내니 시간이 어떻게 흐르는지 신경 쓰지 못했다. 매년도 아니고 4년에 한 번 돌아오는 생일은 그냥 지나치기 일쑤였다. 사는 것이 벅찼다. 수현은 정말 잊고 있었다. 혹시나 자신의 차 뒤에 앉아 있는 여자가 자신을 관심을 끌기 위해 생일로 거짓말을 한 사람으로 여길까봐 조금 신경이 쓰였다.

수현은 대답을 하면서 코너를 따라 핸들을 한 바퀴 돌렸다. 원심력에 수현과 승객의 몸이 한쪽으로 기울었다. 엑셀을 밟는 발에 힘이 들어갔다. 평소와는 달리 핸들과 발판을 다루는 손과 발이 거칠게 움직였다. 현실이 정신없다는 이유로 잊어버릴 만큼 수현에겐 자신의 생일이 아무 의미가 없었다. 그러나 그녀의 말을 들은 후로는 왠지 알아야 할 것을 몰랐던 것 같아 자꾸만 부끄러움이 밀려들었다.

"세워주세요."

그녀는 갑자기 앞 좌석을 탁탁 두드리며 말했다. 그녀가 말했던 목적지까지는 아직 한참이나 남아 있었다. 곧장 도로의 가장자리로 빠졌다. 그녀는 뒷문을 열고 나가 가까이에 보이는 편의점으로 들어갔다.

그녀는 일 분도 안 돼 편의점 밖으로 나왔다. 수현의 차 속으로 다시 돌아온 그녀는 초콜릿을 손에 쥐고 있었다.

"생일 축하해요."

그녀가 초콜릿을 건넸다. 초콜릿을 두른 끈에 쓰인 '화이트데이'라고 쓰인 글자가 눈에 들어왔다. 이맘때면 한창 초콜릿들을 주고받을 시기였다.

"출근 안 늦어요?"

수현이 그녀에게 물었다. 초콜릿에 얽혀있는 글자가 신경 쓰인 탓에 괜히 덧붙이는 것이었다. 어색하게 초콜릿을 받긴 했지만, 손에 힘이 들어가지 않았다.

"고맙다는 말, 할 줄 몰라요?"

그녀는 수현의 질문을 무시하고 수현에게 대답을 강요했다.

수현은 침을 삼키는 소리가 뒷좌석까지 들리진 않을까 걱정됐다. 거울을 보지 않아도 자신의 얼굴 상태가 느껴졌다. 벌겋게 달아오르고 있었다. 그녀를 처음 만났던 날처럼.

"고마워요. 진짜로."

그제야 수현은 고맙다고 말했다.

"고마워했던 적이 없던 사람처럼 어색해하네요."

그녀가 쓴웃음을 지었다.

수현은 호의를 바라지 않았다. 그러나 종종 아무 대가 없이 호의를 베푸는 사람들이 있었다. 수현은 그럴 때마다 무력감을 느끼며 어쩔 줄 몰라 했다. 수현은 자신이 핸들을 잡는 것 외에는 할 줄 아는 것이 없는 사람 같았다.

자신의 생일을 제대로 챙긴 적이 없었다. 엄마가 미역국을 끓여준 적이 있었지만 대부분 음력 생일이었다. 그럴 때의 엄마는 지나간 버스를 바라보며 손을 흔드는 사람처럼 안타까워 보였다.

'생일 그게 뭐라고.'

수현은 자신의 음력 생일을 기억하려 애쓴 적이 없었다. 시끌벅적하게 생일을 챙기는 사람을 이해하지 못했다. 자기 자신이 태어났다는 걸 자랑스러워할 이유가 없었다. 윤년마다 돌아오는 양력 생일도 기억하기 쉬운 탓에 가끔 '그랬었지' 하며 떠올리는 게 전부였다.

"여기서 세워주세요."

목적지로 말했던 광교 즈음에서 그녀가 지목한 곳은 야트막한 집들이 늘어선 골목이었다. 고개를 들어보니 골목 너머에 커다란 아치로 된 반도체 공장 입구가 보였다.

"저기서 3교대로 일해요."

그녀가 문을 열고 나가며 높낮이 없이 말했다. 뒷말이 더 있을 것 같아 수현은 몸을 돌려 그녀를 쳐다봤지만, 그녀는 그 이상 말을 남기는 것 없이 쑥 내려서는 텅, 문을 닫았다. 머쓱한 기분에 뒷목을 문질렀다.

수현이 차를 몰고 골목을 빠져나오자, 그녀의 모습이 룸미러에 작게 비쳤다. 그녀는 뒤돌아 공장으로 향하고 있었다. 아마도 비번인 날이나 공장에서 퇴근한 후에 룸살롱 보도방으로 출근하는 듯했다. 굳이 말하지 않아도 알 수 있는 것들이었다.

다시 핸드폰이 울렸다. 수현은 폴더를 열어 귀에 갖다 붙였다.

"여기 병원인데요. 어머니께 혼수가 왔어요."

"뭐하러 왔어, 바쁜데······."

엄마는 우려와 달리 제대로 정신을 차리고 있는 듯했다. 얼굴에는 핏기가 없었다. 간경화 때문이었다.

수현이 기억하는 한 엄마의 얼굴은 늘 창백했기에 원래 그런 줄만 알았지, 다른 문제가 있을 거라고는 깨닫지 못했었다. 그러는 동안 엄마의 간은 빠르진 않았어도 착실하게 나빠졌다.

어느 날부터 밤과 낮을 구분하지 못하는 일이 엄마에게 일어나기 시작했다. 엄마는 새벽에 몽유병 환자처럼 집안을 돌아다녔다. 눈의 초점이 어디로 향해 있는지도 알 수가 없었다. 말을 걸어보면 곁에 수현이 있는 줄은 알았으나, 새벽인 줄은 모르고 있었다. 수현은 엄마가 낯설어졌다. 여태껏 이런 적이 없었다. 치매일까. 안 그래도 팍팍한 수현은 여유가 없었다. 사막처럼 황폐해질 앞으로의 일상이 두려움을 불러왔다.

수현은 119구급대를 불렀다. 엄마는 종합병원 응급실로 옮겨졌다. 의사와 간호사들이 몇 가지 검사와 진찰을 했다. 한참 뒤에 다시 돌아온 의사는 관장을 하고 대변을 보게 했다. 그제야 엄마의 정신이 돌아오기 시작했다. 간성혼수였다. 지병이었던 간염은 간경화로 발전되어 있었다. 석회처럼 굳어가는 간은 해독 능력이 현저히 떨어졌다. 의사는 간에서 처리되지 못한 암모니아가 밖으로 빠져나오지 않아 혼수가 온 것이라고 했다. 혼란스러운 말, 기억력 감퇴 등도 간성혼수 때문이라고 했다.

문제는 간성혼수가 아니라 병이 더 나아지기 어렵다는 의사의 소견이었다. 이미 굳은 간은 다시 회복되지 않는다고 했다. 엄마에게 남은 시간이 얼마가 될지는 알 수가 없다고 했다. 다만, 간의 상태가 더 나빠지지 않는다면 보통 사람들과 같이 지낼 수 있을 거라고 했다. 수현은 의사가 마지막에 한 말을 믿어야 했다. 이때 수현의 엄마는 중환자실에서 두 주를 버틴 후에야 일반병동에 들어올 수 있었다.

"아가, 너 생일 아니냐."

수현이 흠칫 놀랐다. 엄마는 건강했을 때조차 자신의 생일을 놓치기 일쑤였던 사람이었다.

"응."

"내일 맞지? 미안하다, 아가. 나 아까 정신 들었을 때 간호사들한테 오늘이 며칠이냐고 물어봤었다. 올해가 윤년이니 맞다. 미역국도 못 끓여주고, 미안해."

방금 깨어나서인지 엄마의 정신이 어느 때보다 맑은 것처럼 보였다.

"그럼 내일이니까 퇴원해서 엄마가 끓여줘."

이렇게 대답하는 게 맞았을까. 수현은 엄마와 이런 대화를 한 기억이 없어서 낯설었다. 날카로울 정도로 새로운 경험이었다.

"그래. 너 전화 온다."

수현의 핸드폰 벨소리가 주머니 속에서 울리고 있었다. 수현은 번호를 확인하지 않고 그대로 종료 버튼을 눌렀다.

"안 받아도 되니?"

엄마가 물었을 때 전화벨이 다시 울렸다. 이번에는 전화기 배터리를 빼버렸다.

"괜찮아, 엄마."

그녀는 제 아들이 무슨 일을 하는지 정확히 알지 못했다. 수현은 엄마에게 아는 형의 일을 도와준다며 에둘러 거짓말을 했었다. 자신이 하고 있는 일에 대해 굳이 설명하지 않는 게 낫다고 생각했다. 수현도 엄마에게 엄마가 하던 일이 무엇인지 묻지 않았었다. 잊고 싶은 것들을 늘릴 필요가 없다고 여긴 까닭이었다.

수현이 군 복무 중일 때, 엄마는 목사를 따라 생판 모르는 도시, 수원에 자리를 잡았다. 수현이 제대를 하고 보니 집은 빚으로 주저앉았으며, 엄마는 병원을 들락거렸다. 불우하다는 생각이 처음으로 들었다. 이전까지는 불운에 치여도 불우하다는 생각이 들지 않았고, 그저 살아야겠다는 생각조차도 없이 살고 있었기 때문이었다.

엄마가 누워 있는 침대에 한참 엎어져 있다가 고개를 들었다. 어느새 병실의 불이 꺼져 어두웠다. 튜브 속에서 공기가 흐르는 소리가 평화롭게 들렸다. 둘러보니 벽에 걸린 시계의 시침과 분침이 12라는 수 가운데서 하나로 겹쳐져 있었다.

병원 공기는 늘 부드럽고 편안하게 느껴졌다. 그 편안한 감각은 방어기제처럼 작동했다. 병원은 시간이 빨리 흐르고 고통이 줄어드는 공간이었다. 이곳에 있으면 괴로운 현실이 남의 일처럼 느껴졌다. 아무 생각 없이 잠들 수 있는 장소이기도 했다. 시선을 내려보니 엄마도 잠들어 있었다.

잠든 엄마를 뒤로하고 병원 밖으로 나왔다. 새벽의 병원 주위엔 사람이 보이지 않았다. 큰 도로를 따라 걸었다. 걸으면서 하늘도 보고 땅도 보았다. 길옆엔 건축 중인 아파트들이 휑하니 골조를 드러낸 채 서 있었다. 저 시커먼 곳 위에 올라가 떨어지더라도 누구 하나 뭐라고 할 사람이 없을 것 같았다. 뻥 뚫린 골조 사이로 멀리 있는 교회 십자가의 붉은 빛이 시야에 들어왔다.

드물게 하늘이 맑았다. 별이 반짝이는 게 보였다. 문득 어렸을 때 엄마가 해줬던 말이 떠올랐다. 스스로 목숨을 끊으면 지옥에 떨어져 끝없는 고통을 당한다는 말이었다. 하지만 수현은 왜 살아야 하는지 알 수 없었다. 의문 하나가 떠올랐다. 목적도 의미도 모른 채로 꾸역꾸역 사는 것보다 차라리 이유라도 설명되는 지옥이 더 낫지 않을까.

시내에 들어서자 피시방 간판이 십자가보다 밝게 빛났다. 잊었던 허기가 밀려왔다. 수현은 떠밀리듯 피시방으로 들어갔다. 카운터에 사발면과 담배를 주문했다. 라면 국물을 들이켤 때 나는 후루룩 소리가 유난히 크게 들렸다. 온기가 스펀지에 닿은 물처럼 몸 안으로 스며들었다.

라면을 다 먹은 수현은 담배를 뜯었다. 담뱃갑에 인쇄된 '담배는 폐암 등 각종 질병의 원인이 되며'로 시작되는 문구가 차라리 팔자 편하게 느껴졌다.

피시방에서는 생각할 필요가 없었다. 생각을 하지 않아도 수현의 몸은 라면을 먹고, 담배를 피우고, 마우스를 움직였다. 열쇠고리에 달린 USB 메모리를 컴퓨터에 꽂고 그 속의 음원 리스트를 클릭했다.

2기가짜리 USB는 자신의 차 뒷자리 시트 틈에서 발견됐었다. USB 속에는 에미넴이나 림프비즈킷의 노래와 포르노 영상 등이 들어 있었다. 수현의 취향은 아니었다. 대신 그것들을 P2P 사이트에 올려 공짜 포인트를 받고, 받은 포인트로 제 취향의 음악을 다운받곤 했다. 손바닥보다도 작은 사이즈의 2기가나 되는 USB는 실상 십만 원 이상의 고가제품이었다. 수현에게 이런 걸 살 여유는 없었다.

담배에 불을 붙일 때 쓰는 지포 라이터도 누군가 차에 떨

어뜨린 것이었다. 차에서 발견된 소지품들은 다양했다. 쓸만
한 것들은 수현이 사용하기도 했다. 소지품 주인에게 연락이
오면 다시 만났을 때 돌려주거나 없다고 말하면 그만이었다.

수현은 습관처럼 인터넷 포커 사이트에 접속했다. 현실을
잊을 수 있는 유일한 방법이었다. 손가락이 알아서 움직였다.
게임머니를 걸고, 다시 거는 것의 반복이었다. 하프, 하프, 풀,
체크, 풀……

화면 우측 아래가 반짝였다. 클릭했더니 '생일 축하합니다'
라는 메시지가 떴다. 포커 사이트에서 보내는 자동 메시지였
다. 포커 사이트에도 생일을 맞은 사람들이 모여있는 방들이
다양하게 있었다. 자신과 생일이 같은 사람도 있을 터였다. 그
중 하나가 수현의 눈에 띄었다.

2월 29일 생일인 사람.

방장 혼자 있는 방이었다. 수현이 입장했지만, 반응이 없
었다.

— 하이

수현은 '하이'와 엔터키를 열 번쯤 쳐넣었다. 여전히 답이
없었다. 대화창을 내리고 '나가기'에 커서를 옮겼다. 그때 대
화창이 깜빡였다.

— hi

방장이 그제야 대답했다.

— ?

— 대답이 늦었어, 포커 치느라

방장이 해명했다.

— 땄나?

— 오링

— 오늘 너도 생일?

— 어

대화는 석유에 불똥이 튄 것처럼 타올랐다.

— 나는 내 생일 종종 까먹어

— 난 절대 까먹지 않아

수현이 생각하기에 상대는 분명 저 너머의 세계에 있는 사람이었다. 시작부터 다른 종류라고 생각했다. 외계에 있는 생명체에게 보내는 전파처럼 엇나가는 느낌이 들었지만, 신호가 오지 않는 것은 아니었다. 공감할 수 없는 대화가 이어졌다. 그런데도 왠지 모르게 수현은 들뜨는 기분이었다.

2월 29일

수현은 30분 후에 그를 만나기로 했다. 녀석은 자신이 서울에 산다고 했다.

— 넌 어디 살아?

약속은 어디 사느냐는 그의 질문 하나에서 시작되었다.

— 수원. 왜 물어? 알면 이리로 오시게?

— 못 갈 줄 알고?

— 거기 기다려

— 30분 줄게

둘의 치기 어린 오기로 만남은 성사되었다. '어디 한번 보자'라는 생각으로 뱉었는데 녀석이 덥석 받았다.

30분은 강남에서 택시를 타더라도 빠듯한 시간이었다. 강북이라면 거의 불가능하다. 정말 올까? 불현듯 녀석을 시험하고 싶은 마음이 들었다. 수현은 이런 만남에 익숙하지 않았지만 조금씩 흥미가 동하기 시작했다.

수현은 수원 남문 로터리로 장소를 정했다. 남문 로터리는 수현이 온라인 포커를 하던 피시방에서 걸어서 10분 거리였다.

그와는 익명으로 대화 몇 마디 나눈 게 전부였지만, 그런데도 굳이 만나자고 한 이유는 그의 허풍이 맘에 들었기 때문이다. 그가 친 허풍은 30분 만에 온다는 것만은 아니었다. 그는 권총을 갖고 있다고 했다. 생일날 쏘려고 아껴두었다고 했다. 수현은 '네 말이 진짜라면 총에 맞아 죽는 것도 괜찮겠다'고 대답했었다.

무배를 처음 만났을 때와 비슷한 호기심이 일었다. 뭘 하더라도 상관없었다.

수현은 남문 로터리에 있는 롯데리아 앞까지 걸었다. 그와 만나기로 한 장소였다. 막상 약속 장소에 도착하니 시간이 더디게 흘렀다. 새벽임에도 화성의 남문 로터리 주변에는 사람들이 드문드문 보였다. 막 마감을 한 골목의 술집 셔터가 하나둘씩 내려가고 있었다.

길 건너에 폐지를 줍는 사람이 보였다. 교복을 입은 사람 셋이 취한 채로 걸어 다녔다. 택시 정류장에는 취객을 타깃으로 한 택시들이 로터리 가를 따라 둥글게 늘어졌다. 수현은 그들을 하나하나 살피며 롯데리아를 등지고 서 있었다. 롯데리아 옆 안경점 안의 LED 시계가 두 시를 나타냈다.

수현은 담배를 하나밖에 피우지 않았다. 손이 시렸던 까닭이다. 겨울의 마지막 날임에도 새벽공기는 만만치 않게 차가웠다. 수현은 머리에 쓴 니트 비니를 잡아당겨 귀를 덮었다.

얼마나 지났을까, 뒤에서 목소리가 들렸다.

"세븐스타."

수현의 머리가 획 뒤로 돌아갔다. 약속을 잡을 때 서로를 알아보기 위해 만나면 그 담배 이름을 말하자고 했었다.

수현은 약속 장소에 도착하면 자신이 먼저 상대를 알아볼 수 있으리라고 생각했다. 하지만 그러지 못했다. 대화를 나누던 때의 말투를 보아 건들거리며 덩치 있는 남성일 것이라 어림짐작했었다. 그러나 '세븐스타'를 말한 사람의 눈은 수현의 눈과 같은 높이에 있었다. 무엇보다 그는, 여자였다. 수현의 모든 예상이 빗나가는 순간이었다.

"서울에 산다고 하지 않았어?"

수현이 그녀를 보고 가장 먼저 한 말이었다. 그녀는 약속 시간보다 빨리 도착했다. 그녀가 담배를 입에 물며 고개를 끄덕였다.

"콜 타니까 20분이면 오던데."

콜이라는 말에 제 발 저린 것처럼 수현의 어깨가 움찔거렸다. 콜을 타고 올 줄은 전혀 예상치 못했기 때문이었다.

"날 계속 보고 있었던 거야?"

수현의 질문 끄트머리가 올라갔다. 그녀가 뒤에서 접근했다는 사실이 유쾌하지는 않았다.

"일부러 그런 건 아니었어. 넌 계속 택시 정류장만 보고 있더라고. 그래서 네가 날 못 봤던 것뿐이야. 어쨌든, 수현 맞지?"

이름을 묻는 그녀의 질문에 수현은 고개를 끄덕였다.

그녀는 자신을 '현채'라고 소개했다. 현채는 그녀의 포커 게임 닉네임이었다. 그 이름이 진짜인지는 알 수 없었다. 그러나 호칭은 필요했으므로 수현은 그를 그냥 현채라고 불렀다.

현채가 수현을 바라보는 시선에는 호기심이 섞여 있지 않았다. 수현은 현채가 생일이 같다는 이유로 운명 어쩌고 하는 호들갑을 떨며 인연을 억지로 들이밀진 않을 거라 직감했다. 또 한편으론 그런 직감이 차가운 새벽 공기 때문일지도 모른다고 생각했다. 추위는 마음을 조급하게 했다. 어찌 되었건 여기 계속 서 있을 수는 없었다.

"해리피아에 불 켜졌는데."

현채가 같은 생각을 했는지, 손을 들어 2층 호프집 간판을 가리키며 말했다.

호프집 안에는 손님이 아무도 없었다. 문을 열고 들어서니 석유 냄새가 났다. 방금 난로를 끈 모양이었다.

문소리를 들었는지 카운터 뒤에서 검은 머리가 쑥 올라왔다. 덥수룩한 머리에 키가 작고 배가 나온, 30대로 보이는 남자였다. 그가 웃음을 지었지만 수현에겐 친절로 와닿진 않았다. 얼핏 봐도 직업적인 미소는 아니었다.

주인은 난로 스위치를 켠 후 메뉴판을 들고 홀로 나왔다. 그가 메뉴판을 창가의 테이블에 올려놓았기 때문에, 수현과 현채는 별말 없이 그리로 앉았다. 주인은 주문을 기다리며 호기심 어린 눈빛으로 수현과 현채를 훑어보았다. 늦은 시간에 성인 남녀가 함께 있다는 게 상상할 여지를 주는 듯했다.

수현은 그 눈빛이 불편했지만, 현채는 개의치 않는 표정이었다. 지금은 마른안주만 가능하다는 주인의 말에 수현은 오징어 땅콩과 소주를 시켰다. 주인은 물보다 소주와 잔을 먼저 갖다주었다. 두 사람은 안주가 나오기도 전에 소주를 한 잔씩 들이켰다.

그제야 수현은 현채를 정면으로 쳐다볼 수 있었다. 처음 상상했던 남성의 이미지보다야 작았지만, 현채는 평균 여성과 비교한다면 키가 크고 어깨가 넓었다. 머리가 짧은지 그녀가 쓴 비니 밖으로는 머리카락이 보이지 않았다. 운동선수 같기도 했다. 그녀가 매고 온 배낭에는 농구공이라도 들어 있을 듯했다.

수현은 현채가 처음 보는 사람임에도 왠지 익숙한 느낌이 들었다. 현채가 서울에서 수원까지 콜을 타고 왔다고 했던 말이 떠올랐다. 어쩌면 자신의 차를 탄 적이 있을지도 모르겠다는 생각을 했다. 수현은 콜을 자주 타냐고 물으려다, 술집에서 일하느냐는 질문으로 받아들일까 싶어 다른 질문을 던졌다.

"수원에 온 적이 있어?"

"아니. 처음이야. 그런데 나쁘진 않네."

현채가 주변을 둘러보는 시늉을 하며 대답했다. 수원이 처음이라면 수현의 차를 탔던 승객은 아닐 터였다. 수현은 왠지 다행이라는 생각이 들었다.

현채가 어깨를 들썩일 때마다 커다란 골격이 돋보였다. 그 때문에 수현은 바싹 말라 왜소한 자신의 몸을 의식했다.

현채는 대학생이라고 했다. 학생이라는 단어가 수현에게는 낯설게 다가왔다. 현채가 재수를 했다고 하자 더욱 그랬다. 수현은 돈 벌 걱정 없이 오로지 공부에만 매진하는 것을 생각해

본 적이 없었다. 생계 걱정을 안 해도 되는 팔자 편한 사람들에겐 막연한 거부감이 일었다. 그리고 그런 감정은 늘 피해의식으로 무의식에 응집되고 있었다.

그래서인지 수현은 현채의 대학생 이야기는 집중이 잘 되지 않았다. 다만 어려서부터 수영을 했다는 말만은 현실적으로 와닿았다.

생일을 건너뛰는 일이 많았던 수현과 달리 현채는 생일을 포함해 일주일간 하고픈 걸 한다고 했다. 생일주간. 수현은 그 말을 현채로부터 처음 들었다. 29일이 있든 없든 2월의 마지막 한 주는 그렇게 보낸다는 것이다.

수현은 대부분 듣는 쪽이었다. 머릿속에 떠오르는 생각을 언어로 표현하는 걸 어려워했기에 말을 적게 하기도 했지만, 현채가 과묵하지 않다는 이유가 무엇보다도 컸다. 현채를 만나면 어색하지 않을까 하는 걱정은 기우에 지나지 않았다.

수현이 현채의 생활을 전혀 이해하지 못하는 데 비해, 현채는 수현을 대부분 이해하는 것 같았다. 마치 현채가 자신을 알고 만나는 것 같았다. 이야기를 하면 할수록 세상 물정을 모르는 사람은 학생인 현채가 아니라 오히려 세상 속에 끼어 있는 자신이라는 느낌마저 들었다.

"넌 나랑 포커를 한 적이 있어."

현채의 그 말이 '넌 파악 당했다'는 말처럼 들려 섬뜩하기까지 했다. 좀처럼 술기운도 올라오지 않았다. 현채가 수현의 표정을 보더니 손뼉을 치며 깔깔 웃었다.

"아니, 뭘 그런 걸 갖고 정색이야. 온종일 포커해 봐라. 봤던 사람 또 보는 게 흔하지."

부인하기 어려웠다. 사실 맞는 말이었다. 불특정 다수와 하는 온라인 게임이라고 해도 오래 하다 보면 익숙한 아이디가 있기 마련이었다. 수현은 현채와 만난 그 사이트의 인터넷 포커를 자주 했다. 그러면서도 현채의 아이디를 기억하지 못한 건 자신이 포커를 하는 동안엔 머리를 텅 비우고 있기 때문이라 생각했다. 수현의 표정은 다시금 풀어졌다.

갑자기 음악이 흘렀다. 익숙한 전주에 설마, 하는 불안한 추측은 곧바로 현실이 되었다. 터보의 '해피 버스데이 투 유'가 스피커를 빠져나와 가게를 가득 채웠다. 때를 기다린 주인이 나타나 앙증맞게 작은 케이크를 테이블에 올려놓았다.

"생일이면 우리 가게서는 케이크를 줘요."

딴에는 호의라고 베푼 것이었다. 손님의 대화를 엿듣는 것 따위는 문제라고 생각지도 못하는 것이 분명했다. 현채의 입이 웃었지만 찡그린 눈은 그대로라 어처구니없다는 표정이 되었다. 수현이 주인에게 말했다.

"음악 좀 바꿔주세요."

꺼달라고는 하지 않았다. 현채와의 대화가 주인의 귀에 들어가는 것보다는 음악에 묻히는 게 나았기 때문이다. 수현의 그러한 요청은 주인이 원하던 반응이 아닌 것 같았다. 주인은 떨떠름한 시선을 보내는가 싶더니 더는 말을 붙이지 않고 돌아갔다.

현채는 탁자 위에 놓은 자신의 가방에 손을 집어넣었다. 그 속에서 무언가를 꺼내선 카운터로 돌아가는 주인의 등을 향해 겨누었다. 수현은 그것을 보자마자 반사적으로 현채의 손을 잡아 내리고 도로 가방에 집어넣게 했다.

"뭐야."

수현에게 손을 잡힌 현채는 입을 반쯤 벌린 채 수현에게 면도날 같은 시선을 박아 넣었다. 그러나 '뭐야'는 수현이 할 소리였다.

"그거 뭐야."

"내가 말했잖아. 총 있다고."

"뭐?"

수현은 장난감이 아니냐고 물을 수 없었다. 방금 수현의 손에 닿았던 건 분명히 주물로 만들어진 차가운 쇳덩이였다.

현채가 수현의 생각을 읽었는지 다시 가방 주둥이를 열고 수현의 손을 끌어당겨 그것을 쥐게 했다. 거북이 껍질처럼 오톨도톨한 감촉이 손바닥에 느껴졌다. 손잡이였다. 수현이 형태를 가늠하며 엄지로 원형 탄창을 만지자 탄창이 철컥, 움직였다. 직접 만져보는 건 처음이었지만 확신할 수 있었다. 리볼버였다.

"내가 진짜라고 했잖아."

현채는 한 달 전, 골목을 걷다 트럭 아래 바닥에 쓰러져있는 남자를 발견했다고 했다. 그 남자는 머리에 피 웅덩이를 베고 있었다. 현채가 119에 신고를 하자 구급차가 곧 도착했다. 구급대원들이 그 남자를 들것에 실었다. 다른 구급대원이 현채에게 정황을 물었고, 대답을 들은 구급대원은 차를 몰고 자리를 떠났다. 그 구급대원은 '새벽 네 시, 사람이 쓰러져 있었고……'라고 중얼대며 메모하고 있었기 때문에 현채는 그 시간이 새벽 네 시라고 기억했다.

다음날, 경찰에게서 전화가 왔다. 경찰은 구급대원과 같은 질문을 했다. 현채는 어제 본 그 사람이 죽기라도 했느냐 물었고, 경찰은 그렇지 않다고 했다. 그가 한 마지막 질문만이 구급대원과 구별되는 점이었다.

"혹시 현장에서 권총을 보셨나요?"

그는 쓰러진 사람의 허리춤에 권총이 있지 않았냐며 다시 물었다. 현채는 본 적이 없다고 대답했다. 그러자 경찰은 알겠다고 말하며 전화를 끊었다.

"거짓말을 했다고?"

수현은 현채를 쳐다보며 물었다.

"이상한 눈으로 보지 마. 거짓말할 생각은 없었어. 떨어진 총을 발견한 건 구급차가 떠난 후였다고. 경찰이 물었을 때 그렇다고 대답하면 나는 절도범이 되는 거 아냐."

"그게 끝이야?"

수현의 질문에 현채가 고개를 끄덕였다. 황당한 이야기였다. 무엇보다도 덧붙여진 '어쩔 수 없었다'는 식의 뻔뻔한 변명이 수현의 말문을 턱 막았다.

이 사건은 곧바로 뉴스와 신문에 보도됐었다. 뉴스에선 권총을 노린 누군가가 경찰을 차로 치었고 경찰이 쓰러진 틈을 타 권총을 탈취한 것으로 보고 있다고 했지만, 지금 현채의 말에 따르면 전혀 사실이 아니었다. 경찰은 뺑소니를 당해 쓰러져 있던 것뿐이었다. 다만 그가 차에 치이며 떨어뜨린 권총을 현채가 주워 갖게 되면서 사건이 커졌다. 경찰은 신고자인 현채가 권총의 습득자일 거라곤 짐작하지 못한 것이다. 현채가 권총을 갖고도 지금까지 멀쩡히 돌아다니고 있다는 사실이 현채의 말이 진실임을 증명해주었다.

찬찬히 생각을 마친 수현은 구급차가 떠난 후라도 총을 경찰서에 갖다주면 되지 않았냐고 말하려다, 그만두었다. 현채도 고민했을 것이다. 하지만 총을 가져다주면 이래저래 의심을 사고, 정황상 안 좋은 방향으로 몰렸을 게 뻔했다. 수현은 사람을 궁지로 몰아넣는 상황을 별로 좋아하지 않았다. 그리고 괜한 말로 현채를 기분 나쁘게 만들 필요는 없다는 생각이 들었다.

수현이 담배를 깊이 빨아들였을 때, 현채가 입을 뗐다.

"왜 내가 저 사람한테 총을 겨눴는지 알아?"

"왜?"

되물은 수현은 머금은 담배 연기를 뿜으며 시선을 창밖으로 돌렸다. 검은색 세단이 골목을 돌다가 길가에 정차하는 게 보였다. 튜닝을 한 탓에 겉모양은 조금 달랐지만, 수현의 차와 같은 다이너스티였다.

정차된 차의 맞은편에는 대리석으로 마감된 건물이 있었다. 간판 대신 간접조명이 '초희'라는 글자를 비추고 있었다. 초희는 룸살롱이었다. 수현은 그 차의 운전자가 분명 자신과 같은 부류라고 확신했다. 유흥가에는 다이너스티, 엔터프라이즈, 체어맨 같은 대형세단이 쏘나타만큼 흔했다.

수현은 그제야 전화기를 꺼놓은 것이 생각났다. 누군가 지금도 콜을 잡기 위해 자신에게 전화를 걸고 있을 터였다. 룸살롱 앞에 정차된 자동차가 수현 자신의 일상을 다시 떠올렸다.

그때, 현채가 대답했다.

"됐다."

"왜 말을 하다 말아?"

수현이 창으로 향했던 고개를 돌려 현채를 쳐다보며 물었다.

"네가 믿지를 않잖아, 씨발."

현채는 인상을 찌푸리고 있었다. 한 마디의 된소리가 그녀가 느끼고 있는 불쾌함을 고스란히 드러냈다. 아무래도 수현이 한눈을 팔고 있던 걸 믿지 않는 것으로 받아들인 듯했다. 수현은 현채를 냉소할 생각이 없었다. 어쨌든 현채가 지금 총을 갖고 있다는 것은 거짓이 아닌 진짜였다.

"너, 내가 경찰에 신고하면 어쩌려고 그래?"

현채의 표정이 딱딱하게 굳어졌다. 그러나 예상했다는 듯이 금방 맞받아쳤다.

"너 돈 필요하잖아."

"뭐?"

수현이 담배 연기를 내뱉다 말고 쿨럭거렸다. 돈이 필요하다는 말은 아무렇게나 던진 게 아니었다.

"엄마 편찮으시다며."

수현은 자신도 모르게 테이블 위의 손으로 주먹을 쥐었다. 현채는 미동 없이 눈알만 굴려 그 주먹을 바라보았다. 잠시 침묵이 이어졌다.

분명히 현채가 자신을 잘 알고 있다는 확신이 들었다. 갑자기 총으로 할 수 있는 것들이 현실적으로 다가왔다. 가장 먼저 할 수 있는 것이라면 현채의 가방에 들어있는 총으로 그녀를 쏘는 것일 터였다.

"너, 뭐 하는 놈이야."

수현이 현채를 노려보았다.

"우리가 전에 같이 포커를 한 적이 있다고 했잖아. 넌 따면 크게 따고 잃으면 한순간이었지. 어찌 된 게 패는 잘 읽어서 따기는 잘 따잖아. 승률은 좋더라. 그런데 결정적인 순간에 모험을 택하더라고. 배팅은 대부분 풀이야. 못 치는 사람이면 그렇게 풀배팅을 자주 할 기회도 없을 테지만. 아까도 다 잃었잖아. 넌 그런 유저였어. 내가 무슨 스토커라서 기억하고 그러는 게 아니야. 그런데 대화방 만들었더니 네가 들어온 거야. 기억이 났지. 혹시나 싶어서 네 아이디를 포털 검색창에 넣어봤어."

"왜?"

"그냥."

수현은 아이디 하나로 여러 사이트에 가입하는 것이 좋지 않은 일임을 그녀의 말을 듣고 처음 깨달았다.

지식인. 수현은 지식인을 좋아했다. 사람에게 직접 묻기보다 지식인에 질문하는 것이 편했다. 사람을 대면하기 위해 자리에 맞는 옷이나 마음과 다른 표정을 준비할 필요가 없었다. 수현은 단속카메라 위치, 휘발유 싸게 구매하는 법, 콜을 빨리 잡는 법, 간경화 치료법 등을 물어보았다. 하지만 지식인에 질문 올리는 사람을 궁금해하는 사람이 있다는 것은 상상도 해본 적이 없었다. 녀석은 어디까지 알고 있는 걸까.

현채는 수현으로부터 시선을 돌려, 주인이 준 케이크를 퍼먹더니 다시 입을 뗐다.

"소름 끼쳐 하지 마. 그냥 우연이야. 네 아바타 클릭했더니 자기소개에 나온 생일이 같아서 검색해봤을 뿐이야. 그런데 그런 쓸데없는 것들이 줄줄이 딸려 나온 거고. 넌 버릇처럼 채팅창에 썼지, 게임머니 1조 만들고 죽는다고. 그런데 목전에서 꼭 안 됐잖아. 왠지 죽는다는 말이 농담 같진 않더라. 만약 느낌이 안 좋았다면 너랑 이런 얘길 하지도 않았을 거야. 그런데 지금은 모르겠어. 찾아본 게 기분 나쁘면 경찰에 신고하든지. 설마 검색 좀 한 거랑 바닥에 떨어진 총 주운 걸로 감방에 가겠어?"

다시 침묵이 이어졌다.

수현이 보기에 현채는 총을 들고나오긴 했지만, 함부로 쏠 것 같지 않았다. 늘 일탈을 꿈꾸면서도 그것이 일상인 사람을 본 적은 없는 녀석 같았다. 그녀가 죽기를 꿈꾸지만 죽을 용기가 없는 사람이란 확신이 생겼다. 이런 선입견은 수현 자신이 죽고 싶다고 생각하지만 죽지 않고 살아있다는 경험을 통해 갖게 된 것이었다.

그 방면에선 동질감을 느끼긴 했지만, 그러면서도 멋대로 상대가 누군지 검색해보는, 계산이 아닌 학습된 듯한 착실함과 순진함에는 거부감을 넘어 짜증마저 일었다. 수현이 본 그녀는 적어도 수현의 기준에선 딱히 부족할 게 없는 녀석이었다. 먹고 살 걱정이 없이 살아온 이들은 원래 남에게 관심이 많은 것일까. 이해할 수 없는 부류였다.

수현은 이제 자신이 무엇을 바라고 현채를 만나기로 했었는지도 모호해졌다. 그렇다면 반대로, 녀석은 왜 나를 만나러 왔을까.

녀석은 수현이 누구보다도 돈이 절실하다는 사람이라는 걸 알고 있었다. 우연이라고 했지만, 돈이 필요한 사람을 찾고 있던 것일 수도 있었다. 온라인에서의 수현을 보고 자신의 뜻에 동조할 사람이라고 여겼는지도 몰랐다. 그렇다면 사정은 달라도 녀석 또한 돈이 필요할 것이다. 녀석도 같은 생각을 하고 있는지 궁금했다.

지금 할 수 있는 것은 한 가지뿐이었다. 수현은 고개를 창 쪽으로 다시 돌렸다. 녀석을 시험해 볼 필요가 있었다.

창밖에는 아까의 그 다이너스티가 후미등을 켠 채 여전히 정차해 있었다. 콜을 부른 손님이 아직도 나오지 않은 모양이었다. 이윽고 운전석 문이 열리더니, 운전자가 나와서 대리석으로 된 룸살롱 입구로 걸어 들어갔다. 승객을 만나러 가는 것이었다. 콜을 부른 업소 직원의 접대가 길어져 예기치 않게 오래 기다리는 경우가 없진 않았다. 콜을 부른 사람을 찾아 추가 요금을 받을 수도 있었지만, 운이 없으면 눈치 없이 기다리지 말고 알아서 꺼지라며 험한 말을 들을 수도 있었다.

불법 택시와 엮인 자잘한 사건이나 사고는 수없이 발생했지만 집계조차 되지 않았다. 콜 자체가 불법인 터라 경찰은 기사들의 편이 아니었다. 그것은 수현의 자신의 모습이었다. 빚은 계속 늘어갔다. 집에 붙은 차압 딱지를 떼는 날이 언제일까 생각해 본 적도 없었다. 이 일을 언제까지고 계속할 수는 없는 노릇이었다.

"너 은행 털려고 한 거지?"

수현은 현채의 눈을 바라보며 물었다. 그 질문은 본능처럼 자연스러운 것이었다. 돈은 누구에게나 필요하다. 다만, 현채보다는 수현 자신이 좀 더 그것에 절실할 뿐이라고 생각했다.

홀은 음악으로 가득 차 진작부터 그들의 대화를 집어삼키고 있었다. 호기심 어렸던 해리피아 주인의 표정도 언짢게 변한 지 오래였다.

현채가 고개를 끄덕였다. 수현은 자신과 현채 앞의 잔에 담긴 술을 연거푸 들이켜더니 말했다.

"따라와."

수현은 현채와 호프집을 나왔다. 현채를 잠시 두고 룸살롱 앞의 다이너스티로 걸어가 주저 없이 운전석 손잡이를 당겼다. 시동을 끄지 않았던 차의 문은 아무 저항 없이 열렸다. 방향제 냄새가 코를 덮쳤다.

수현은 마치 제 것인 양 단숨에 운전석에 앉았다. 기어를 후진으로 넣고 엑셀을 밟아 현채가 서 있는 자리에 차를 댔다.

현채도 망설이는 기색 없이 조수석 문을 열고 올라탔다. 이차 주인이 수현과 같은 부류라면 대포차일 확률이 높다는 생각이 들었다. 그렇다면 나쁠 게 없었다. 알 수 없었던 현채의 표정에 미소가 번지는 것 같았다.

수현은 다시 전진으로 기어를 바꾸고 엑셀을 밟았다. 호프집을 나설 때까지만 해도 머릿속이 갖은 계산으로 복잡했지만, 그런 것들은 차 문을 닫으면서 잘려나간 것처럼 사라졌다.

"내려가자."

둘은 이견 없이 국도를 타고 남쪽으로 내려갔다. 계기판 중앙에 달린 시계는 오전 네 시를 가리키고 있었다.

수현과 현채가 차를 멈춘 곳은 청주 외곽의 은행 지하 주차장이었다. 한창 개발이 진행되고 있는 지역으로 본격적인 인구가 유입되려면 몇 년은 더 필요해 보였다.

수현이 이곳을 선택한 이유는 은행 이용객이 많지 않아서도 있었지만, 무엇보다 수현이 20년 넘게 살던 곳이어서 익숙했기 때문이었다. 현채에게도 청주는 서울에서 멀리 떨어져 있는 곳이었기에 수현의 의견에 동의했다.

"야."

현채가 수현의 어깨를 쳤다. 졸던 수현이 고개를 쳐들었다. 대시보드에 박힌 시계가 일곱 시를 나타냈다. 밤을 새운 데다가 술기운이 가라앉으면서 긴장이 풀린 것이다. 그동안 현채는 주차장의 입구를 한 시간째 바라보느라 눈이 빨개져 있었다.

"그냥 가?"

"아냐."

수현이 침을 삼키며 대답했다. 목젖이 불룩거리며 소리를 냈다.

그때 현채가 앞을 가리켰다. 입구에서 검은 승합차가 안으로 들어왔다. 정차한 차의 문이 열리면서 사람들이 내렸다. 현금 수송용 차량이었다. 차 밖으로 나온 사람은 남녀 둘. 남자는 경호원 제복을 입었고 여자는 투피스의 유니폼 차림이었다. 유니폼은 은행원인 듯 보였다. 곧이어 운전석에서 제복을 입은 남자가 시동을 끄고 내렸다. 모두 셋. 가방은 은행원에게 들려 있었다.

수현이 먼저 차 밖으로 먼저 나왔다. 잔뜩 긴장한 현채가 수현을 따라 내렸다. 곧 제복을 입은 사람과 수현의 눈이 마주쳤다.

총성 한 발이 주차장을 가득 메웠다.

생각보다 행동이 더 빨랐다. 시간과 혈액은 고장 난 펌프 속 물처럼 흐르는 속도를 가늠할 수 없었다. 생생했지만 기억이 나지 않거나, 머리로는 잊었지만 몸이 기억하는 것들이 있었다.

모든 상황이 수현의 예상과 다르게 흘러갔다.

유니폼을 입은 사람은 총알이 관통한 자리를 손으로 움켜쥐면서도 현금 가방에서 시선을 떼지 않았다. 경호원은 총에 맞은 사람을 보고도 탈취당한 현금 가방을 포기하지 않았다.

수현과 현채는 묵직한 현금 가방을 들쳐메곤 곧장 타고 왔던 차로 뛰었다. 제복 차림의 운전사가 본능적으로 현금 수송차의 앞좌석에 올라탔다. 운전사는 백미러에 비친 수현과 현채, 두 사람에게서 눈을 떼지 않았다. 그는 떨리는 손으로 후진기어를 넣고, 액셀을 밟았다. 현금 수송차의 바퀴가 빠르게 회전하며 하얀 연기를 뿜어냈다. 곧 수송차가 전속력으로 후진했다.

수현이 현금 가방을 조수석에 던지고 다이너스티의 운전석에 앉았을 때 현채도 뒷좌석으로 뛰어들었다. 후진하는 현금 수송차가 수현과 현채가 타고 있는 다이너스티의 뒷문을 들이받았다. 다이너스티는 주판알처럼 옆으로 튕겨 나가 주차장 기둥에 부딪혔다. 찢는 듯 날카로운 쇳소리가 주차장을 울렸다.

굉음이 났지만 수현에게는 들리지 않았다. 수현은 건물 밖으로 차를 옮기고 싶을 뿐이었다. 그러나 몸과 차가 생각대로 따라주지 않았다. 액셀 페달을 끝까지 밟았으나 차가 앞으로 나아가지 않았다. 주차장 기둥 사이에 차의 옆구리가 붙어 있었다.

현채가 소리를 지르고 있었다. 무슨 말을 하는 건지 귀에 들리지 않았지만 절규하는 모습은 탄환처럼 머리에 박혔다. 현채의 아래턱에 떨어질 듯한 금니 두 개가 반짝였다.

왼쪽 앞에서는 햇빛이 주차장 안쪽으로 쏟아졌다. 지하 주차장의 입구일 것이다. 그러나 주차장 진입로까지 한 번에 돌아나갈 수 없는 상황이었다. 일단 기둥에서 차를 떼어내야 한다고 동물적 생존본능이 외치고 있었다.

팔다리가 남의 것처럼 허공을 휘저었다. 감각은 전해지지 않았다. 손바닥이 식은땀으로 축축했다. 핸들을 풀고, 후진기어를 넣고, 액셀을 밟고, 다시 핸들을 감고, 전진기어를 넣었다. 은행의 지하 주차장을 빠져나가기 위한 과정이 수없이 늘어나고 있었다. 숨을 쉬는 데도 의식이 필요했다.

가까스로 차가 기둥에서 떨어지자, 다시 액셀을 밟았다. 다이너스티의 바퀴는 흰 연기를 내며 잠깐 헛도는가 싶더니, 곧 바닥을 박차고 출입구 밖으로 차체를 밀어 올렸다.

네가 떠난 후에 난 죽을 것같이 아파도
다시는 너를 찾지 않아

노래가 들렸다. 라디오 버튼 같은 게 눌렸었는지 스피커에서 소리가 웅웅 울렸다.

가속해 지하 주차장을 벗어나자, 갑자기 주변의 풍경과 소리가 폭포가 되어 들이닥쳤다. 눈과 귀가 멀 듯한 기분이 들었다. 눈은 부셨고 귀는 먹먹했다. 라디오 속에서 윤도현이 누군가를 잊어야 한다고 부르짖고 있었다.

"사람이 총에 맞았어."

현채가 수현에게 말했다. 비로소 현채가 하는 말이 수현의 귀에 들어왔다. 계기반에서 소리가 울렸다. 수현은 계기반으로 눈을 돌렸다. 연료 부족 표시등이 빨갛게 들어와 있었다.

"알아."

수현이 현채의 말에 반응했다. 수현은 오로지 현장에서 멀리 벗어나라는 강한 본능에 따라 운전했다. 어떤 일이 있어도 침착해야 한다고 생각했지만, 아드레날린이 분출되는 것까지 제어할 수는 없었다.

"기름 있다며?"

현채가 계기반을 보고는 수현에게 물었다. 그제야 수현은 트렁크에 든 유사 휘발유가 떠올랐다. 현채는 그래도 주변을 살피는 여력이 있었다. 서로가 던진 말의 파편이 아무렇게나 허공에 떠돌았지만, 용케 무슨 말인지 알아듣고 있었다. 수현이 정신을 차린 건 그때부터였다.

도로를 질주하던 수현의 시야에 건물 사이의 이면도로가 들어왔다. 사이드미러를 돌아봤다. 뒤로 따라붙는 차량은 보이지 않았다. 어서 차를 숨겨야 한다는 본능이 핸들을 잡아 돌려 건물 사이로 차를 들였다. 건물의 그림자가 다이너스티를 덮었다.

수현의 관자놀이가 심장박동에 맞춰 불룩거렸다. 머리를 기댄 운전석 창이 뿌옇게 변했다가 투명해지기를 반복했다. 아직 속이 진정되지 않는지 저도 모르게 숨을 몰아쉬었다.

수현은 건물 사이에 차를 대고 나서야 주위를 둘러볼 수 있었다. 차는 5층짜리 상가와 그 옆에 내벽이 드러난 건물 사이로 들어섰다. 골조가 보이는 쪽으로 넓은 공간이 보였다. 수현은 아직 덜 세워진 콘크리트 기둥들 사이로 차를 밀어 넣었다.

수현과 현채는 건물의 한복판에 차를 세웠다. 공사판 같은 데도 비계와 작업자들이 보이지 않았다.

상가 바닥엔 옅은 모래가 깔려 있고, 쓰레기도 여기저기 떨어져 있었다. 건축이 중단된 폐건물이었다. 수현은 다시 밖에서 보이지 않는 자리로 차를 옮겼다. 시동을 끈 수현이 룸미러로 뒷좌석을 보며 입을 열었다.

"기름을 넣고 다른 곳으로 가는 것보다 여기에 차를 두고 가는 게 나을 것 같아."

현채는 대답 대신 고개를 끄덕였다.

차를 몰고 도로를 주행하는 것이 더 위험하다는 판단은 차를 세우고 나서야 할 수 있었다. 수현은 연료 부족 경고음이 울려서 다행이라고 생각했다. 무작정 계속 차를 몰았다면 신고를 받고 출동한 경찰에게 붙잡혔을 터였다.

뒤에 앉은 현채가 수현의 어깨를 탁탁 두드렸다. 현채가 가리킨 곳을 향해 시선을 돌리니 기둥에 가려진 계단 쪽에서 누군가가 걸어오는 게 보였다. 수현은 짙은 선팅 덕에 밖에서는 자신이 잘 보이지 않을 걸 알면서도 다시 한번 숨을 죽였다. 현채가 온몸의 털을 곤두세워 주변의 상황을 살피는 게 느껴졌다.

건물 위층에서 내려온 누군가는 교복 차림의 남자였다. 그는 주변을 달리 살피는 일 없이 둘이 있는 곳 맞은편으로 빠져나갔다. 이후엔 한참 정적이 이어졌다. 이 건물을 아지트로 쓰는 녀석인지도 몰랐다.

이곳은 두 사람이 현금 수송차를 습격했던 은행에서 불과 1킬로미터도 떨어지지 않은 곳이었다. 아직 현장에서 벗어난 지 10분도 채 지나지 않았지만, 이제 경찰이 차를 수배하고 있을 게 분명했다. 이른 아침이라 도로에 사람이 적긴 했어도, 두 사람이 탄 차가 어디로 향했는지 본 목격자도 어딘가에 있을 터였다. 늦기 전에 최대한 빨리 이곳을 벗어나야 했다.

수현이 뒷좌석으로 고개를 돌렸다. 뒤에는 돈다발, 그리고 총을 쥔 채 눈만 보이는 현채가 있었다. 현채의 손이 미약하게 떨리는 것도 같았다.

현채가 비니를 오려 만든 복면을 벗었다. 그제야 수현은 자신도 복면을 쓰고 있다는 걸 깨달았다. 현채의 뺨이 붉게 상기되어 있었다.

"괜찮아?"

수현도 복면을 벗었다. 현채가 수현의 멱살을 부여잡으며 말했다.

"사람이 총에 맞았어."

수현을 쥔 현채의 손에 점점 힘이 들어갔다. 수현은 현채가 어떤 대답을 종용하고 있다고 느꼈다.

"……권총 맞고 사람 안 죽어. 내가 알아."

수현의 말을 들은 현채가 수현의 멱살을 놓고 뒷좌석에 쓰러지듯 엎어졌다. 수현은 그게 현채가 원했던 대답이라는 걸 깨달았다.

처음 다이너스티의 트렁크를 열었을 때, 수현은 자신의 차를 보는 듯하여 헛웃음이 나올 정도였다. 차의 트렁크에는 유흥업소 명함이 담긴 가방과 세녹스라 불리는 유사 휘발유 한 통이 들어 있었다. 택시와 달리 유류대가 따로 나오지 않는 콜때기들에게는 기름값이 상당한 부담이었다. 그래서 1리터에 천 원도 안 되는 유사 휘발유를 넣고 다니는 이들이 있었다.

처음 이 통을 봤을 땐 기름이 떨어지면 넣으면 되겠다고 생각했지만, 막상 상황이 닥치니 그 용도로 써서는 안 된다는 판단이 섰다. 수현은 트렁크에서 연료를 꺼내 조수석에 올려놓았다. 연료로 비니를 적셨다. 지문을 닦을 필요가 있었다. 완전히 정신을 차린 수현은 연료를 머금은 비니로 차량 내부와 손이 닿았던 곳곳을 문지르기 시작했다.

문득 수현은 이 차의 주인이 도난신고를 했는지 궁금했다. 차를 잃어버린 걸 알았을 때의 표정은 어땠을까. 수현은 자신이 차를 잃어버렸다면 어땠을지 상상했다.

그러나 돈을 지키지 못한 은행원들에게는 그런 궁금증이 들지 않았다. 그들에게는 이입이 바로 되지 않았다. 현채가 재차 사람이 총에 맞았다고 말하지 않았다면 전혀 깨닫지 못했을지도 몰랐다.

은행의 지하 주차장에서 현금 수송차를 기다릴 때만 해도 수현의 머리에는 현금 가방을 탈취하는 것으로 가득 차 다른 생각이 들어올 여지가 없었다. 현채의 손에 권총이 들려있는 것과 운전자 없이 시동이 걸린 차가 눈앞에 있는 것은 현금 수송차를 털기 위한 완벽한 조건일 뿐이었다. 수현은 무신론자였지만 신이 있다면 자신을 도울 것이란 믿음이 생겨났다. 차에 짙은 선팅이 되어 있다는 사실이 그런 믿음을 더욱 확고하게 했다. 그것들은 실행을 위한 동력이었고 막연한 희망을 주기에 충분했다.

그러나 변수가 있었다. 사람을 쏘았기 때문이다. 그것은 계획이 없던 일이었다. 현금 가방에 집중한 탓에 예측하지 않은 일이 일어날 거란 생각은 하지 못했다.

수현은 아직 총을 쥐고 있는 현채를 돌아보았다. 수현은 다시 한번 자신을 믿어야 했다.

'괜찮아.'

수현은 태어나서 처음으로 자신을 다독이기 위해 중얼댔다. 이성을 끌어와야 했다.

수현은 뒷자리로 가서 현금 가방을 열었다. 컨테이너처럼 각진 가방이었지만, 나일론 재질이어서 여는 데 큰 어려움은 없었다. 속에는 만 원짜리 돈뭉치가 가득했다. 현금 가방은 유사 휘발유를 담은 연료통보다 무거웠다. 수현은 현채의 가방과 트렁크에서 꺼낸 명함 가방에 돈을 옮겨 담았다.

"그만 넣어. 나 못 들고 가."

현채가 옆에서 가방끈을 들썩여 무게를 가늠하고는 중얼거렸다. 그 말이 농담 같아서 수현은 저도 모르게 피식 웃음을 흘렸다. 돈이 필요하다던 현채는 정작 돈 챙기기를 귀찮아하고 있었다. 수현은 '내가 가져갈까'라는 말이 턱까지 올라왔지만 애써 삼켰다. 수현은 한 번도 돈을 우습게 생각한 적이 없었다. 돈의 무게는 늘 생각 이상으로 무거웠다.

돈의 절반을 현채의 배낭에 가득 채워 넣었다. 현채의 배낭은 금세 터질 것처럼 부풀었다.

"웃기지 마. 돈 한쪽 덜 넣으면 그것 때문에 나중에 탈 나."

수현이 현채의 배낭에 달린 지퍼를 올리며 대답했다. 수현은 현채의 입꼬리가 살짝 올라가는 것을 보자 조금 안심이 되었다.

"있잖아."

현채가 배낭을 들면서 말했다.

"어."

"우리가 잡히지 않을 수 있을까?"

분주히 움직이는 수현과는 달리 현채는 차분했다.

"무슨 소리야, 그게."

수현에게는 오히려 그런 현채가 정신 나간 사람처럼 보였다.

"약속해."

"뭘?"

수현은 반사적으로 되물었다.

"생일 때마다 우리 처음 만났던 곳에서 만나기로."

수현은 마지막으로 손이 닿은 곳을 비니로 닦다 멈추고 현채를 돌아봤다.

수현은 약속이라는 게 늘 두려웠다. 그러나 현채의 제안은 받아들이기 어려운 것이 아니었다. 아니, 그냥 아무것도 아니었다. 두 사람의 생일은 4년마다 돌아왔다. 사실상 멀고 먼 약속이었다. 나흘 앞도 알 수 없는 상황에서 4년 후의 약속은 아무런 의미도 없었다.

수현은 관성적으로 고개를 끄덕이는 걸로 대답을 대신했다. 잡히지만 않는다면.

"넌 네 생일을 종종 까먹는다며? 이젠 까먹지 마."

"총은 어떻게 할 거야?"

수현은 현채를 파악하기엔 시간이 짧았다고 생각했다. 그래서 총으로 어떤 일을 할지 알 수가 없었다.

"내가 갖고 갈 거야. 그렇다면 언제라도 편히 죽을 수 있겠지."
현채가 굳은 얼굴로 대답했다.

청주은행에서 살인강도가 사용한 총기는 경찰에서 사용하던 것으로 밝혀졌습니다. 청주지방경찰청은 현장에서 수거한 탄두를 국립과학수사연구소에 보내 확인을 의뢰한 결과, 경찰에 납품하고 있는 피우정밀의 것으로 확인했다고 지난 2일 발표했습니다.

경찰은 이 사건의 범인을 지난달 서울시 양재동에서 순찰 중이던 서초경찰서 최 모 경사를 차로 친 후 38구경 권총을 빼앗아 달아난 범인과 동일 인물로 보고 있습니다. 충북지방경찰청은 범행에 사용된 검은색 다이너스티 승용차가 대포차로 밝혀짐에 따라 최소 한 달 이상 계획하고 실행에 옮긴 치밀한 범죄라고 밝혔습니다.

이번 사건 범인들은 지난달 29일 오전 7시경 청주시 가경동 청주은행 지하 주차장에서 현금을 수송하던 청원경찰과 청주은행의 박 모 계장에게 실탄 1발을 쏜 뒤 현금 3억 원을 빼앗아 달아났습니다. 이 과정에서 총에 맞은 박 계장은 병원으로 옮겨졌으나 숨지고 말았습니다.

"청주면 우리 고향 아닌가."

병실에 있던 수현의 엄마가 TV 뉴스를 보며 고향 꼴이 왜 저러냐며 중얼댔다.

며칠간 뉴스마다 수현이 한 일에 대해 보도하고 있었지만 수현은 신경 쓰지 않았다. 아니, 외면했다. 그것이 최선이라고 내면의 목소리가 속삭였다.

정말 총에 맞았던 걸까? 맞았다고 한들 그렇게 생각 없이 쏜 총에 사람이 죽었다는 건 말이 되지 않았다. 은행원이 멍청했다. 위험한 물건을 쥔 사람에게 피하지 않고 달려들었다. 멍청해서 죽은 것이다. 아니면 지병이 있었을 수도 있다.

어느 쪽이든 자신과는 상관없는 일이었고 더이상 알고 싶지 않았다. 알아봐야 어찌할 도리도 없었다. 더군다나 수현은 총을 갖고 있지도 않았다.

"저런 거 봐야 머리만 아파."

수현은 리모컨을 눌러 다른 채널로 돌렸다.

겉으로 보기에 엄마의 상태는 호전되고 있었다. 밥은 거르지 않았고, 규칙적으로 산책을 나가기도 했다. 간호사는 퇴원할 준비를 하라고 알려주었다. 수현이 청주에 다녀온 후로는 모든 것이 순조롭게 풀리고 있었다.

쏟아지는 뉴스 속에서 경찰이 자신과 현채가 아닌 다른 사람들 속에서 용의자를 찾는다는 사실을 알 수 있었다. 자신이 아무 일 없이 멀쩡하다는 사실도 그 증거 중 하나였다. 그날의 불안은 의외로 빠르게 가라앉았다. 일상을 되찾는 시간도 하루면 충분했다.

그날 차를 버린 뒤 수현이 할 일은 현금을 옮겨 담은 가방을 갖고 집에 가는 것뿐이었다. 그 생각은 가방을 들고 시외버스 터미널에서 버스를 기다리고 있을 때부터 집에 도착할 때까지 이어졌다. 현채는 서울행, 수현은 수원행 표를 끊고 의자에 나란히 앉아 있었다. 서울행 버스가 빨리 도착했기 때문에 현채가 먼저 대합실 의자에서 일어섰다. 현채가 뒤돌아 인사를 하면서 눈을 깜빡였다. 현채의 입이 웃질 않아서 그것이 윙크인지 찡그림인지 단정하지 못했다. 손으로 눈 위에 그늘막을 만든 현채는 해를 부끄러워하는 사람처럼 보이기도 했다. 그게 현채를 본 마지막이었다.

다시금 '병원으로 옮겨졌으나 숨지고 말았습니다'라고 말하는 앵커의 목소리가 수현의 귓바퀴를 타고 머릿속으로 들어왔다. 수현은 자리에서 일어났다. 수현은 도망칠 수도, 자수할 수도 없었다. 그저 병원에서 엄마를 돌본 후에는 피시방에서 인터넷 포커를 치고 콜을 몰았다.

수현은 자신의 차 운전석에 앉았을 때, 휘발유 냄새가 나는 착각이 일었다. 자신의 차 뒷좌석에도 세녹스가 있을 것 같았다. 청주의 지하 주차장에서 연료를 걸레에 묻혀 지문을 닦던 모습이 떠올랐다. 자신이 한 일이었지만 남의 일처럼 실감할 수 없었다.

수현은 자신의 차를 몰고 처음 다이너스티가 세워져 있던 해리피아 근처에 다시 갔다. 초희의 문 앞은 비어 있었다. 그날 밤 다이너스티가 세워져 있던 자리에 자신의 차를 갖다 댔다. 고개를 돌리니 초희라고 쓰인 커다란 글자가 눈앞에 가득 찼다.

수현의 핸드폰이 울렸다. 수현은 엄지로 폴더를 펴 귀에 가져다 댔다.

"콜입니다. 네, 수원역 앞으로 가면 되나요?"

전화를 끊은 수현이 기어봉을 움직였다. 변한 건 없었다. 문득 사람이 죽거나 물건이 사라지더라도 그 때문에 지구가 돌지 않거나 콜이 끊기는 일은 없을 거라는 확신이 들었다.

피시방에서 수현은 문득 현기증을 느꼈다. 모처럼 현금으로 포커 머니를 사봤기 때문만은 아니었다. 전에 대화를 나누었던 현채의 아이디를 찾았으나 보이지 않았다. 탈퇴한 회원이라는 메시지만 떴다. 현채에게 연락을 할 생각이 나지 않았다. 아니, 내심 연락할 방법이 없길 바랐는지도 모른다.

그 이후 수현도 사이트를 탈퇴했다. 탈퇴하기 직전 수현의 포커 머니는 1조를 넘어서고 있었다.

08

4년 전 발생한 청주은행 권총 강도 용의자 체포

입력 : 2008-02-15 00:30

2004년에 발생했던 청주은행 권총 살인강도 사건 용의자 2명이 4년 만에 경찰에 체포되었다. 이 사건을 수사 중인 충북지방경찰청은 지난 14일 송 모 씨(26), 김 모 씨(29) 등 2명에 대해 강도살인 혐의로 구속영장을 신청했다.

경찰에 따르면 이들은 지난 2004년 청주은행 가경동지점 지하 1층 주차장에서 현금수송 차량을 덮쳤다. 이 과정에서 저항하던 박 모 계장에게 실탄 1발을 쏴 살해하고 3억 원이 든 현금 가방을 탈취해 달아난 혐의다.

경찰은 이들이 범행에 사용한 뒤 버리고 달아난 다이너스티 승용차에서 불을 질러 증거를 없애기 위해 준비한 연료가 담긴 통 1개와 라이터 다수를 증거물로 확보했다. 그러나 경찰은 용의자들이 범행을 완강히 부인하고 있고 가장 중요한 물증인 38구경 권총과 나머지 돈의 행방을 찾지 못해 수사에 난항을 겪고 있다.

4년간 수현의 생활은 변한 것이 없었다. 그저 익숙해질 뿐이었다. 그래서인지 자신과 주변에서 일어나는 변화를 감지하지 못했다.

엄마의 일도 예외가 아니었다. 그동안 수현의 엄마는 여전히 입원과 퇴원을 반복했다. 그렇지만 차도 없이 서서히 상태가 나빠지고 있었다. 의사는 수현에게 간이식을 생각해 볼 수 있다고 했다. 수현에게 이런 식의 선택은 늘 자신을 시험하려는 악의 계략처럼 와 닿았다. 그러나 악에서 구해달라며 기도하는 엄마의 기도에 대한 답변이 이런 식인 거라면, 대체 예수와 악마가 무엇이 다른지 알 수가 없었다.

어제와 오늘은 같았지만 달랐다. 의식할 수 없을 만큼 조금씩 변하기 때문에 같다고 느낄 뿐이었다. 수현은 내심 의사가 간이식이 불가능하다고 말해주길 바랐지만, 차마 입 밖으로 낼 수 없는 바람이었다.

엄마가 다시 퇴원하는 날이었다. 수현은 퇴원 절차를 마치고 병실로 가서 엄마의 옷가지며, 몇 명 되지 않은 문병객이 놓고 간 음료수를 챙겼다. 수박만 한 약봉지도 커다란 가방에 넣었다. 또다시 찾아온 간성혼수로 응급실을 거쳐 병원에 입원하게 된 지 한 달 만이었다. 수현은 엄마를 자신의 차에 태웠다.

"아가, 인제 집에 가냐."

뒤에 앉은 엄마가 수현에게 말했다.

"어. 엄마는 이제 집에 가서 쉬어야지."

그렇게 말은 했지만 쉬고 싶은 건 수현 자신이었다.

"아가."

엄마가 수현을 불렀다.

"어."

"집에 가고 싶다."

"지금 가는 데가 집이야. 엄마."

수현이 대답했다. 수현은 이제 엄마가 어떤 말을 해도 놀라지 않았다.

"아니, 거기 말고. 우리 집 말이다."

아마도 자신의 고향에 있는 집을 말하는 것 같았다.

"왜? 여기 와 놓고."

"말대답은……. 그냥, 문득 그런 생각이 들더라."

고향, 청주. 은행의 지하 주차장이 떠올랐다. 그날 현채와 왜 하필 청주로 갔는지에 대해 어떠한 의문도 떠올린 적이 없었다. 원래 살았던 그곳 지리가 익숙했기 때문이었다. 그러나 다시 갈 생각을 한 적은 없었다.

수현은 잠시 침묵을 지키다 입을 뗐다. 말라붙었던 입술이 떨어지면서 쩍 소리가 났다.

"못 갈 것도 없지. 지금 가보지, 뭐."

자연스레 뉴스에서 보도했던 그 일들이 떠올랐지만, 자신과는 무관한 듯 막연하게 받아들였다. 4년이나 지나는 동안 정말 그 누구도 수현을 찾아오지 않았었다. 그러니 자신만 잊으면 그 일은 자신에게 일어나지 않은 일과 다름없었다. 자신과는 상관없는 일이니까.

그 은행은 계속 영업을 하고 있을까. 엄마의 말에 문득 궁금해졌다. 그날 이전에도 이후에도 청주은행이라는 네 글자는 검색 한 번 해본 적이 없었다. 그곳에서는 무슨 일이 벌어졌을까. 수현은 자신이 저지른 일임에도 자세하게 기억할 수 없었다. 떠올리고 싶지 않은 기억은 지워지기도 했다. 수현에게는 청주은행 주차장에서 있었던 일이 그랬다.

"일은 안 하니?"

수현의 엄마가 걱정하듯 물었다. 하루의 대부분을 누워서 지내는 그녀는 여전히 수현이 어떤 일을 하는지 정확하게 알지 못했다. 차로 물건을 싣고 다니며 돈을 받는다는 정도로만 알고 있을 뿐이었다. 그녀는 수현을 세세하게 들여다본 적이 없었다. 수현에게 뭘 하라고 강요한 적도 없었다. 그녀는 수현이 자신이 낸 빚과 병원비를 갚고 치렀으나, 그것이 얼마인지 돈이 어디서 났는지 묻거나 따져보지 않았다.

수현은 그 이유를 엄마가 자신의 고통을 외면하기 때문이라 여겼다. 잊고 싶은 사실을 굳이 더 늘리고 싶지 않으니까. 엄마가 자신에게 관심을 두지 않은 것이 기만처럼 느껴지기도 했다. 정작 그 부분에선 자신도 엄마와 비슷하다는 건 깨닫지 못했다.

수현은 4년을 한결같이 일하며 엄마의 병시중을 드는 데 의문을 품지 않았다. 자식 된 도리라기보다는, 기계적인 행동에 가까웠다.

"엄마, 근데 엄마는 왜 여기 왔어? 수원에."

수현은 톨게이트까지 이어진 국도로 차를 올려놓으며 엄마에게 물었다. 궁금했지만, 묻지 않았던 질문이었다.

"목사님이 수원에 왔잖아."

엄마는 한 치의 망설임도 없이 대답했다. 수현은 엄마를 이해할 수 없었다. 그러나 분노나 체념 같은 감정이 스며들지는 않았다. 그저 궁금할 뿐이었다.

"목사님이랑 결혼한 거 아니잖아."

수현의 집이 원래부터 가난하진 않았다. 아버지도 원래부터 없지 않았다. 수현이 어렸을 때 주변 어른에게 듣기론, 엄마는 잘살던 집의 외동딸이었다고 했다.

수현은 아버지를 만난 기억이 희미해서인지 아버지가 필요한 줄을 깨닫지 못했다. 상실감은 가져본 사람만이 느끼는 감정이었다. 그래서 가져본 적 없는 수현과는 달리 엄마는 깊은 상실감을 떨쳐낼 수 없었다.

수현의 엄마는 자신의 남편, 수현의 아버지 없이 살 수가 없었다. 그러나 수현의 아버지는 수현의 엄마가 없어야 자신이 살 수 있다고 결론을 내렸는지 끝내 이혼했다고 했다. 이후로 엄마는 술을 마셨다.

수현은 아버지가 떠나가서 그런 모양이라고 여겼다. 그러나 시간이 흐를수록 엄마의 행동이 아버지와 어떤 상관이 있는지 알 수가 없었다. 그 후의 엄마는 많은 남자를 만났다. 수현도 간혹 그들과 마주칠 때가 있었다. 그들은 어떤 부류라고 한 마디로 단정하기 어려울 정도로 제각각이었다. 젊은 30대도 있었지만 엄마보다 더 나이가 많은 중년도 있었고, 호리호리한 사람도 있었지만 살집이 후덕한 자도 있었다. 그러나 그들은 하나같이 술을 좋아한다는 공통점이 있었다.

"아들이구나. 평소엔 어떻게 지내니?"

그들 중 하나가 수현을 보고 물었다. 사실 그 질문은 엄마에게 하는 것이었다. 수현은 엄마가 그의 질문에 대답하지 않고 다른 말로 화제를 돌렸던 걸 기억했다. 엄마도 수현의 하루가 어떻게 흘러가는지 알지 못했기 때문이었다.

애초부터 살이 찐 적이 없었던 엄마는 시간이 지날수록 더 더욱 살가죽이 얇아졌다. 폐경이 찾아오면서 무릎뼈는 주먹처럼 불거졌다. 그때부터 엄마의 얼마 남지 않은 재산과 남자들은 사라져 보이지 않았다. 어느샌가 수현의 엄마는 병이 들어 있었다. 병원에서는 알코올성 정신장애라고 했다. 많은 사람은 그것을 알코올 중독이라고 불렀다. 간도 굳어지고 있었다.

그게 수현이 기억하고 있는 지난 현실이었다. 수현은 자신이 알고 있는 엄마와 엄마가 하는 이야기가 달라 때때로 혼란스러웠다. 어찌 되었건, 세상을 제멋대로 산 사람의 이야기는 계속 이어졌다.

"목사님이 내 이야기를 들어주셨어."

수현은 전역하기 전까지 엄마의 곁에 그런 목사가 있는 것도 알지 못했다. 수현이 군대에 가 있는 동안 만났던 사람인 모양이었다. 그 목사라는 사람도 엄마를 찾아온 수많은 남자 중 하나겠거니 생각했다. 유일하게 다른 게 있다면, 그 덕분에 엄마가 술을 끊은 것 같단 점이었다.

톨게이트로 진입하기 전 사거리에서 마지막 신호를 기다리고 있었다. 차에서 나는 엔진소리가 평소와는 다르게 불규칙

했다. 차의 냉각수 온도를 나타내는 계기판의 바늘이 예민하게 움직였다. 차의 연료가 유사 휘발유라는 사실이 새삼스럽게 떠올랐다. 택시의 기사가 창을 내리고 경적을 울리며 손짓했다.

"아저씨, 차 좀 이상한데. 앞 좀 봐요."

앞을 살피니 보닛 틈새에서 하얀 연기가 올라오고 있었다. 엄마가 걱정했다.

"아가, 옆에서 아저씨가 뭐라고 한다. 응? 뭐라는 거냐."

"아무것도 아냐, 엄마."

시너로 만든 연료가 엔진 피스톤을 녹이고 있는 것이었다.

수현은 문득 이 일을 너무 오래 한 것 같다고, 그리고 엄마가 너무 오래 살아 있는 것 같다고 생각했다. 신호가 바뀌었다. 고속도로에 올라탈 수 없었다. 수현은 핸들을 옆으로 돌렸다. 차의 속력이 서서히 줄어들었다.

청주로 갈 수가 없었다.

수현의 차가 정비소에 들어갔다. 정비소에서는 유사 휘발유를 장기간 사용한 탓에 엔진이 눌어붙었다고 했다. 엔진을 내리고 복원하는 데 드는 돈이 소형 중고차 가격과 비슷했다. 정비사는 다이너스티의 엔진이 처음과 같은 출력을 되찾기는 어려울 것이라고 했다. 그리고 제대로 된 휘발유를 넣지 않으면 다시 망가질 거란 말도 잊지 않았다. 수현은 정비사가 하는 말이 의사가 엄마에 대해 하는 말과 다를 바 없게 여겨졌다. 수현은 폐차를 할까 고민했지만, 차를 수리하는 쪽을 택했다. 정비사는 내부 점검을 더 해보고 다음날까지 수리하는 데 소요되는 대략적인 견적과 기간을 알려주겠다고 했다.

"대략 일주일 이상 걸릴 것 같은데요."

"네?"

"네. 일주일이요."

카센터 사장은 일주일이라는 말을 두 번이나 강조했다. 잔고장이 많은 수현의 차는 단골 카센터가 필요했다. 그 카센터는 무배로부터 소개받은 곳이었다. 카센터 사장은 신념이 확실한 사람이었고 그의 말은 틀린 적이 없었다.

엄마는 결국 청주에 갈 수 없었다. 차가 정비소에 들어간 다음 날, 기다렸다는 듯 엄마도 병원에 다시 입원했다. 퇴원한 지 고작 하루 만이었다. 병원에 숱하게 자주 다녔지만 이런 경우는 처음이었다.

병세가 다시 악화됐다. 의사가 간이식에 관해 이야기하는 빈도가 늘었다. 엄마가 누워있는 침대 옆에 앉아 있는 게 전처럼 편안하지 않았다. 수현은 간이식을 하면 엄마가 천수를 누릴 수 있는지 궁금했다. 그러나 의사는 어떤 미래든 장담하며 이야기한 적이 없었다.

　엄마는 많이 아팠기 때문에 수현의 생일을 축하해주지 못했다. 그러나 수현은 자신의 생일이 다가옴을 알 수 있었다. 어딘지 모를 웹사이트와 업소 등에서 생일 축하 메시지들을 보내왔기 때문이었다. 4년이라는 시간 동안 수현도 모르는 새에 세상은 꾸준히 바뀌고 있었다. 그리고 자신의 생일 때마다 엄마가 입원해 있다는 사실이 공교롭게 느껴졌다.

2월 29일

　차가 수리 중이었기 때문에 일을 할 수가 없었다. 차라리 잘됐다고 생각했다. 수현은 모처럼 밤에 깨지 않고 잘 수 있었다. 낮이 아닌 아침에 깬 것도 오랜만이었다. 밤새 집으로 전화가 오지 않은 것으로 보아 엄마에게도 큰일은 일어나지 않은 듯했다.

　핸드폰을 켜는 것이 두려웠지만 카센터에 차 상태를 물어봐야 했기 때문에 어쩔 수 없었다. 핸드폰을 켜자마자 부재중 전화 알림과 문자가 쏟아졌다. 부재중 전화는 대부분 콜일 터였다. 문자들은 대부분 생일 축하를 빙자한 스팸이었다. 카센터에 전화를 했더니 이틀 정도 더 걸린다는 답변이 돌아왔다. 4년 만에 다시 돌아온 생일의 아침이었다.

　수현은 병원으로 가기 위해 택시를 탔다. 엄마의 병원으로 가기 위해서는 수원 남문로터리를 지나야 했다. 조선 시대의 성문은 아스팔트로 된 도로에 둥그렇게 둘러싸여 있었다.

수현은 4년 전에 한 약속이 그제야 기억이 났다. 현채를 만나기로 했었다. 현채는 그 사실을 기억하고 있을지 궁금했다. 생각해 보니 시간도 정하지 않았었다. 현채의 그 말은 언제 한번 밥 먹자는 말과 다름없었다. 4년 동안 수현에게는 현채를 만나야 한다는 생각이 든 적이 없었다.

수현이 탄 택시는 남문의 로터리를 돌고 있었다. 롯데리아가 보였다. 남문의 롯데리아는 만남의 장소로 각인된 곳이어서 사람들에게는 남문만큼이나 상징적이었다. 수현의 눈은 의지와는 상관없이 롯데리아로 초점이 맞춰졌다.

"여기서 세워주세요."

수현은 자신도 모르게 기사에게 말했다.

"너 살이 많이 쪘구나. 하마터면 못 알아볼 뻔했네."

현채가 수현을 보고 말했다. 정말 못 알아본 쪽은 수현이었다. 무엇보다 현채가 약속을 지켰다는 사실이 놀라웠다. 현채는 롯데리아의 안쪽 자리에 앉아 있었다.

현채야말로 많이 변해 있었다. 어깨가 좁아진 듯했다. 당당했던 근육은 돋보이지 않았다. 머리는 길어 등까지 내려왔다. 무엇보다 얼굴이 바뀌어 있었다. 성형수술을 한 모양이었다.

"언제부터 기다린 거야?"

수현이 물었다. 현채가 앉은 테이블엔 감자튀김을 첨성대처럼 쌓아 올린 구조물이 있었다. 그 주위로도 감자튀김이 수북했다.

"여기 문 열 때부터?"

현채가 수현의 질문에 무심한 듯 대답했다. 수현은 설마, 하는 생각이 앞섰다. 수현에겐 현채가 얼굴을 고치고 머리를 기른 모습이 롯데리아에서 계속 수현을 기다리고 있었다는 점과 맞물려 기이하게 느껴졌다.

들어올 때부터 자신과 현채에게 화살처럼 시선이 쏠렸다. 현채가 엄청난 양의 감자튀김과 함께 너무 오랫동안 자리에 있었던 탓이었다. 그들도 현채와 함께 수현을 기다리고 있던 것이나 마찬가지였다. 굳이 그들의 구경거리가 될 이유가 없었다. 수현은 선 채로 말했다.

"나가자."

"그래. 나도 허리 아파."

현채가 엉거주춤 일어났다.

"이게 그거야?"

현채가 감탄했다. 고깃집 직원은 별다른 반응 없이 묵묵하게 테이블 옆에 서서 갈비를 구워주었다. 수현도 왕갈비를 먹는 것은 처음이었지만, 전부터 눈여겨본 식당이었다. 무배가 전에 한 말을 기억했기 때문이었다.

'누군가 외지에서 오면 저기로 모셔.'

고깃집인데도 술집의 룸처럼 밀폐된 공간이 있었다. 무배가 왜 추천을 했는지 알 수 있었다. 인기 있는 식당이었지만 점심때가 아니어선지 손님이 많지 않았다.

먼저 배고프다고 한 건 수현이었지만, 고기 냄새에도 식욕이 그다지 오르진 않았다. 그러나 현채는 긴장이 풀렸는지 직원이 잘라놓는 고기를 연이어 입에 넣었다. 처음 만났을 때의 현채와는 아무래도 전혀 다른 사람 같았다. 수현은 다시금 앞에 앉아 있는 사람이 현채인지 확인해야 했다.

"총은 잘 있어?"

"그럼. 오늘도 갖고 왔는데."

현채는 아무렇지도 않게 대답했다. 수현이 자기도 모르게 웃음을 터뜨렸다. 농담이라고 생각했다.

"왜 그걸 갖고 다녀?"

현채의 외모는 많이 변했지만 여전히 현실과는 동떨어진 삶을 사는 사람 같았다. 수현은 현채를 이해할 수 없었다.

"혹시 모르잖아."

"뭘 몰라."

"그냥, 불안해서."

현채는 약간 대답을 망설이는 듯하더니 불안하다는 말로 얼버무렸다.

"내가 널 어떡하기라도 할까 봐?"

수현이 비아냥이 섞인 미소를 지으며 물었다.

"네가 경찰 데리고 왔을 수도 있잖아. 그럼 널 그냥 놔둘 수 없지."

현채의 대답은 직설적이었다. 수현은 자기를 죽일지도 모르는 사람이 앞에 있었지만 불안함은 느낄 수 없었다.

"혹시 그 일을 아직도 생각해?"

수현이 호기심 어린 표정으로 현채를 바라보며 물었다.

"응. 한 번도 잊은 적 없어."

현채가 우물거리며 대답했다. 수현은 손을 들어 직원을 부른 다음 소주를 시켰다. 현채의 그 대답이 제게도 죄책감을 강요하는 것 같아 거부감이 들었다.

현채는 사건이 어떻게 수사되었고 종결됐는지 자세히 알고 있었다. 수현은 아직 자신이 감옥에 있지 않은 사실 자체로 그것이 미제사건으로 남았을 거라 막연히 추측했다. 관심이 없었기 때문에, 아니 외면했기 때문에 어떤 식으로 수사가 진행됐는지는 알지 못했다. 알 수 있었지만 알려고 하지 않았다.

반면, 현채는 집요하게 사건 자료를 수집했다.

현채의 말에 따르면 경찰은 현채가 총을 습득했던 경관을 친 사건의 뺑소니범과 청주은행 강도 사건의 탈취범이 동일인이라고 추측하고 있었다. 그 추측을 기반으로 대대적인 수사가 이루어졌다. 현장에서 경호원들이 수현과 현채의 인상착의를 진술했지만 신원파악은 되지 않았다. 두 사람이 복면을 쓴 탓에 얼굴을 특정할 수 없기도 했지만, 경찰이 '범인들은 20대 남성들로 보였다'는 경호원의 말을 한 치의 의심 없이 받아들였던 탓이 컸다. 범인 중에 여성이 포함되어 있을 거라고 말하는 이는 한 명도 없었다.

수현과 현채가 사용했던 다이너스티는 금방 발견되어 지문 채취도 이루어졌지만, 경찰에게 도움 되는 흔적은 어디에도 없었다. 수현이 지문을 닦아내기도 했고, 그나마 발견된 지문들도 유효한 단서가 되진 못했다.

"운이 좋았어. 우리 지문이 하나라도 나왔다면 이렇게 만날 수 없었을지도 몰라."

설명을 마치는 현채의 얼굴에 안도감이 그려졌다.

"아니, 꼭 그렇진 않아. 어차피 그 차는 한 사람이 타던 차가 아니니까."

수현이 고개를 저었다. 수현은 현채의 말을 들으며 굳이 묵혀두었던 기억을 끄집어냈다.

수현이 청주까지 내려갔을 때 탔던 다이너스티의 운전자도 수많은 승객을 태우고 다니던 콜때기였다. 뒷좌석이나 수납함에서 지문이 나온다면 대부분 승객들의 것일 터였다. 수사가 어디까지 진척됐는지는 모를 일이지만, 설령 그 차에서 수현이나 현채의 지문이 나왔다 한들 두 사람은 결국 차의 주인이 태운 수많은 승객 중 하나로 인식될 것이다. 그런 걸 생각하면 경찰이 수사에 어려움을 겪는 것도 당연한 일이었다.

"그럼 더 다행이고."

현채가 수현의 말에 흥하고 콧바람을 뿜으며 대답했다.

뒤이어 현채는 경찰이 다수의 용의자를 검거했으나 증거 불충분으로 영장이 집행되지 않았다고 말했다. 경찰이 지목한 용의자들은 대부분 청주와 서울을 자주 오갔던 건달들이었다.

그리고 그 이후에 현금 수송 차량을 습격한 범죄가 연거푸 일어났다고 했다. 현채의 말에 따르면 전부 현채와 수현이 했던 방식을 모방한 강도들이었다. 그것은 수현도 아는 내용이었다. 간헐적으로 다른 지역의 현금 수송 차량 강탈 사건이 뉴스에서 들려왔다. 경찰이 그들과 자신들을 동일범이라고 여길수록 수사는 꼬일 것이다.

지금까지의 이야기가 전부 사실이라면 경찰이 자신들을 찾아올 가능성은 매우 희박해 보였다. 치밀하게 준비한 범행이라든지, 은행 주변을 잘 아는 사람의 소행이라든지, 전문가의 수법이라든지 하는 뉴스 보도는 전부 틀린 사실이었다. 더군다나 차량의 뒷좌석에 놓인 유사 휘발유와 라이터 따위를 보고 차량에 불을 지를 의도였다며 자신들을 과대평가하기까지 했다. 경찰은 수사 방향을 바꾸지 않았다.

"그럼 된 거 아니야? 뭐가 그렇게 불안해?"

수현은 현채가 집착하는 이유가 궁금해 물었다.

"사람이 죽었잖아. 그 사람이 무슨 죄가 있어."

도돌이표였다. 이건 수현이 풀 수 없는 문제였다.

"또 그 얘기야? 그래서 뭘 어떡해야 하는데. 자수라도 해? 그러면 죽은 사람이 되살아나?"

수현은 현채의 대답에 조금 짜증이 났다. 현채가 가진 총에 맞아 사람이 죽은 것이니 분명 괴로우리라 짐작은 되었지만, 오히려 그럴수록 더 잊어버리고 싶지 않나. 수현은 현채가 집착하는 이유를 이해하지 못했다.

"한 번 찾으니까 계속 찾게 돼. 누군가 안전하다고 말해주길 바랐는지도 모르지."

"똥 냄새 맡다가 똥 묻어. 기사 계속 찾아보고, 죄책감 느끼고, 총 갖고 다니다가 잡힌다고. 불안하면 신경을 꺼야지."

"모르겠어. 그런데 너를 보면 안심할 수 있을 것 같았어. 너는 어떻게 지내는지 궁금했고……."

"잘 지내고 있어. 빚도 갚았고. 그 돈 가방, 무겁긴 했지만 막상 써보니 그리 큰돈은 아니더라. 너는?"

수현은 그때 집에서 가방의 무게를 재봤었다. 만 원권으로 이루어진 일억 오천만 원은 16킬로그램 정도 되는 무게였다.

"다 썼어. 기부도 하고."

기부라는 어색한 단어가 수현의 머리에 돌처럼 굴러들어왔다. 수현은 다시금 현채가 자신과 다르다는 사실을 확인했다. 강도를 같이 저질렀다고 처지가 같은 것은 아니었다.

"말했던 거랑은 다르게 여유가 많았나 보다? 기부도 하고, 성형수술도 하고……."

저도 모르게 그런 말이 나왔다.

"그래 보여?"

현채가 굳은 얼굴로 대답했다.

"아냐, 그냥 한 소리야. 헤어질 때 연락처라도 주고받을 걸 그랬네. 자주 만나게……."

수현은 대충 둘러댔다. 괜한 싸움으로 서로에게 생채기를 주고받고 싶지 않았다. 그럴 여력도 없었다. 하지만 수현의 거짓말은 일부러 그런 것처럼 어색했다.

"안 그런 거 너도 알잖아. 넌 죄책감이 없니? 돈을 그렇게 쓰지 않으면 버틸 수 없었어. 넌 이해 못 할 거야."

현채의 말대로 수현은 그녀를 이해할 수 없었다.

"어. 미안하다."

"마음에도 없는 소리 하지 마."

현채의 말이 맞았다. 마음에도 없는 소리였다. 수현은 헤어질 때 서로의 연락처를 주고받지 않은 것이 다행이라고 생각했다. 청주에서 차를 두고 폐건물 주차장을 나섰을 때나 터미널에서 버스를 기다릴 때, 자신들을 수상하게 여긴 사람이 있을 수도 있었다. 서로에 대해 알고 있다면, 하나가 잡혔을 때다른 하나도 무사하지 못할 터였다. 시간이 지난 후에야 그것이 옳은 선택이었다는 판단이 섰다. 증거와 목격자가 없어 위험요인이 제거된 후라도 현채를 자주 만나서 알고 지내는 것은 좋은 영향이 되지 않으리란 확신이 들었다.

하지만 오늘 만나지 않았다면 그런 확신도 가질 수 없었을 터였다. 앞으로도 현채에게 자신의 정보를 남기는 것은 현명하지 못한 일이었다. 현채를 보니 불안이 전염될 것만 같았다. 수현은 현채가 죽더라도 혼자 죽길 바랐다.

"걱정돼. 너는 그때와는 다르게 너무 변한 듯도 하고. 못 알아볼 뻔했어."

수현이 소주를 한 잔 들이켜고는 말했다. 걱정되는 대상은현채가 아니었다. 오히려 수현 자신의 걱정을 염려하는 뜻에서 한 말이었다. 현채가 어떤 일을 할지 예측하기엔 여전히 그녀에 대해 아는 게 거의 없었다.

"그래? 다행이다. 차라리 내가 다른 사람이었으면 좋겠어."

현채는 한쪽 눈썹을 치켜들더니 곧이어 미소를 지으며 말했다.

"어쨌든 잘 지내는 듯 보여서 다행이다."

수현 이제 됐다는 생각이 들었다. 대화를 마무리하고 싶었다.

"아니, 나는 잘 지내고 있지 않아. 어떻게 잘 지낼 수가 있겠어?"

하지만 그런 수현의 말꼬리를 현채가 의문을 던지며 붙들었다. 수현의 표정이 경직되었다. 곧 그것은 질문이 아님을 알아챘다. 현채가 다시 입을 열었다.

"그래서 말인데, 나 돈이 필요해. 돈 좀 빌려줘."

"무슨 소리야?"

"넌 나한테 줘야 해."

황당한 소리였다.

"왜?"

"나 때문에 사람이 죽었잖아."

현채는 미소를 지은 채로 말하고 있었지만, 수현에게는 그 말이 농담처럼 들리지 않았다.

수현은 벌써 사흘째 손발이 묶인 기분이었다. 단지 차가 없기 때문은 아니었다. 갈 곳이 없었다. 전처럼 피시방에 갈 마음도 들지 않았다. 간다고 한들 포커 계정도 없었다. 병원에 가서도 이전처럼 마음을 놓을 수 없었다. 혹여라도 엄마가 간이식에 대한 의견을 밝히는 게 두려웠기 때문이다. 의사를 마주치고 싶지 않았다. 병이 끼치는 영향은 광범위했다. 의식은 야금야금 갉아 먹혀 무엇이 진정으로 엄마를 위하는 건지 판단도 서지 않았다. 남은 건 그저 자신이 엄마의 아들이라는 생물학적 관성뿐이었다.

3월 2일. 오늘은 차의 수리가 완료될 것이라 한 날이었다. 카센터에 차 수리가 됐는지 미리 확인하지는 않았다. 되어 있을 것이고, 그래야만 했다. 뭐라도 해야겠다는 의식만은 터질 듯 충만했다. 수현의 몸은 이미 카센터로 향하는 택시 안에 놓여 있었다.

"아, 진짜 저놈들 때문에 일이 안 돼."

환갑 즈음으로 보이는 택시 기사가 경적을 울리며 짜증을 냈다. 기사의 말에 뒷자리에 앉은 수현이 고개를 들었다. 흰색 대형세단이 택시 앞으로 끼어들어 급정거한 듯 보였다. 택시 기사가 차선을 바꿔 피해 가려 했지만, 그 차는 택시를 막아서며 길을 내주지 않았다. 흰색 엔터프라이즈였다. 수현은 한눈에 그 차가 콜이란 걸 알아봤다. 최근 수원과 안산의 콜때기는 택시만큼 흔할 정도로 그 수가 늘어 있었다.

차에서 운전자가 내렸다. 후덕한 몸집에 흰 추리닝을 입은 수현 또래의 남자였다. 의도적으로 양아치로 보이고 싶어 하는 옷차림이었다. 어디서 배운 것처럼.

"나와, 이 새끼야!"

추리닝이 운전석 유리창을 손바닥으로 두 번 내리쳤다. 창문이 박살 날 것처럼 쾅쾅 울렸다. 택시 기사의 어깨가 움츠러드는 게 뒷자리에서도 느껴졌다. 추리닝의 행동과 옷차림은 누군가에게 그리하라고 지시라도 받은 듯 과해 보였다. 더군다나 수원에서 처음 보는 얼굴인 것으로 보아 콜을 시작한 지 얼마 되지 않은 게 분명했다.

"저, 급한 일이 있어서 빨리 가달라고 했습니다. 죄송합니다."

수현이 먼저 창문을 내리고 말했다. 추리닝이 험악하게 구긴 얼굴로 수현이 있는 뒤쪽으로 상체를 숙이던 차에, 뒤에서 경적이 울렸다. 인도를 걷던 사람 몇이 걸음을 멈추고 이 광경을 흥미롭게 바라보았다. 택시 뒤로는 자연히 차들이 늘어서기 시작했다. 대형세단이 차선을 가로막은 탓임을 뒤의 차들도 금방 알아챌 터였다. 그는 그제야 운전석 유리창을 한 번 더 치고는 자신의 차를 뺐다.

"진짜 더러워서 못 해 먹겠네."

주눅이 든 기사가 머쓱한 듯 구시렁대더니, 라디오 볼륨을 올렸다. 택시 기사는 무슨 일이라도 일어났냐는 듯 추리닝을 만나기 전의 표정으로 돌아갔다. 더러운 기분이 빨리 전환되는 것도 어떤 진화의 한 종류인 듯 느껴졌다. 그렇지 않으면 살 수 없는 것처럼 보이기도 했다.

그런 점에서 수현 자신은 진화가 덜 되었다고 생각했다. 상처를 금세 잊지 못했다. 시야에서 사라지는 엔터프라이즈를 물끄러미 바라보았다. 휠에 금도금을 해서인지 멀리서도 노랗게 반짝였다. 수현은 자신의 5년 전 모습을 떠올렸다. 저 콜때기도 잃을 것이 없는지 궁금했다.

수현의 다이너스티는 아직도 리프트 위에 걸려 있었다. 검붉은 녹이 배기파이프를 따라 악성 종양처럼 들러붙어 있었다. 다이너스티는 이미 단종 된 지 몇 년이 지난 터라 예전과 달리 카센터에서도 수현의 것 외엔 보이지 않았다.

"끝나려면 얼마나 걸립니까?"

수현이 카센터 직원에게 물었다.

"아마 한 시간 좀 더 걸릴 것 같은데요. 볼일 있으면 다녀오세요."

역시 바람만 간절해서 되는 것은 없었다. 직원이 전화 미리 주셨으면 좋았을 거라는 말을 덧붙였다. 수현은 카센터 의자에 앉아 전화기의 전원 버튼을 눌렀다. 콜을 받을 일이 없으니 이틀 전에 꺼두고 한 번도 켜지 않았었다.

전원이 들어오자 전화에는 부재중 전화 알림과 문자가 쏟아졌다. 병원에서 온 것들도 있었다. 그중 하나는 간호사가 보낸 모양이었다.

— 병원입니다. 어머니께서 돌아가셨습니다.

수현은 문자를 한참 바라보다가 의자에서 일어났다. 냉온수기 통 앞에서 생수를 한 컵 받아 입속으로 들이켰다. 척수를 잡아당기던 밧줄이 툭 끊어진 것처럼 머리 한쪽이 얼얼했다.

전화기가 울렸다. 단골 보도방 사장이었다. 수현은 종료 버튼을 누르려다가 말고 전화기를 펴 귀에 갖다 댔다. 문득 아까의 콜때기가 생각났다.

"차 퍼져서 오늘은 못 가요. 네. ……근데 혹시 흰색 엔터프라이즈로 콜하는 기사 아세요? 휠이 금색이에요."

전화를 끊고 보도방 사장에게 받은 번호로 전화를 걸었다. '여보세요' 하는 두터운 목소리에서 아까의 그 추리닝이 연상되었다.

"여기 88공원 근방인데, 강남 좀 가려고요."

전화를 끊은 수현은 카센터 바닥에 굴러다니는 피스톤 헤드를 주워들었다. 그 모습을 보던 카센터 사장이 말했다.

"아, 그거 사장님 차에서 나온 겁니다. 피스톤 새 걸로 갈았어요."

"이거 가져가도 되죠?"

수현의 질문에 그가 '그러세요' 하더니 차 아래로 들어가 하던 작업을 계속했다. 수현은 조금 있다 오겠다고 말하고는 88공원 쪽으로 발걸음을 옮겼다. 피스톤 헤드는 주머니 속 수현의 손의 일부처럼 단단히 붙잡혀 있었다.

공원 둘레 갓길에서 비상등을 점멸하며 서 있는 엔터프라이즈의 뒷모습이 보였다. 수현은 보폭을 넓혀 차 한달음에 차에 다가갔다. 수현은 굳이 도로 쪽으로 둘러서 운전석 바로 뒤의 뒷문을 열고 앉았다. 운전석에 있던 추리닝의 눈이 룸미러 안에서 수현과 마주쳤다.

비로소 수현을 알아본 듯 추리닝의 눈썹이 치켜 올라갔다. 그의 입이 움직이긴 했으나 소리를 낼 수는 없었다. 수현의 왼팔이 목을 둘러 울대뼈를 눌렀기 때문이었다. 수현은 녀석의 목을 감은 왼손으로 추리닝의 머리를 받치고 있는 헤드레스트 기둥을 단단히 감아쥐었다. 추리닝이 수현의 팔을 붙잡았지만, 자물쇠처럼 목에 걸린 팔은 아무리 당겨도 꿈쩍도 하지 않았다.

수현이 주머니에서 피스톤 헤드를 쥔 오른손을 빼내 그의 옆구리를 내리찍었다. 추리닝이 크게 발버둥치면서 차가 흔들렸다.

"가만히 있어."

수현이 그의 귀에 입이 닿을 듯 바짝 대고 말했다. 그러고는 오른팔을 들어 다시 한번 옆구리를 가격했다.

몇 초가 더 지났을까. 고통에 펄떡대던 거구의 몸짓이 잦아들었다. 경동맥이 눌려 정신을 잃고 있었다. 수현은 왼팔을 이완하기 위해 몸을 앞으로 바짝 붙였다. 질식해가던 추리닝이 쿨럭대며 다시 가쁜 숨을 내뱉기 시작했다.

"넌 잃을 게 없어? 얼마나 없길래 그렇게 살아."

그가 정신이 돌아오는 듯하자 수현이 또다시 그의 몸통을 내리쳤다. 이번에는 무언가 부러진 것처럼 저항감이 느껴지지 않았다. 그가 입에서 컥, 소리를 내며 움찔거렸다.

"운전 조심히 해."

수현이 룸미러로 그의 눈을 바라보며 읊조렸다. 추리닝은 수현의 눈을 피한 채 온 힘을 다해 고개를 끄덕였다. 수현은 팔을 풀고 차에서 내렸다.

엔터프라이즈는 수현이 내리고도 한동안 움직이지 않았다. 녀석이 아무것도 할 수 없다는 걸 알고 있었다. 누구도 녀석을 도울 수 없기 때문이다. 5년간 콜을 하며 얻은 건 운전실력만이 아니었다.

이제 자신에게 잘못을 지적할 사람이 아무도 남지 않았다는 사실이 새삼 깨달음처럼 와닿았다. 도통 자신이 어떤 기분인 건지 확신할 수 없었다. 다만 옥죄였던 정신이 맑아지는 것 같았다.

뇌를 녹일 듯한 열이 올랐다가 내려갔다. 머리는 그 어느 때보다 차게 식어가는 기분이었다.

카센터로 돌아가니 자신의 차가 리프트에서 내려오는 모습이 눈에 들어왔다. 카센터 사장이 수현을 보더니 다 됐다고 말했다.

수현의 전화기가 다시 울렸다. 병원이었다. 엄마에게 갈 시간이었다.

"2008년 3월 2일 오후 4시 10분입니다."

의사가 수현에게 엄마가 사망한 시각을 알려주었다. 수현이 병원에서 의사의 말을 직접 들은 건 엄마가 사망한 지 두 시간 남짓 흐른 뒤였다.

의사는 피곤해 보였다. 표정은 굳어 있었다. 그는 간성혼수와 뇌부종에 의한 사망이라고 설명했지만 수현은 귀담아듣지 않았다. 한참이나 늦게 도착한 수현에게 왜 전화기를 꺼두었느냐, 왜 늦게 왔느냐고 묻는 사람이 없었다. 의사나 간호사 누구도 수현을 보고 뭐라고 하지 않았다. 수현은 몇 개의 종이에 사인을 했다. 이제 간이식을 할 필요가 없다는 생각이 머릿속에서 송곳처럼 비죽 튀어나왔다.

병원비가 얼마가 나올지 궁금했다. 자동차 수리비만큼은 아니길 바랐다. 일전에 갖고 있는 돈 오천만 원을 뽑았었지만, 병원비 때문은 아니었다. 그 돈은 현채가 가져갔다.

현채는 죄책감의 크기만큼 돈이 필요하다고 했다. 수현은 그 말에 공감할 수는 없었지만, 사람을 살해한 노고의 대가라 여겨 그 돈을 현채에게 건네주었다. 그것은 수현이 현채에게 느끼는 적개심과는 별개였다.

엄마의 사망 소식을 누구에게 더 전해야 할지 알 수가 없었다. 목사라는 사람을 불러야 할 것 같았지만 연락처를 알 수가 없었다.

＊

2일장이었다. 보통은 3일장으로 치렀지만 수현은 이 행사를 빨리 끝내고 싶었다. 수현도 누군지 모르는 이들 몇이 왔다 갔다. 엄마의 친척들일 터였다.

수현은 엄마가 갖고 있던 수첩에 남겨진 연락처로 부고 메시지를 발송했었다. 죽음은 모든 인연을 끊을 수 있었다. 그들은 엄마의 사촌이라고 했다. 죽음을 슬퍼하는지 슬퍼하는 척을 하는지 알 수 없었다. 엄마에 대한 그들의 기억이 어떤지 알고 싶었지만, 그들의 말에 자신이 영향을 받을까 두려워 차마 물을 수는 없었다.

수현은 엄마가 기독교인이었다고 병원의 장례지도사에게 말했다. 그리고 장례가 진행되는 동안 그저 앉아 있었다. 찬송을 부르고 싶어도 아는 노래가 없었다. 보다 못한 장례지도사가 성경책을 갖고 와서 노래를 불러주었다. 주를 떠나 즐기며 지내고, 사막 가운데 늘 헤매다가 주 은혜를 잊고 있었다는 가사의 찬송가였다. 찬송가의 내용이 엄마의 인생을 나타내는 듯 느껴졌다.

엄마의 사촌이 떠난 후로는 조문객이 없었다. 그러는 동안에도 전화는 멈추지 않았다. 삼베 완장을 찬 수현이 전화를 받았다.

"상중입니다. 나중에…… 남문이요? 아니, 엄마가 죽었다고요."

받는 족족 콜을 찾는 사람이었다. 상중이라고 했지만 막무가내인 이도 있었다. 전화를 꺼놓지 않은 이유는 혹시 모를 문상객의 문의가 있을까 봐서였다. 그러다 문득, 올 사람이었다면 영안실로도 전화했을 거란 생각이 들었다. 이제 콜을 찾는 이들이 혐오스러웠다.

수현은 배터리를 빼서 집어던졌다. 배터리는 빨려 들어가듯 분향소 아래로 미끄러져 보이지 않았다. 수현은 그대로 분향소 옆 벽에 기대어 멍하니 앉아 있었다.

"상주가 뭐해, 벌떡 일어나지 않고."

귀에 익은 소리에 수현의 고개가 돌아갔다. 무배였다.

"아……."

수현은 헤벌어진 입으로 엉거주춤 일어섰다. 무배에게 부고를 전했었다. 부고를 전하기 위해 무배에게 전화를 한 건 아니었다. 무배에게서 먼저 전화가 왔기에 알려준 것이었다. 청주를 떠난 후로는 고향 친구들과도 연락한 적이 없었다. 그렇기에 이제 무배는 수현의 유일한 지인이었다.

"교회 다니셨어?"

무배가 종이컵 두 개에 소주를 따르며 물었다. 영정 앞에 놓인 십자가를 보고하는 말일 터였다.

"뭐, 그렇죠. 가게 문은 어떡하고요."

수현은 무배의 인사치레와 같은 질문에 대충 대답하며 소주를 들이켰다. 무배가 본 적도 없는 제 엄마에 대해 궁금해할 리도 없었다.

"네가 내 가게 걱정할 때냐."

무배는 수현에게 자신이 타던 차를 팔아넘기긴 했지만 이렇게 오래 콜때기를 할 줄은 몰랐다고 했다. 보통 콜때기에 뛰어드는 녀석들은 결국 사고가 나서 수습하는 데 돈을 쓰거나, 벌더라도 유흥에 탕진하느라 한두 해를 넘기지 않더라는 말이었다.

"네가 차 몰고 다닌 지도 5년이 됐더라."

"벌써 그렇게 됐네요. 그냥 하다 보니 몰랐습니다."

수현은 그제야 자신이 다른 일을 해본 적이 없다는 사실을 깨달았다. 전역한 후 내내 콜때기로 있었다. 일에 대해 옳고 그름이나 좋고 나쁨에 대해 생각을 해본 적이 없었다. 골치 아픈 것들을 떠올리지 않는 건 이제 익숙했다.

"넌 운이 좋았지. 그래도 오래 할 일은 아니다."

"형 덕분이죠."

둘 다 맞는 이야기였다. 매일 신호등을 무시하고 엔진이 망가지도록 과속을 하면서도 사고가 나지 않은 것은 순전히 운 때문이었다. 그리고 무배가 자신의 고객들에게 수현의 핸드폰 번호를 알려준 것도 빨리 자리를 잡기에 도움이 되었다. 그러나 콜때기에는 아무런 보호장치가 없었다. 떳떳하게 직업을 내세울 수도 없었다. 미래가 없는 직업이었다. 하지만 수현에게는 미래까지 생각할 겨를이 없었다.

무배와 수현이 소주 세 병을 비우는 데는 한 시간도 걸리지 않았다. 그동안 문상객은 아무도 오지 않았다. 수현이 생각하기에 더 올 사람은 없는 것 같았다.

"쉬어. 내일 다시 올게."

무배가 시계를 보더니 외투를 입었다. 자정이 다 된 시간이었다.

"뭘 와요."

수현도 따라 일어났다. 신발을 신고 나서던 무배가 주춤거렸다. 앞에서 누군가 들어오고 있었다.

"문상객 모셔. 나 간다."

무배는 그 문상객과 눈인사를 하고는 피하듯 장례식장 밖으로 빠져나갔다. 수현은 문상객을 보고는 굳은 듯 서 있었다.

"인사 안 받아요?"

눈앞에는 자신에게 세븐스타를 건네주었던 승객이 서 있었다. 수현은 그녀의 질문을 받고 나서야 머무적거리며 분향소 옆으로 걸어갔다.

"왜 왔어요?"

수현이 마른안주와 소주를 탁자에 직접 내려놓으며 물었다. 서빙하는 직원을 집에 가라며 일찍 내보냈기 때문이었다. 객이 올 것 같지 않아서였다.

"시청까지 가야 하는데, 기사가 전화를 안 받아서 찾으러 왔어요."

그녀의 농담에 수현이 소리 나게 날숨을 내쉬며 미소를 지었다.

그녀가 수현의 차에 마지막으로 탄 것도 한 달 전이었다. 근래 그녀는 4년 전만큼 수현의 차를 자주 이용하지 않았다. 유흥업소를 그만둔 까닭이었다. 그녀는 일을 그만둔 건 '그만큼 돈을 벌 이유가 사라져서'라고 했다. 부모를 부양할 필요가 없어졌기 때문이었다.

"일을 시작할 때는 선택지가 없었어요. 기계적으로 움직이는 일과 외모를 꾸며서 하는 일밖에는요."

수현이 기억하는 그녀는 언제나 차분했다. 선택지가 없어 그 일을 한다는 말에 자연스럽게 동질감이 스며들었다.

"좀 늦었네요. 제가……."

수현이 말했다. 그녀는 수현이 따라준 술을 소리가 나도록 삼키더니 대답했다.

"내가 미리 겪은 것뿐이죠. 보통 부모들은 그렇게 일찍 죽지 않아요."

그녀는 부모가 없었다. 하나뿐인 그녀의 아버지는 그녀의 고향인 구미에서 홀로 지내다가 죽었다고 했다. 그녀는 며칠이 지난 후에야 아버지가 죽은 걸 알게 됐다. 전화를 받지 않아 찾아가 보니 숨진 채로 방안에 누워 있더랬다. 고독사였다.

"전화를 받던 사람이 안 받으면 보통 무슨 일이 일어났거든요."

수현이 말없이 고개를 끄덕였다. 시간이 지날수록 그녀의 표정은 온화해지는 듯 느껴졌다. 순간 수현은 자신도 그녀처럼 편해졌으면, 아니 편안해 보였으면 좋겠다고 생각했다.

"다른 차 찾아봐요. 콜때기 그만할 거예요."

수현은 그제야 그만두어야겠다는 결심이 섰다. 무배의 말대로 이 일을 너무 오래 했다는 생각이 들었다.

"그래요. 잘 생각했어요."

그녀는 수현이 그만두는 이유를 묻지는 않았다.

"아버지가 돌아가시고, 유흥 일을 안 해서 편해졌어요?"

수현은 생각나는 대로 물었다. 다만 저처럼 부모를 잃는 경험을 미리 한 사람이라면 행복하다고 말하길 바랐다.

"그래 보여요? 그런 건 없어요. 편하지 않은 상황에 익숙해진 것뿐이에요."

아쉽게도 그녀의 대답에서 편안함이 느껴지지는 않았다.

수현은 그녀가 자신을 왜 만나고 있는지 늘 궁금했다.

"그런데 왜 계속 날 만나고 있어요?"

"차가 편해요. 푹신하고 방음도 잘 돼요. 담배 피워도 되고…… 아, 담배 피워도 돼요?"

그녀가 수현에게 묻더니 자신의 가방을 열었다. 수현의 허락 따위는 아무래도 상관없는 사람의 행동이었다. 엄마의 빈소에는 아무도 없었다. 혹시 누군가 있더라도 오늘 같은 날은 양해해 줄 것만 같았다. 수현과 그녀는 서로 처음 만난 그날처럼 세븐스타를 하나씩 나누어 피웠다.

"콜때기 안 한다니까요."

수현이 깊게 한 모금을 들이마시면서 대꾸했다. 그녀는 나직이 중얼거렸다.

"그 차를 탈 수 없을 거라고 생각해 본 적이 없었어요."

수현은 자신이 그녀를 만나는 이유를 자신도 알지 못했다. 하지만 자신도 그녀를 볼 수 없을 거라는 생각을 해본 적이 없었다. 둘 사이에 정적이 흘렀다.

"그럼 같이 타요. 계속."

수현은 종이컵 속에 피우던 담배를 꾹 누르며 빈소의 침묵을 깼다.

장례식이 끝나고 두 달 후에 수현의 차는 다시 멈췄다. 엔진을 뜯어 피스톤을 바꾸고 유사 휘발유를 사용하지 않았음에도 다시 고장 나는 것을 막을 수 없었다.

12

GPS 수신기는 이 근방에서 신호를 내보내고 있었다.

수현은 도롯가에 차를 대놓고 언제라도 움직일 수 있도록 시동을 켜놓았다. 수원 고색동의 공구상가 옆 도로는 왕복 2차선이었지만 이면도로나 다름없었다. 도로의 양옆으로는 늘 인근 주민과 상가를 이용하는 사람들의 차들이 주차되어 있어 중앙선을 밟지 않고는 주행이 거의 불가능할 지경이었다. 누군가 버렸는지 타이어가 펑크 나거나 번호판조차 없는 차도 몇이 보였다. 대포차들일까. 그것들은 수현에겐 낯익었다. 문득 콜을 몰던 때가 떠올랐다.

수현의 단골이었던 그녀는 수현의 다이너스티가 마음에 든다고 했지만, 그 차를 계속 유지할 수는 없었다. 어쩔 수가 없었다. 엔진은 완전히 녹아버렸고 단종된 탓에 부품 수급도 원

활한 편이 아니었다. 무엇보다 그 다이너스티는 어디서도 보호받을 수 없는 대포차였다. 복구되지 않는 것이 차의 엔진 뿐은 아니었다.

엄마의 장례를 치른 그날 이후 수현은 더이상 콜때기를 하지 않았다. 대신 차 다섯 대를 매입하여 렌터카 회사를 차렸다. 은행 주차장에서 들고 온 돈은 일억 원이 채 안 되게 남아 있었지만, 중고차 다섯 대를 사는 덴 충분했다. 그리고 수현의 차를 좋아했던 그녀는 수현의 아내가 되었다.

버려진 차로부터 멀찌감치 익숙한 차가 보였다. 굳이 번호판을 확인하지 않아도 알 수 있다. 자신의 렌터카이기 때문이다. 지난밤 인계동 바에서의 그 녀석이 떠올랐다.

"그거 줘보세요."

수현이 인계동 단골 바의 입구에 들어섰을 때, 그는 바에 진열돼있는 조니워커를 가리키고 있었다. 앳된 얼굴에 경남억양이 진하게 밴 말투. 수현은 한눈에 알아보았다. 그는 불과 몇 시간 전에 수현에게 차를 빌려 가서 박살 낸 채로 반납한 녀석이기 때문이었다.

수현이 상황 파악을 하는 데 불과 몇 초밖에 걸리지 않았다. 교통사고 당일에 병원이 아니라 술집에 들른 걸 보면 가해자에게 합의금을 이미 받았을 수도 있었다.

녀석은 조니워커를 오늘 처음 마시는 듯했다. 바에서 갓 스물이 넘은 객은 단 한 명이기에 그는 수현뿐 아니라 다른 이들의 눈에도 띌 정도였다.

수현은 그의 뒤를 지나 몇 미터 떨어진 바 테이블 앞에 앉았다. 업장에 울려 퍼지는 음악 때문일까. 수현과 달리 녀석은 수현을 알아보지 못했다.

바텐더가 수현을 알아보고는 미소로 인사를 대신했다. '무배 형 왔나요'라고 묻자, 바텐더가 고개를 저었다. 조금 있다가 도착할 모양이었다.

"오늘은 좀 어떠셨어요?"

바텐더가 수현에게 물을 내어주며 말을 건넸다.

"별일 없었어요. 지난주에 들여놓은 차가 작살난 거 빼고는."

"아이고, 새 차가요? 별일이죠, 그건."

"그냥 있는 일이에요."

"그럼 어떻게 되는 거예요?"

바텐더가 과장된 몸짓으로 수현에게 반응한 탓에 입구 쪽에 앉은 녀석의 눈이 수현을 향했다.

"찻값 반값 되는 거죠. 보험으로 처리해도 감가가 확 되니까."

수현이 바텐더의 말에 대답하면서 자신을 바라보는 이에게로 고개를 돌렸다. 마주친 시선을 녀석이 먼저 피했다. 그제야 수현이 누구인지 알아본 것이다. 녀석은 위스키를 단번에 들이켰다.

"욕보셨네요. 일진이 안 좋으시네요. 다친 사람은 없고요?"

조니워커를 시킨 손님이 수현의 차를 빌려 간 사람인 줄 알리가 없는 바텐더가 수현에게 맞장구를 쳤다.

"네, 그런 것 같네요. 빌려 간 사람 잘못도 없었어요. 상대방 과실이 100%였으니."

수현은 녀석 쪽으로 눈길을 한 번 주고는 씁쓸한 미소를 지었다.

"드시면서 좀 가라앉히세요."

바텐더가 위로하듯 하이볼 한 잔을 말아 수현 앞으로 내밀었다. 수현이 자주 마시던 위스키로 만든 것이었다.

녀석은 그 상황이 불편했는지, 서두르듯 술값을 계산하고는 가게 밖으로 나갔다.

"요즘은 애들도 바에 오네."

옆에 앉은 누군가가 녀석이 나간 것을 확인하고는 구시렁 댔다. 인계동 나이트클럽들에서 꽤 멀리 떨어져 있는 이 바는 크게 유명하지는 않았지만 알만한 사람은 아는 술집이었다.

수원에는 수현이 모르는 길과 술집이 없었다. 불법 택시를 몰고 렌터카 회사를 운영하면 모르고 싶어도 모를 수가 없었다. 사람도 마찬가지였다. 옆 사람도 낯선 기운을 느꼈기에 본능적으로 녀석의 얼굴을 본 것이다. 나가는 녀석의 모습을 본 수현은 뭔가를 확신했다.

골목으로 캠리 한 대가 들어왔다. 그리고 캠리가 공구상가 도로를 가로지르자 수현이 지켜보고 있던 렌터카의 앞머리도 움직였다. 수현의 예상대로였다.

캠리가 중앙선을 넘자마자 렌터카가 그대로 캠리의 오른쪽을 들이받았다. 골목을 통해 묵직한 파열음이 퍼져나갔다. 렌터카의 문 세 개가 거의 동시에 열렸다. 사람 셋이 내리면서 순식간에 캠리를 포위하듯 감쌌다. 다들 몸집이 좋았다. 그중 하나는 어젯밤의 그 녀석이었다. 수현이 얕은 숨을 피식 내뱉더니 차를 돌려 사무실로 향했다.

"예."

사무실 책상 앞에 앉은 수현이 노크 소리에 짧게 대답했다. 곧 문이 열리며 예의 녀석이 들어왔다. 몸통에 가려진 문이 거의 보이지 않을 정도로 우악스러운 체격이었다. 흰 점퍼 때문에 두툼한 손가락 위의 진회색 뱀 꼬리 문신이 돋보였다. 분명 뱀의 몸통은 팔을 휘감고 있을 것이다.

수현의 책상 위에는 렌트할 때 쓴 계약서가 놓여 있었다. 부산 사하구 괴정동, 이철규. 계약서에는 녀석이 제출한 운전면허증 복사본이 인쇄되어 있었다.

"차 반납하려고요."

건들거리며 대답하는 녀석의 표정에서 진 적 없다는 경험과 기세가 느껴졌다. 수현은 책상을 손가락으로 두드리면서 고개를 한 번 갸웃했다.

"이철규? 앉아."

"……."

수현의 반말을 예상치 못했는지 녀석의 표정이 굳었다. 경계를 풀지 않은 녀석은 선 채로 눈알을 굴렸다. 이 공간에서의 승산을 따지고 있는 것이 느껴졌다. 사무실엔 수현 혼자뿐이었다.

"수원에서 내 차에 마네킹을 태워?"

"무슨 소립니꺼?"

'마네킹'은 고의로 사고를 내 보험금을 뜯어내는 사기 수법에서, 차량에 마네킹처럼 실어두는 동승자들을 말했다. 공범인 마네킹의 수가 많을수록 받을 수 있는 보험금은 커졌다. 녀석이 그걸 모를 리가 없었다.

"네가 돼지 새끼들 인터넷에서 모아 차에 태우고 중앙선 넘는 차 들이받았잖아."

"누가 들이받았다 합니까. 들이 받힌 거지. 왜 반말이고?"

녀석이 애써 감추던 사투리가 나오고 있었다.

"다른 렌터카업체하고 보험사에 알아보니 부산하고 대전에서 해먹은 게 벌써 스무 번이 넘던데, 꼬리 밟힐까 봐 수원까지 온 거 아닐까? 누굴 속여."

수현이 본 바로는 한두 번 해본 솜씨가 아닌 분명한 상습범이었다.

수현은 녀석이 제출한 운전면허와 인상착의로 조합에 가입한 렌터카 업장 몇 군데와 자신의 회사를 담당하는 보험설계사에 전화를 돌렸다. 몇 군데에서 교통사고 피해자 이철규의 이름이 튀어나왔다.

이철규는 전국을 돌며 법규위반 차량을 들이받아 합의금과 보험금을 타낸 것이 분명했다. 밝혀진 것이 서너 곳이면 그것에 열 배 이상 사기를 치고 다녔을 터였다. 여태 발각이 되지 않은 이유는 운전을 혼자 한 것이 아니었을뿐더러, 차도 매번 바꾸었던 까닭이었다.

피해자 입장에서는 차선 위반 등 겉으로 드러난 자신의 과실이 명확했기에 경찰에 신고를 하더라도 경찰조차 피해 사실을 입증하는 게 어려웠다. 경찰도 녀석의 손을 들어줬을 것이다.

이런 사기범을 찾아내는 일은 경찰이나 보험사보다 렌터카 조합을 이용하는 게 빠르고 확실했다.

"경찰에 신고라도 하시게?"

녀석은 어느새 한 손은 수현의 책상을 짚고 있었다.

"일단 반납 확인서에 사인은 해야 할 거 아냐. 그리고, 너 마네킹들한테 30씩 줬잖아. 걔들 다 이 동네 애들인데 내가 모르겠나. 정말 신고해 볼까? 앉아봐."

수현은 전화기를 들어 보이며 차분한 어조로 말했다.

"어째야 하는데요?"

정곡을 찔린 이철규가 의자를 뒤로 빼면서 앉기 위해 다리를 굽혔다. 순간 수현이 책상 아래로 늘어뜨리고 있던 알루미늄배트를 들어 이철규의 머리를 후려갈겼다. 녀석은 균형이 무너졌던 탓에 첫 번째 스윙에 대처하지 못했다. 이후부터는 속수무책이었다. 녀석의 쓰러진 몸 위로 두 번, 세 번. 금속 배트에서 야구공을 때릴 때와 비슷한 소리가 났다. 수현이 네 번째 스윙을 하려고 팔을 올렸다가 그대로 내려놓았다. 책상 앞에 쓰러진 거구는 움직이지 않았다.

"내 사무실에서는 내 말 들어."

수현이 가쁜 숨을 고르며 앞으로 쏟아진 머리를 위로 넘겼다.

"돈 많네."

이철규가 모르는 목소리였다. 정신이 들고 보니 수현의 책상 앞에 앉혀져 있었다. 눈앞에는 수현 말고 다른 사람이 앉아 있었다. 무배였다. 배트를 휘둘렀던 수현은 뒤에 서 있었다.

수현은 이철규를 만나기 전부터 무배에게 연락을 해놓은 상태였다. 어느새 녀석의 지갑은 무배의 손에 들려 있었다. 만 원짜리 여러 장과 천만 원짜리 수표 일곱 장이 나왔다. 보험회사나 피해자들로부터 받은 돈이었다.

이철규가 주변을 둘러보고자 고개를 들었다. 입에서 신음이 새 나왔다. 야구공이라도 물고 있는 것처럼 턱 주변이 부어있었다.

"너 카드 비밀번호 뭐야."

무배가 이철규의 손 위에 자신의 오른손을 얹으며 물었다. 무배의 손이 닿은 이철규가 움찔거렸다.

"6824."

이철규가 대답했다.

"훈아, 6824래."

무배가 책상 위에 놓인 전화기를 들고 누군가에게 말했다. 무배가 훈이라고 부르는 이는 무배의 가게에서 일하는 직원이었다. 그는 무배가 준 이철규의 카드를 들고 현금인출기 앞에 서 있을 터였다.

그제야 상황을 파악한 듯 이철규의 눈알이 긴박하게 움직였다. 무배는 전화기를 왼쪽 귀에 댄 채 이철규의 눈을 응시하고 있었다. 적막이 사무실을 가득 채웠다. 이철규가 떨고 있는 게 뒤에 서 있는 수현에게도 느껴졌다.

"아니잖아."

손을 뺄 틈도 없었다. 무배가 이철규의 중지를 부여잡고 손목 위로 비틀었다. 이철규의 손가락에 수 놓인 뱀 꼬리가 뒤로 접혔다. 녀석이 발작하듯 엉덩이를 들썩이며 소리를 질렀다. 입가에서 침이 흘렀다.

"5, 5845! 5845예요!"

두 번째 부른 비밀번호는 진짜였다.

"신용카드, 현금카드 할 거 없이 인출 한도까지 다 뽑아 갖고 와."

무배가 직원에게 지시했다. 이철규는 고개를 숙인 채 거친 숨을 내쉬고 있었다. 이후로는 무배와 수현이 묻는 모든 질문에 대답했다.

이철규에겐 당연히 폭력 전과가 있었다. 보험사기는 2년 전부터 해왔다고 했다. 녀석의 보험사기는 건수를 정확히 기억하지 못할 정도로 많았다. 전국을 돌며 운전자와 차를 바꾸어 타면서 사고를 냈기 때문에 경찰의 의심을 피할 수 있었다. 공범은 인터넷으로 모집했기에 서로의 신분도 잘 몰랐다. 이렇게 금방 알 수 있는데. 수현은 보험사와 경찰이 제대로 조사를 하지 않는다는 사실을 다시금 깨달았다.

"너 지금 병원에 있어야 하는 거 아냐?

무배의 말은 질문이 아니었다.

"너 이 모가지랑 손가락, 교통사고 나서 다친 거지? 그럼 보험사에서 돈 줄 거잖아."

이철규는 들릴락 말락 한 목소리로 '예'라고 대답했다.

"가."

무배의 말에 녀석이 잘못 듣기라도 한 듯 고개를 쳐들었다. 이철규는 이때서야 무배의 얼굴을 제대로 보았다.

"수원에서 꺼지라고, 새끼야."

무배와 눈이 마주친 녀석은 꺾인 손을 부여잡고 일어났다. 녀석이 두리번거렸다. 자신이 아무 일 없이 일어날 수 있었다는 사실에 당황한 눈치였다. 애초에 녀석은 아무것에도 묶여 있지 않았다.

자리에서 일어난 이철규가 몸을 돌려 문 앞으로 걸어갔다. 조심스럽게 도어락 버튼을 눌렀다. 문이 열리면서 바깥의 빛이 들어왔다. 녀석은 비틀대며 빛 속으로 사라졌다.

"차용증 쓰게 할 걸 그랬나 봐요. 딴생각 못 하게."

수현은 알루미늄배트를 의자 뒤에 세워두며 말했다. 배트가 바닥에 부딪히며 딸강, 소리를 냈다.

"또 받으려고? 독한 놈이네. 관리만 힘들어져, 받는 것도 일이고."

"알겠어요, 형."

수현이 멋쩍은 표정으로 대답했다.

"너도 이제 사람 좀 써라. 이 일 혼자 못 해. 확장 안 할 거야?"

"확장이요?"

"차 빌려주는 것만 일이 아냐. 소주나 한잔하러 왔더니만 이게 뭐야."

무배가 귀찮다는 듯 자신의 웃옷을 툭툭 털며 일어났다.

"미안해요."

"저놈 머리는 좀 썼네. 그러니 꼬리가 안 밟혔지."

공범자를 인터넷으로 모집했다는 사실이 문득 수현에게 현채를 연상케 했다. 연상은 곧 현채에 대한 궁금증으로 이어졌다. 어떻게 지내고 있을까. 수현은 벽에 걸려 있는 달력을 보았다. 2월의 마지막 날이 29일이었다. 어느덧 4년이 흘러 있었다.

2월 29일

현채는 지난번처럼 롯데리아에 먼저 도착해 수현을 기다리고 있었다. 그러나 테이블 위에 감자튀김 같은 것은 보이지 않았다.

현채는 오래 기다린 것 같지 않았다. 이전에 시간을 정해놓아서인 듯했다. 수현도 4년 전에 헤어지면서 오후 두 시라고 말한 것을 기억했다. 이번에 수현이 현채를 만나러 온 건, 이제는 현채에 대한 호기심이 일 정도의 여유가 생겼기 때문이었다.

현채는 더욱 건강해 보였다. 여전히 말랐지만 긴 머리는 빛을 내며 찰랑거렸고 피부는 매끈했다. 수현은 원피스 위에 고가의 코트를 걸친 현채가 롯데리아와는 왠지 어울리지 않는다고 느꼈다.

현채가 앉은 자리에서는 남문을 둘러싼 로터리가 보였다. 수현이 현채의 맞은 편에 의자를 빼고 앉았다. 현채가 입을 열었다.

"생일 축하해. 제법 나이 든 티가 난다."

현채의 말에 수현은 고개를 숙여 자신의 몸을 한 번 훑어보았다. 정장 바지에 재킷을 입은 모습이 새삼스럽게 낯설었다. 자신의 짧아진 머리도 의식이 되었다. 수현은 현채를 만날 때마다 머리카락이 귀를 덮고 있었지만 지금은 아니었다. 수현은 자신이 외모를 신경 쓰게 된 게 언제부터인지 되짚었다. 정신없이 지내다 보니 어느덧 서른을 넘어서고 있었다.

"너는 말 안 하면 몇 살인지 모르겠다."

수현이 현채를 보고 말했다. 현채의 옷차림이 여느 30대와는 달랐기 때문이었다. 현채는 매끄러워 광택이 나는 모직 코트를 입고 있어 차가워 보일 정도였다. 수현과 현채는 각자의 방식대로 빠르게 변하고 있었다.

수현은 자신이 왜 현채를 만나러 왔는지에 대해 잠시 되짚었다. 나오지 않으면 쏴버리겠다고 한 현채의 협박 때문은 아니었다. 현채의 심리를 확인할 필요가 있었다. 혹여 현채가 자수라도 한다면 수현도 무사할 수 없었다. 실상 걸린 것도 없는데 자수를 한다는 건 상식 밖의 일이었지만, 현채가 그러지 않을 사람이라는 확신은 아직 들지 않았다.

지난번 현채에게 돈을 준 것은 현채가 그럴 만한 대가를 치렀다고 여겨서였다. 딱 그만큼, 같이 일을 했다는 동료 의식도 없지는 않았다.

그럼에도 수현은 현채가 어떤 사람인지 아직도 아는 것이 거의 없었다. 아는 것은 단 하나, 현채가 나약한 사람이 아니라는 확신뿐이었다.

현채의 모습은 한결 느긋해 보였다. 그것은 수현도 자신도 마찬가지였다.

"여기는 롯데리아만 빼고 다 바뀐 거 같네."

현채가 롯데리아 창밖을 바라보며 말했다. 차들이 남문의 로터리를 돌아나가고 있었다.

"여긴 그렇지. 다 죽었어."

수현이 대답했다.

현채를 처음 만날 때만 해도 수원 남문은 서울의 명동처럼 북적여 발 디딜 틈도 없었지만, 이제는 주말에도 한적한 옛 도심일 뿐이었다. 대낮의 남문 거리는 촬영이 끝난 세트장처럼 휑한 모습이었다. 상권은 백화점이 생긴 수원역 방향으로 이

동했고, 유흥가도 전처럼 활기를 띠지 않았다. 빈 상가를 찾는 것이 어렵지 않았다. 초희라는 룸살롱이 있던 건물에는 민속 주점 간판이 달리게 됐고, 마뜩잖은 주인이 운영했던 해리피 아는 24시간 만화방으로 바뀌어 있었다.

"수현아."

"어."

현채가 수현의 이름을 불렀고, 수현이 대답했다. 수현의 기억에 사람들은 무언가 중요한 사실을 알릴 때 이름을 부르곤 했었다. 엄마가 자신의 병명을 설명하기 전에도 '수현아'라고 불렀다. 그런 상황에서 좋은 소식을 접한 적이 별로 없다는 경험은 수현을 긴장하게 했다.

"난 나를 알아보는 사람이 없었으면 좋겠다고 늘 생각했어."

현채의 그 말이 뜬금없다고 생각했다.

"난 날 알아보는 사람이 별로 없어서 잘 모르겠다."

수현은 반사적으로 대답했다. 말 그대로 자신을 알아보는 이가 별로 없었던 탓에 그런 생각을 해본 적이 없었다. 현채가 하는 말의 의미가 무엇인지 알 수 없었다. 현채가 침을 한 번 삼키더니 입을 열었다.

"어떤 학생이 있었어. 수능 보고 대학교 잘 다니고 있던 평범한 여학생. '평범'이 어떤 건지는 모르지만, 자신은 평범하고 특별한 문제가 없다고 여기며 살던 아이였지. 그런데 언젠

가부터 친구들이 자기를 대하는 태도가 좀 어색하다고 느끼기 시작했어. 하지만 별로 신경 쓰지 않고 지냈다? 그 애는 어딜 가나 자신을 싫어하는 사람들을 피할 수 없다는 것 정도는 알고 있었거든. 사람 열이 있으면 두 명은 나를 싫어하고, 한 명은 나를 좋아하고, 나머지 일곱은 나에게 관심이 없다는 얘기 너도 들어봤지?"

"그래서?"

처음 듣는 이야기였지만 수현은 고개를 젓지 않고 되물었다. 수현은 남이 자신을 어떻게 생각하는지 고민해 본 적이 없었다. 현채가 뒤이어 말한 것은 어느 대학교의 신입생 이야기였다.

학생은 수도권에 있는 대학교의 공대에 입학했다. 같은 과에는 특별히 친한 친구가 없었지만, 그녀는 친구가 없다는 사실에 그다지 신경 쓰지 않았다. 자신이 동기들과 친하지 않은 이유도 신입생 오리엔테이션에 참석하지 않았기 때문이라고 여겼다. 실제로 오리엔테이션에 참석한 동기들은 미리 서로의 얼굴을 익힌 탓에 첫날부터 어울려 다니곤 했다. 그녀는 시간이 지나면 자신도 그들과 자연스럽게 교류하리라 생각했던 까닭에 대수롭지 않게 여겼다.

학생은 어느 날부터 그들이 자신에게 관심이 없는 게 아니라는 것을 깨달았다. 아니, 자신에게 관심을 가진 이가 너무 많다고 느꼈다. 거의 전부였다. 그들은 자신과 대화하는 걸 어색해하면서도 관심은 끊지 않았다. 그녀가 움직일 때마다 수많은 시선이 따라 움직였다. 눈알들에서 조약돌이 굴러가는 소리가 날 것만 같았다. 그들의 눈빛에 담긴 감정은 어떤 기대감이었다. '어떻게 하는지 볼까' 하는 호기심이 섞인 눈.

드물게 하늘이 맑던 3월 마지막 주 월요일이었다. 그날따라 밤새 뒤척였던 학생은 결국 잠을 자지 못한 채로 1교시 수업을 듣기 위해 강의실에 들어섰다. 과 대표가 칠판 귀퉁이에 뭘 적고 있다가 학생이 들어오자 서둘러 의자에 앉았다. 또 다른 누군가는 쿡쿡 웃다가 그녀와 눈이 마주쳤다.

"왜 웃어?"

학생은 이번에는 그냥 넘어가지 않고 물었다. 눈이 마주친 누군가는 대답 대신 표정을 바꾸고 고개를 돌렸다.

수업이 시작됐지만, 학생의 눈에는 교수의 모습이 들어오지 않았다. 글씨가 작아서인지 강의 내내 과 대표가 적은 귀퉁이의 글씨는 지워지지 않고 그대로 있었다. 시선이 자꾸 작은 글씨에 꽂혔다. 인터넷 주소였다. 학생은 대문자와 소문자, 그리고 숫자로 이루어진 긴 URL을 또박또박 공책에 옮겨 적었다.

학생은 수업이 끝나기도 전에 강의실을 뛰쳐나왔다. 집으로 가는 전철을 탔지만 가는 길이 멀게만 느껴졌다. 학생은 타르처럼 끈적거리는 불길함에 휩싸인 채 컴퓨터 앞에 앉아 주소 창에 받아 적었던 글자들을 쳐서 넣었다.

어떤 영상이 나왔다. 전라의 남자와 여자가 뒤엉켜 있었다. 순간 심장이 내려앉고 머리가 움직이지 않았다. 기도가 들러붙었는지 숨이 쉬어지지 않았다. 영상 속의 여자는 그녀 자신이었다. 제발 아니길 하는 생각에 벌벌대는 손으로 몇 번을 돌려보았다. 분명한 자신의 모습이었다. 가슴이 기둥이 끊어진 다리처럼 무너져내렸다.

주변인들의 시선이 두려워지기 시작한 것은 그날 이후였다. 모두가 자신을 보면서 그 영상을 떠올리는 것처럼 느껴졌다. 누군가 자신을 위아래로 훑어보는 날엔 자신도 모르게 비명을 지르기도 했다.

"나쁜 놈들이네……."

수현은 현채에게 대답하며 창밖으로 고개를 돌렸다.

"그래. 그 애와 예전 남자친구가 등장하는 섹스 영상. 그 학교에 다니려고 십수 년을 공부한 게, 아니 여태 이뤄온 것들이 그 영상 하나로 다 물거품이 됐어. 친구들이 자기만 빼고 섹스 영상을 다 돌려봤을 걸 생각하면 수치심과 배신감에 몸서리쳤겠지. 너라면 어떨 것 같아?"

"잘 모르겠어."

수현은 모르겠다고 내뱉어 놓고도 자신의 대답이 적절했는지 곱씹었다. 수현은 현채의 갑작스러운 질문이 난처했다. 다른 사람의 이야기처럼 말하고 있지만 실상은 그렇지 않다는 것 정도는 수현도 직감할 수 있었다. 감히 이해한다거나, 알겠다거나, 안타깝다 같은 대답을 해선 안 될 것 같았다. 자신한테 일어날 가능성이 없는 일이라고 여겼기 때문이었다. 겉핥기식 위로는 던져봤자 달갑지 않을 터였다.

"그래, 너는 모르지. 짐작도 못 할 거야."

그때, 현채의 핸드폰이 울렸다. 현채는 잠깐만 하더니 전화를 받았다. '나 잠깐 볼일 있어서 나왔어, 그래, 그럼 내일 봐'라고 말하더니 전화를 끊었다. 끊어지기 전 수화기에서는 남자의 목소리가 들렸다.

"남자친구?"

수현이 물었다.

"아니. 였었지."

현채가 짧게 대답했다.

"예전 애인을 왜 다시 만나?"

"아무렇지도 않게 다시 만나자고 하는 사람도 있더라고. 내가 얼마나 변했는지 궁금해하더라."

현채가 미간에 주름을 지으며 대답했다.

"나쁘게 헤어진 건 아닌가 보네."

수현은 그렇게 말하면서도 뭔지 알겠다는 듯 고개를 주억거렸다.

"아냐, 최악이었어."

현채는 인상을 찡그렸다.

"그러겠다."

수현은 여전히 현채를 이해하지 못했지만 어정쩡한 대답으로 대충 얼버무렸다.

남자들이 헤어졌던 연인을 찾는 경우는 대부분 성욕 해소가 목적이었다. 자신의 차를 탔던 승객들에게도 숱하게 일어났다. 너무 많이 들어 식상한 이야기였다. 그러나 어설프게 아는 척을 했다가는 현채의 반발을 살 수 있다는 생각에 섣불리 의견을 덧붙이진 않았다.

"너 차 끌고 왔지? 일단 나가자."

현채는 말을 돌리며 의자에서 일어났다. 롯데리아 밖으로 나온 수현은 자신의 차가 주차된 곳으로 현채를 안내했다.

"차 바꿨구나."

수현의 옆자리에 앉은 현채가 놀란 듯 말했다. 수현은 그제야 자신의 차가 다이너스티가 아니라는 사실을 다시금 인식했다. 수현의 다이너스티도 폐차장에서 고철로 변한 지가 오래였다. 수현은 자신의 검은색 다이너스티를 과거를 보내는 기분으로 폐차했다.

실상 좋지 않은 추억이 대부분이었다. 택시만큼이나 많던 콜때기들이 강력한 단속으로 줄어들기 시작한 것도 그즈음이 었다. 거리의 그 많았던 다이너스티와 엔터프라이즈는 거의 사라지고 보이지 않았다. 많은 것이 변했다.

변한 것은 거리의 모습 뿐은 아니었다. 실상 그 무엇도 바뀌지 않은 게 없었다. 수현의 승용차는 SUV로 바뀌었고, 폴더폰은 스마트폰이 되었다. 현채의 얼굴 또한 성형수술과 세월을 지나 그 당시의 모습이 아니었다. 그대로인 것은 현채가 갖고 있을 권총뿐일 터였다. 아직도 갖고 있다면.

"어디가 좋아?"

수현이 물었다.

"자유로 가자. 거기 완전 드라이브 코스잖아."

현채가 경쾌한 목소리로 대답했다. 현채는 뭘 하든 망설인 적이 없었다. 그것은 수현도 마찬가지였다. 둘은 잃을 게 없는 사람처럼 거침이 없었다. 수현은 그것이 자신과 현채와의 유일한 공통점이라고 여겼다. 그렇지 않았다면 애초 현채를 만나는 일도 일어나지 않았을 테니.

수현이 운전하는 차는 외곽으로 빠르게 빠져나왔다. 평일 대낮의 자유로는 한산했다. 왕복 10차선 도로는 북을 향해 기세 좋게 뻗어 있었다. 콜때기를 할 때 수현은 자유로까지 가달라는 승객을 태운 적이 적지 않았다. 홀로 드라이브하러 간 적도 있었다. 하지만 그것도 지난 이야기일 뿐이었다. 렌터카 회사를 운영한 지도 4년 차에 접어들고 있지 않던가.

노란색 스포츠카가 수현의 차를 추월하더니, 멀어져 노란 점이 되었다. 현채가 그 스포츠카를 보고 입을 열었다.

"새벽에는 저런 차들이 수두룩해. 시속 이백 킬로미터도 넘게 달리고."

공항도로나 자유로에 폭주족이 많다는 보도가 드물지 않게 신문에 실렸다. 무배가 했던 말이 떠올랐다. 젊은 나이에 돈을 많이 번 전문직이나 사업가의 자식들, 혹은 사설 도박으로 졸부가 된 이들이 자유로에 많이 보인다는 이야기였다.

"너는 그걸 어떻게 잘 알아?"

수현이 의외라는 듯 현채에게 물었다.

"전 남친하고 와본 적 있어."

현채가 대답했다. 그러고 보니 현채를 처음 만난 날도 새벽의 텅 빈 도로를 타고 청주로 질주했었다. 현채가 좋아하는 취미였나 하는 생각이 문득 들었다.

"근데, 좀 더 빨리 달릴 수 있어? 쏘는 맛도 있어야지."

"이건 그런 차가 아니야."

수현의 차는 비포장도로에 더 적합한 차였다. 그런 차가 아니라고 대답하긴 했지만, 뱉은 말과 달리 엑셀을 밟은 발에는 꾹 힘이 들어갔다. 속도가 올라가면서 풍절음이 들리기 시작했다.

속도계의 바늘은 시속 140킬로미터를 가리키고 있었다. 수현은 다이너스티를 타고 엔진이 터지도록 달렸던 기억이 떠올랐다. 다른 것은 몰라도 운전 하나는 지지 않는다는 자신감이 있었다. 현채의 얼굴에 알 수 없는 미소가 만들어졌다. 겁이라고는 전혀 느껴지지 않았다. 현채가 들뜬 목소리로 외쳤다.

"자유로 휴게소를 지나면 임진각 안내 표지판이 나와."

"뭐라고?"

엔진소리와 풍절음이 커진 까닭에 현채의 말을 잘 알아듣기 어려웠다.

"휴게소를 지나면! 임진각 안내 표지판이 나와! 거기까지만 달려!"

현채는 큰 소리로 말하면서 손가락으로 먼 앞을 가리켰다.

엔진 회전수를 나타내는 바늘이 경고를 뜻하는 붉은 지점의 복판에 닿으면서 차체가 금방이라도 폭발할 것처럼 떨렸다. 죽음을 넘나드는 쾌감이 수현의 척추에서부터 올라오고 있었다. 이 찌릿듯한 환희를 현채도 함께하고 있다는 건 고개를 돌리지 않아도 느낄 수 있었다. 둘은 어떤 언덕의 정점을 향해 치닫고 있었다.

현채가 '더! 더!'를 외치며 채찍을 휘두르는 것처럼 수현을 다그쳤다. 한계에 다다른 엔진이 내는 굉음이 차 안에 들어찼

125

다. 차체의 진동으로 가만히 앉아 있기도 어려웠다. 앞 유리에 흡착판으로 붙어 있던 내비게이션이 떨어졌다. 핸들을 힘껏 붙든 수현의 동공이 커지고 있었다. 현채가 고개를 젖히며 시원하게 입을 벌렸다.

임진각까지 6킬로미터라고 쓰여있는 표지판이 보이는가 싶더니 스치듯 지나갔다. 도로가 구부러지는 시작점이었다.

현채가 갑자기 손을 뻗더니 핸들을 잡고 오른쪽으로 돌리려 들었다. 수현은 핸들을 당기는 힘에 깜짝 놀라 엑셀에서 발을 떼었다. 순간 차가 울렁대면서 방향을 틀었다. 왼쪽의 바퀴 두 개가 훙, 하고 지면에서 떨어졌다가 다시 붙었다. 타이어에서 날카로운 소리가 비명처럼 울려 퍼졌다. 차는 도로에 네 줄기의 검은 자국을 내면서 미끄러졌다. 앞서 달리던 수현의 차가 휘청하며 회전하니 뒤에서 오는 차들이 사납게 경적을 울리며 지나갔다.

"무슨 짓이야!"

수현이 현채를 바라보며 외쳤다. 옆에 앉은 현채가 미친 듯이 웃고 있었다.

수현은 임진각 휴게소에 도착해서도 말이 없었다.

"임진강 보러 올라갈래?"

현채가 아무렇지 않게 수현에게 말했다.

"죽으려면 혼자 죽어."

수현이 조금은 날카롭게 대답했다. 현채가 뭘 믿고 그런 행동을 했는지 알 수 없었다. 핸들을 조금만 더 틀거나 속도가 더 빨랐다면 차가 전복될 수 있었다.

"정말 죽을 수 있었단 말야?"

현채가 호기심 가득한 표정으로 물었다. 수현에게는 제정신이 아닌 사람처럼 보였다.

"그 속도면 핸들만 잘못 틀어도 뒤집혀. 더 빨리 달리는 차였으면 무조건 뒤집혔을걸."

"그러면 앞에 돌이라도 부딪쳤더라면? 이를테면 그 옆의 경계석이라든지……."

현채가 뭔가를 확인하듯 재차 물었다.

"정말 죽고 싶으면 그렇게 해."

수현은 현채를 바라보지 않고 퉁명스럽게 대답했다. 도대체 현채는 어떤 식으로 세상을 살아온 걸까. 수현은 현채가 30년 넘게 죽지 않고 살아있다는 게 놀랍기까지 했다.

"어우, 춥다. 돌아가자."

현채가 멀리 있는 임진각 경비초소로 향한 시선을 거두면서 수현 쪽으로 고개를 돌렸다.

수현은 임진각에서 차를 돌려 다시 자유로를 탔다. 차의 속도는 시속 80킬로미터였지만 아까의 여운이 남아서인지 상대적으로 느리게 느껴졌다.

수현은 지금까지 자신과 현채 서로가 신상에 대해 아는 것을 암묵적으로 경계하고 있다고 생각했다. 자신의 모습을 현채에게 보여주기도 싫었지만, 수현도 현채가 어디서 무얼 하고 사는지 애써 알려고 하지 않았다. 둘 중 하나가 경찰에 붙잡혀 같이 범행을 저지른 상대에 대해 알려주기라도 한다면 좋을 게 없었다.

수현은 처음 4년이 그런 우려를 불식시키기에 충분한 시간이었다고 생각했다. 나중에 든 생각이지만, 그때 현채를 다시 만나 다행이라고 여겼다. 서로가 무사함을 확인할 수 있었던 까닭이었다.

8년이 흐른 지금은 문득 현채가 어떤 사람인지 물어도 될 것 같았다.

"그래서 그 학생은 어떻게 됐어? 학교는 잘 다녔대?"

수현은 아까의 뒷이야기가 궁금했다. 현채는 네가 질문할 줄 알았다는 듯 준비한 것처럼 이야기를 이어나갔다.

"아니. 그 학생, 여자애는 다시 학교에 갈 수 없었어. 영상 이름에 학교명이 들어가 있기도 했으니까. 그 애는 가족에게 이야기할 수도 없었어. 아니, 가족들도 알고 있을까 봐 겁이 났지. 무엇보다 멀쩡하다고 생각했던 남자친구가 몰래 그런 영상을 촬영했다는 사실에 분노했고. 더군다나 남자친구는 놀라지도 않았어. 마치 영상이 퍼졌단 걸 이미 알고 있던 것처럼 말이야. 그러면서 자신도 피해자라며 항변했지. 집에 방범용 CCTV가 있어서 촬영된 것 같다, 그 영상을 누군가 해킹해 가져가서 공유사이트에 올린 것 같다는 거야. 그 애도 너무 성의 없는 거짓말이라고 생각했지. 그걸 누가 믿겠어? 게다가 남자친구는 학교를 잘 다녔거든. 그것도 남자친구를 불신하는 데한몫했지. 사람들은 그 애의 남자친구에게는 아무 관심이 없었어. 기억조차 하지 못했고. 오로지 그 학생, 여자만 보고 여자 이야기만 했거든. 여학생에게만 더러운 욕망을 느낀 거야."

그렇게 말하는 현채의 얼굴엔 표정의 변화가 느껴지지 않았다.

"그 여자애는 남자친구를 다시 만나보진 않았어?"

수현이 인상을 쓰며 물었다.

"아니, 만날 수 없었어. 남자친구가 만나주지 않았거든. 그 애는 매일같이 남자친구한테 전화해서는 억울해하고, 보채고, 하소연했지. 남자친구도 처음엔 여자애를 위로했어. 그러면서도 영상을 퍼뜨린 건 자기가 아니라며 극구 부인하더라. 자기 얼굴도 나왔는데 왜 남에게 공유하겠냐고. 실상 그 애의 분노에 기름을 끼얹은 거나 다름없었어. 그날 학생은 욕하면서 울다가 잠들었지. 아니…… 잠을 잔 건지 기절한 건지 모르겠다. 그 이후론 남자친구와 전화도 되지 않았어. 그쪽에서 전화를 받을 생각이 없었던 거지. 몇 달 후에 그 애는 남자친구가 미국으로 유학 간다는 소식을 들었고. 아, 시팔."

현채가 말을 하다 말고 욕을 내뱉었다. 목이 메는 듯 보였다. 수현에게는 남자친구가 돈이 많은 녀석이라는 생각이 떠올랐지만, 굳이 말로 꺼내지는 않았다. 괜한 말로 현채가 입을 다물까 봐서였다. 수현이 문의 포켓에 꽂혀 있는 생수병을 현채에게 건넸다. 현채는 낚아채듯 생수병을 받고는 뚜껑을 비틀어 입속으로 물을 흘려 넣었다. 물이 식도를 타고 넘어가며 꿀럭, 소리를 냈다. 이윽고 현채가 다시 입을 열었다.

"그 학생은 세상에 자기편이 하나도 없다는 걸 깨달았지. 학생은 그대로 학교를 자퇴했어. 결국 학생은 학생이 아니게 됐고 남자친구도 더이상 남자친구가 아니게 된 거야. 그 여자애는 사무치게 외로워했어. 그게 외롭다는 감정이 맞긴 한가? 아마 맞을 거야. 화도 났어. 걷잡을 수 없이. 자신의 이야기를 들어줄 사람도 없었어. 성폭력상담소에 전화해서 욕을 쏟아내기도 했고, 죽으려고도 했는데 잘 안 됐어. 결국 그 애 부모들도 그 사실을 알게 됐고…… 어떻게 모를 수가 있겠어? 이후로 그 애는 밤에만 다녔어. 사람들의 시선이 두려웠거든. 밤에 볼 수 있는 것들을 많이 봤어. 쓰러진 사람들도. 경찰도 예외가 없었어."

"그래서 쓰러진 경찰을 발견했다는 거야?"

수현이 아는 일이었다.

"맞아. 그런데 사복을 입고 있어서 경찰인 줄 몰랐어. 나중에 그 사람이 경찰이라고 하니까 그런가 보다 한 거야. 어쨌든 경찰이 떨군 권총을 손에 든 순간, 그때 뭐라도 해야겠다고 느꼈대."

"뭘?"

"복수를."

"누구? 그 남자친구?"

"자신을 괴롭힌 모두에게."

수현은 처음으로 현채가 가엽다고 느껴졌다. 지난 일에 옭아 매여 평생을 살아갈 수는 없는 일이었다. 왜 과거를 버리지 못하는 것일까. 잊고 싶은 건 잊어버리는 게 편할 텐데.

"복수는 어떻게 하려고. 남자친구는 미국에 있다며?"

"그래. 그래서 어쩔 수 없었지. 그래도 처음 영상 유포한 사람은 찾았어."

격앙되었는지 현채의 눈동자가 커져 있었다. 수현이 보기에 현채는 여전히 세상에 적응하지 못하는 사람이었다. 잊히지 않지만 잊고 살아야 할 것들이 있었다. 그래서, 은행 가서 아무 상관 없는 사람들에게 강도질했던 게 복수였냐는 말이 목구멍까지 차올랐다.

현채의 전화기가 다시 울렸다. 현채는 전화를 받더니 '얼마라고요? 알겠습니다'하곤 전화를 끊었다.

"너 오천만 원 있니?"

갑자기 꺼낸 현채의 요구에 수현은 돌에 얻어맞기라도 한 듯 머리가 멍해졌다.

"야, 그런 돈이 어딨어. 그러고 보니 지난번에 준 오천만 원은 다 어떻게 한 거야?"

수현은 황당한 나머지 웃음마저 나왔다.

"여자애가 영상 지운다고 해서 다 줬어. 돈을 받고 영상을 지워주는 사람이 있대. 디지털 장의사라고 그런 게 있어. 장의사가 그러는데, 계속 지우는데 계속 생긴대. 그래서 돈이 더 필요하다는 거야."

현채가 하는 말은 허무맹랑했다. 절실해서일까. 현채의 판단은 어리석어 보였다. 그냥 순진한 것인지도 모른다고 생각했다.

"지운다고 해놓고 더 퍼뜨리는 거 아니야? 그런 놈들을 믿니?"

"뭐라도 해봐야 하잖아."

"넌 몰라. 넌 세상을 너무 편하게 살아서."

수현이 코웃음을 치며 말했다.

"과연 그럴까?"

현채가 정색했다.

"말이 되는 소릴 해."

"그래서 돈을 못 준다는 거구나. 그럼 영상을 네가 대신 지워주면 되겠다."

수현은 현채의 헛소리를 더 들을 필요가 없다는 생각이 들었다. 현채의 말이 사실이라 하더라도 그것은 현채 개인적인 일이었다. 현채와의 만남이 반복될수록 좋지 않은 기분이 쌓였다. 현채는 사람을 너무 우습게 알고 있었다. 어딜 가나 그런 치들이 있었다. 잘 대해주면 사람을 호구로 아는. 수현은 강변북로를 빠져나와 차를 세웠다.

"내려."

"기분 상했니?"

수현의 말에도 현채는 당황하지 않았다. 흥분했던 조금 전에 비하면 오히려 냉정을 되찾은 듯 보였다.

"오냐오냐하니까 호구로 아는구나. 지난번 돈을 준 건 널 그나마 친구로 생각했기 때문이었는데, 넌 아니었던 거지."

수현의 말에 현채가 웃으며 되물었다.

"친구? 호구? 그런가?"

수현이 손바닥을 편 팔을 들어 올렸다.

"내리라고! 확 밀어버리기 전에."

수현은 이제 현채가 뭘 하든 상관이 없었다. 알량한 권총 하나 갖고 있다고 죽이겠다느니, 어쩌느니 하는 소리도 짜증이 났다. 정말 그럴 사람이라면 죽인다고 말하지도 않을 것이었다. 돈이 정말 없긴 한지도 의심스러웠다. 청주에서의 일 때문에 협박죄로 경찰에 신고하지 못하는 게 아쉬울 따름이었다.

현채는 어쩔 수 없다는 듯 입꼬리를 올리더니 마침내 차 문을 열고 내렸다.

"네가 지워야 해. 이제 내가 아는 사람은 너 뿐이게 될 거야. 날 아는 사람도 그렇고."

수현은 현채의 말을 뒤로하고 엑셀을 밟았다. '다음 생일에 보자'라는 말이 바람에 밀려 지나갔다. 그냥 무시하면 될 사람에게 많은 것을 낭비했다는 생각에 저도 모르게 중얼댔다.

"다음 같은 소리 하고 있네……."

"역전에서 시청까지 5분 안에 갈 수 있다고요? 말이 되나?"

수현 앞에 마주 앉은 이가 주꾸미를 입에 넣으며 말했다. 무배가 운영하는 주꾸미 식당은 테이블의 반 정도가 채워져 있었다.

"생각 없이 밟아대면 될 때가 있어."

수현이 무심한 표정으로 대답했다.

"하여간 형님, 세상 참 좁네요. 또 이런 데서 만나네."

그가 소주잔에 술을 따랐다. 지나가던 무배가 수현이 앉은 테이블 위에 소주를 갖다 놓으며 호기심 어린 표정을 지었다.

"수현이가 친구가 다 있어? 손님도 이기자야?"

"네. 수현 사장님이 같은 부대였더라고요. 오늘 알았습니다."

"하긴. 못 알아볼 수 있지. 처음엔 애가 빼빼 말랐었잖아."

그는 주꾸미 집 사장 무배의 갑작스러운 반말에도 불쾌한 기색을 보이지 않았다. 수현이 그에게 아는 형이 하는 가게라고 귀띔을 했었다.

그는 자신을 영호라고 소개했다. 영호는 수현이 렌터카 사업을 시작한 이후에 고용한 첫 직원이었다. 수현은 영호와 하루에도 몇 시간씩 같이 일했지만, 같은 부대 출신이었다는 사실은 근무한 지 일주일이 지나서야 알게 되었다. 서로가 많이 변했기 때문이었다. 더군다나 수현은 주변인에게 관심을 보이는 편이 아니었다. 수현을 먼저 알아본 것은 영호였다.

"무장 탈영병 잡은 게 사장님이었어요. 27사 총기 난사 사건 아시죠?"

"내가 그걸 어떻게 알아요. 하여튼 군바리들, 지들이 세상 중심인 줄 알지. 군대 얘기를 평생 우려먹어, 아주."

전과가 있는 탓에 군대에 간 적이 없는 무배가 비아냥댔다.

"아니에요. 영호, 넌 헛소리 좀 하지 마."

"들어나 보자. 재미만 없어 봐."

수현이 손을 내저었지만 무배는 장단은 맞춰주겠다는 듯 테이블에 앉았다.

"사장님이 탈영병도 잡고 그랬다니까요."

"그 몸으로 누굴 잡아."

"총으로 쏴서요."

"뭐?"

무배는 그제야 표정이 변했다.

전방 철책에서 근무하던 병사가 무장 탈영했다. 수현이 상병을 단지 며칠 되지 않았을 무렵이었다.

탈영병은 소총과 실탄 50여 발을 지닌 채였다. 수현의 부대가 위치한 화천에서 탈영병을 보았다는 목격자가 나타났다. 진돗개 하나가 발령되었다. 해당 부대뿐 아니라 인근 부대원들도 탈영병 추적에 동원되었다. 수현도 수색조에 포함되어 도로 검문에 나섰다. 총소리를 듣기 전까지는 국도에서 탈영병을 맞닥뜨릴 것이라 여긴 부대원은 아무도 없었다.

총알에 맞아 트럭의 유리창이 깨지더니, 이윽고 두 번째 총소리가 울렸다. 부대원들이 그 즉시 엎드리거나 산개했다. 고개를 쳐들어 소리가 난 쪽을 바라보는 이는 수현뿐이었다. 산허리에 위장무늬가 움직이고 있었다.

수현의 심장이 두근댔다. 피아구분을 위한 수색대의 흰 견 장이 없었다. 탈영병. 진을 치고 선 검문 때문이었을까, 되려 겁을 먹은 건 탈영병 쪽이었다. 그렇지 않다면 굳이 총을 쏘아 자신의 위치를 알릴 필요가 없었다.

수현은 총을 들어 가늠자와 가늠쇠 위에 목표물을 얹었다. 총구가 목표물을 향해 움직이며 불을 뿜었다. 날카로운 파열음 과 함께 아득한 쾌감이 손가락을 따라 척추를 타고 올라왔다.

자칫해서 탈영병이 죽더라도 어쩔 수 없는 일이다. 유일하 게 허락받은 살인이었다. 수현은 홀린 듯 목표물을 향해 걸어 가며 방아쇠를 계속해서 당겼다.

빈총을 달각거리고 있을 즈음 누군가 수현의 팔을 붙잡았다.

"총 내려."

소대장이었다. 탈영병은 어깨에 관통상을 입은 채로 체포되 었다. 지급된 실탄을 모두 소진한 사람은 수현뿐이었다.

"처음부터 아주 싹수가 있었네. 겁이 없었구만, 겁이."

무배가 영호의 설명을 듣더니 수현의 어깨를 건드렸다.

"아유, 말도 마세요. 이후에 군 생활 아주 편하게 하셨다더 라고요."

"같은 소대도 아니었잖아. 아는 척 좀 하지 말고 마셔라."

수현이 무안한지 술잔을 들어 영호의 입을 막았다. 말은 그렇게 했지만 새삼스럽게 그 당시 느꼈던 해방감이 떠올랐다. 그 이후 한동안은 느낄 수 없었던 감정이었다. 무언가에 묶인 것처럼. 그리고 그것은 어느샌가 풀려 있었다.

사람에겐 시간이 아무리 지나도 변하지 않아 알아볼 수 있는 고유한 특징이 있었다. 그래서 영호는 수현에게 몇 번씩 우리 언제 만난 적 있지 않으냐고 물어봤었다. 수현은 영호의 연이은 질문을 받고 나서야 영호가 군 시절 같은 대대에서 복무했다는 사실을 깨달았다. 그 김에 영호가 수현에게 저녁을 먹자고 했고 수현은 영호를 무배의 가게로 데려오게 된 것이다.

"아, 그래요? 수현이가 좀 무심하지."

무배가 영호의 이야기를 듣더니 과장되게 놀라는 표정을 지었다. 무배가 다른 테이블의 주문을 받기 위해 일어섰다. 벽에 걸린 TV에서는 뉴스가 막 시작되고 있었다. 일곱 시였다.

최근 자유로가 심상치 않습니다. 임진각까지 뻗어 있는 자유로에서 일부 운전자들이 과속을 일삼으면서 인명 피해가 끊이질 않고 있습니다. 지난주 새벽 과속을 하던 승용차가 전복되어 운전자가 사망한 데 이어, 어젯밤에도 택시가 과속으로 달리다가 운전자와 승객 총 4명이 현장에서 숨졌습니다. 자유로에서의 질주. 한기호 기자가 취재했습니다.

"저게 뭐야……."

영호가 TV를 보면서 혀를 찼다.

"뭔데?"

영호의 말에 수현도 등 뒤의 TV 쪽으로 고개를 돌렸다.

"저기 자유로 폭주족 엄청 다니는 데잖아요. 돈 많은 애들 수입차 끌고 와서 레이싱도 하고."

자유로라는 말에 수현의 눈은 TV에 미동 없이 고정되었다.

"저 죽은 사람 나 아는데. 저기서 사고가 자주 나니까 아예 자유로 특집을 하네."

다른 테이블로 음식을 나르고 오던 무배가 영호의 말에 반응했다.

"어제 죽었다는 택시 기사를요?"

"아니, 어제 말고 지난주에 있었던 거. 택시 말고 승용차. 승용차가 자유로 달리다 뒤집혔지. 근데 그 죽은 사람을 내가 알아. 폭주족 애들 얘기 들었거든."

"어떻게요?"

영호가 눈을 반짝이자, 서서 말하던 무배가 테이블 앞에 앉더니 목소리를 낮췄다.

"야동에 나왔던 사람이야. 몰카인데……. 혹시 본 사람 있나."

무배의 대답에 수현의 얼굴이 석고처럼 굳어졌다.

무배는 그가 자신이 콜때기를 하던 시절, 자신의 차를 몇 번

이용했던 사람이라고 했다. 주로 서울에서 수원에 있는 룸살롱으로 이동할 때 무배를 불렀다고 했다. 수현보다 먼저 수원에서 콜때기를 시작한 무배는 알고 지내는 중고차 매매업자와 졸부들도 적지 않았다. 무배도 차를 좋아해서 차가 필요하다는 사람이 있으면 중개를 해주곤 했었다. 수현의 렌터카 중 몇 대도 무배의 중개로 싸게 받아온 것이었다.

"몇 년 전에 자기 차 바꾼다면서 자기 차 좀 팔아달라고 했었거든. 돈이 남아 튀는지 수시로 바꿨어, 그 친구는. 졸부는 아닌데 아버지가 의사랬나……. 어쨌든 그 사람이 내 차에 마지막으로 탔던 사람이라 기억하고 있지."

"제가 마지막에 탄 승객 아니었나요?"

수현은 자신이 수원역에 처음 도착했을 때를 떠올리며 물었다. 무배가 수현을 보고 마지막 손님이라고 했던 기억은 여전히 생생했다.

"너 내려준 이후에 콜이 하나 더 왔어. 그리고 다음 날 너한테 전화가 왔었고. 하여튼 그 사람이 내 차에 타가지고는 자기 차 팔아줄 수 있냐고 물었지. 그런데 그 이후로 연락이 없던 걸 보니 다른 업자한테 판 모양이야. 중고차 업자야 널렸으니까. 그런데 몇 달 뒤에 보니까 그 사람 영상이 웹에 돌아다니더라고. 보통 남자야 누구든 관심이 없는데, 나는 딱 알겠더라. 얼굴 보고 목소리 들으니까 맞더라고."

술기운이 단숨에 가시는 소리였다. 수현의 속에서 누군가 불길하다며 속삭이고 있었다.

"영상 내용이 어떻게 돼요?"

"그런 건 또 궁금하냐?"

무배가 어이없다는 표정으로 살짝 웃었다. 그러더니 몇 가지 특징적인 동작을 말해주더니 한번 찾아보라고 했다. 수현은 기억을 되짚었다. 순간 머리털이 곤두섰다.

"에이, 무슨요. 영호야. 막잔 하고 일어나자."

수현은 애써 태연한 척 받아쳤으나 정신은 온통 다른 곳에 쏠려 있었다.

"아니, 뭐 벌써 가요?"

"얼마나 더 마시려고. 원래 짧게 마셔. 짠 해."

수현은 영호의 푸념에도 아랑곳하지 않고 소주가 든 잔을 내밀었다.

주꾸미 집을 나와 한달음에 집에 도착한 수현은 곧바로 컴퓨터의 전원 스위치를 눌렀다. 웹하드 사이트를 들어가 무배가 말한 내용을 단어를 검색하였다. 그러나 그 영상을 찾기란 쉬운 일이 아니었다. 불법 촬영 영상의 수가 너무나 많았기 때문이었다.

접근하는 거야 어렵지 않았지만, 그만큼 찾아볼 영상은 점점 늘어나고 있었다. 검색어를 넣다가 현채가 했던 대학 시절 이야기가 생각났다. 공대, 섹스라는 키워드를 넣으니 화면에 뜨는 제목이 있었다.

'공대 섹파년'

카메라는 고정되어 있었다. 남자와 여자는 카메라를 의식하지 않는 것으로 보아 합의된 촬영은 아닌 듯 보였다. 영상이 낯설지 않았다. 여자는 긴 생머리에 넓은 어깨를 갖고 있었다. 여자의 모습은 수현이 지금 아는 현채와는 많이 달랐다.

그러나 문득, 처음 만났던 날 현채의 모습이 떠올랐다. 평균적인 여자보단 넓었던 어깨. 곧 그 당시 현채가 자신이 수영선수였다고 말한 것도 떠올랐다. 수현의 기억은 8년 전 해리피아로 총알처럼 날아가고 있었다.

영상 속에서 여자의 목소리를 들었을 때 머리통이 울리는 듯한 착각이 일었다. 귀에 익은 목소리였고, 분명히 목소리 주인은 현채였다. 그리고 수현은 곧 기시감을 느낄 수 있었다. 그 영상은 다이너스티를 처음 인수한 날, 뒷좌석 틈에서 나온 USB에 담겨 있었던 영상이었다.

수현은 곧바로 무배에게 전화를 걸었다.

"형, 아까 말했던 야동 있잖아요."

"일찍 집에 가더니 그거 찾고 있네. 유작을 찾아서 뭐 하게. 너 같은 놈 때문에 사람이 죽어요."

우스갯소리였으나 수현에겐 결코 농담으로 들리지 않았다.

"아이, 뭐…… 형이 아는 사람이라니까 궁금해서요. 마지막으로 받은 그 사람이 앞자리에 탔나요? 단골이라면서요."

"룸살롱에서 술로 떡이 된 사람을 왜 앞에 태워. 뒤에 밀어 넣고 갔지."

정황이 맞아떨어졌다. 그가 뒷좌석에 떨어뜨린 USB 메모리를 자신이 차를 인계받으며 집은 게 틀림없었다.

"그 뒤로는 그 사람하고 연락한 적 없어요?"

그가 잃어버린 USB를 찾으려고 무배에게 전화를 했는지 궁금했다.

"없어. 근데 왜 갑자기 그 사람한테 꽂혔냐? 수상하게……."

무배의 대답을 들어보니 그는 자신이 USB를 잃어버린 장소를 전혀 예측하지 못한 것이 분명했다.

"죽은 사람 탔었다니까 좀 그렇잖아요. 제 차에도 탔었나 해서요."

수현은 머릿속에 먼저 잡히는 생각을 뱉으며 둘러댔다.

"그럴 수도 있겠지. 그런데 뭐 어쩔 거야."

"아녜요. 알겠어요."

수현은 급하게 전화를 끊고는 지난주에 일어난 사건 사고 소식을 뒤지기 시작했다.

오늘 새벽 2시 반쯤 파주 자유로에서 30대 남성 A 씨가 몰던 승용차가 전복됐습니다. 승용차는 커브를 돌면서 경계석을 들이받고 전복되어 20미터가량 튕겨 나갔습니다. 이 사고로 운전자 A 씨가 그 자리에서 숨지고, 동승자 B 씨는 부상을 입어 병원으로 옮겨져 치료를 받고 있습니다. 경찰은 과속으로 인한 사고로 보고 현장 조사와 동승자 B 씨의 증언 등을 토대로 정확한 사고 원인을 조사하고 있습니다.

운전자는 안전벨트를 하지 않았다고 했다. 자유로에서 미친 듯 웃었던 현채의 얼굴이 떠올랐다. 수현은 그 차의 동승자가 현채라고 확신했다. 조수석에 앉았다면 운전석 안전벨트 버튼을 해제하면서 핸들을 돌리는 것이 가능했다.

현채는 지금 어디 있을까. 사고를 조사한 경찰서는 어디일까, 현채가 치료를 받은 병원은 어디일까, 수현은 꼬리를 무는 의문에 이끌려 검색을 이어나갔다. '병원으로 이송됐다', '병원으로 옮겨져……', '인근 병원으로……'. 여러 비슷한 기사 속에서 최대한 많은 정보를 뽑아내는 건 쉽지 않았다. 특별한 정보는 없이 대동소이한 단신들뿐이었다.

"씨발."

자기도 모르게 입에서 욕이 튀어나왔다. 병원 이름이 나온 기사는 없었다. 그러나 자유로의 인근 병원이라 하면 고양시에 있는 병원일 가능성이 컸다. 수현은 바쁘게 손을 놀려 포털 검색창을 채웠다. 수현이 찾는 것은 고양시에 있는 병원 응급실 전화번호였다.

"저기, 말씀 좀 묻겠습니다. 혹시 지난주 수요일 새벽에 자유로에서 사고 난 환자 들어온 적 있나요?"

수현은 검색 결과로 뜬 전화번호에 차례로 전화를 걸었다. 현채가 실려 간 병원을 찾는 일은 생각만큼 쉽지 않았다.

"자유로에서 한두 명이 오는 것도 아니고……."

"어디서 사고 난 환자인지 어떻게 알아요?"

"개인정보는 말씀드리기 어렵습니다."

원하는 답을 주는 병원은 한 군데도 없었다. 그리고 어디에서 오는 환자인지 모른다는 그들의 말은 사실로 느껴졌다. 그때, 등 뒤에서 인기척이 일었다.

"자기, 언제 왔어? 오늘 직원하고 저녁 먹느라 늦는다며?"

아내였다. 검색에 집중한 나머지 아내가 들어오는 것조차 느끼지 못했다.

"어, 아니. 친구 아버님이 돌아가셨다고 해서 장례식장 가는 길 검색하느라고."

수현은 당황했지만, 가까스로 변명했다. 아내가 허리춤에 손을 얹었다. 수현의 아내는 만삭이었다. 곧 태어날 아이는 딸이었다. 그 와중에도 이런 집안 사정을 현채에게 말하지 않은 것은 잘한 일이었다는 생각이 들었다.

"장례식장이 북쪽에 있나 봐?"

수현의 아내가 컴퓨터 화면에 펼쳐진 응급실 전화번호를 보고는 물었다.

"응. 일산."

수현은 시선을 화면에 고정한 채로 입만 겨우 벙긋거렸다. 수현의 대답에 그녀는 안됐다며 한마디 던지고는 문을 닫고 나갔다.

분명 뭔가 이상하다는 걸 눈치챘을 텐데, 눈감아 주는 듯한 아내의 행동이 개운하지 않았다. 그러고 보니 최근 아내와 5분 이상 이야기를 나눠본 적이 거의 없었다. 그런데도 지금은 그런 것들을 뒤로 미루어 생각할 수밖에 없었다. 이런 자신의 행동은 가족을 지키기 위한 것이라고 마음을 다잡았다.

여태 현채에게 사생활을 묻지 않거나 따로 알아보려 하지 않은 것이 잘못이라는 생각이 들었다. 문득 폭주족 몇을 안다고 했던 무배의 말이 떠올랐다. 무배에게 다시 전화를 걸었다.

"형, 혹시 폭주 뛰는 애들 좀 알아요?"

"뭔데? 죽은 사람 너랑 무슨 관계야. 이제 나도 좀 알자."

수현으로부터 전화 두 통째를 받은 무배는 수현이 뉴스를 보자마자 서두르는 이유를 수상히 여기기 시작했다.

"없어요. 아니, 아직은 몰라요."

"무슨 소리야, 그게."

수현은 무배에게 뭐라고 말해야 할지 잠시 망설였다.

"죽은 사람이 제 친구 같아서요."

"진짜야?"

무배가 농기를 빼고 물었다.

"확인은 좀 해봐야 해요."

수현의 대답을 들은 무배가 알만하다는 듯 혀를 찼다. 그러더니 자신이 아는 사람 중 하나의 전화번호를 알려줬다. 수현은 곧바로 무배가 알려준 번호로 전화를 걸었다.

"네."

건너편에서 들리는 묵직한 목소리에서 거부감이 그대로 전달되었다.

"안녕하세요, 무배 형 동생인데요."

"아……."

무배의 동생이라는 위치가 어떤 부류들에게는 경계심을 허무는 데 유용하게 작용했다. 음이 포물선처럼 올라갔다가 떨어지는 '아' 한마디로 그것이 실감 됐다. 그에게 자신이 사망자의 초등학교 친구인데 사망 소식을 뒤늦게 알게 됐다고 말했더니 어렵지 않게 숨진 남자의 신상에 대해 알 수 있었다.

숨진 이는 새벽이면 스포츠카로 자유로를 질주하는 무직자였다. 그는 돈 많은 집의 아들로, 유학을 갔다가 한국에 들어온 지 얼마 안 됐다고 했다. 현채가 자신의 이전 남자친구에 대해 설명했던 것과 같았다.

"그 친구는 일산병원에서 장례 치렀고요, 옆에 탄 여자는 파주대 병원으로 갔다고 들었어요. 나도 모르는 사람인데 아마 새로 사귄 여자겠죠."

수현은 전화를 끊자마자 검은 양복을 찾아 입고는 차 열쇠를 꺼냈다. 수현은 그의 말에 따라 차를 몰고 곧바로 파주로 향했다. 현채에 대해 알 기회는 지금뿐인 듯한 예감이 들었다. 현채가 병원에 입원 중이길 바랐다.

밤 열 시의 강변북로는 여전히 정체 중이었다. 수현의 차는 수원에서 출발한 지 한 시간이 지나서야 마포께를 지날 수 있었다. 강변북로에서 자유로로 이어지는 곡선도로를 지나자마자 좌우로 붉은 경광봉을 든 사람들과 경찰차들이 늘어서 있었다.

"실례하겠습니다. 음주 측정 중입니다. 후, 하고 불어주세요."

사각형의 감지기가 가차 없이 안으로 들어왔다. 아차 싶은 생각에 심장이 요동쳤다. 아까 무배의 가게에서 마신 술이 그제야 신경 쓰였다.

숨을 훅하고 뱉자마자 감지기에서 삐, 하는 소리와 함께 빨간불이 켜졌다. 경관이 운전석 문을 잡았다.

"가만히 계세요. 운전대에서 손 떼시고, 그대로 내리세요."

수현이 내리자마자 경관이 수현의 차를 끌고 갓길에 세웠다. 수현은 옆의 닭장차로 인도되었다. 먼저 들어온 사람들이 구시렁대며 앉아 있었다.

"씨발, 씨발!"

수현이 자리에 앉으면서 외쳤다. 크게 욕을 해댔지만, 누구도 제지하는 이가 없었다. 주위에 앉은 사람들이 공감과 동정의 시선을 보냈다.

"힘들어도 맘 편히 먹읍시다. 사고 안 난 게 어디요."

그 와중에 동지애가 발동한 누군가가 한마디 했다. 맘 같아서는 그의 얼굴에 주먹이라도 날리고 싶었다. 닭장차에서 측정한 혈중알코올농도는 0.08%로 면허정지 수준이었다. 경관의 '더더더더'하는 소리가 망치로 머리를 두드리는 것처럼 울렸다. 화가 났지만 여기까지 와서 돌아갈 수는 없었다. 분노는 현채를 만나야겠다는 의지를 절정으로 치닫게 했다.

대리기사가 운전하는 차를 타고 파주대 병원에 도착한 것은 자정이 다 돼서였다. 응급실에서는 강한 불빛이 뿜어져 나왔다. 응급실의 문 안으로 들어서니 익숙한 공기가 수현을 감쌌다. 엄마와 함께 수시로 드나들던 곳의 냄새였다.

일주일이 지났으니 현채가 응급실에 있을 리는 없었다. 접수창구에 두 명의 직원이 앉아 있었다.

"저기요, 혹시 지난주에 자유로에서 사고 나서 온 사람 아 시나요?"

"네? 정확히 언제지요?"

접수원이 바인더를 집어 들며 물었다.

"수요일 새벽 두 시쯤 사고가 났으니까, 두 시에서 세 시 사 이일 겁니다. 키 큰 여자일 텐데……."

수십 개의 기사를 검색했기 때문에 수현은 정확한 시간까 지 외우고 있었다. 수현의 말을 듣던 접수원이 바인더를 열다 말고 '아 참'하며 고개를 들어 수현의 얼굴을 쳐다보았다. 그 리고 다시 질문을 던졌다.

"여기 있으면 환자 키 큰지, 작은지 몰라요. 혹시 환자분하 고 관계가 어떻게 되시죠?"

"친굽니다."

"친구분 성함이?"

"현채요. 성은 갑자기 기억이 안 나네요. 그럴 때 있죠? 아 뭐더라, 김인가……."

수현은 잠시 망설이다가 대답했다. 성을 모른다는 수현의 말 때문인지 접수원이 눈에는 이미 의심이 깃들어 있었다. 수 현의 날숨에서는 알코올기가 섞여 나왔다. 그가 바인더를 넘 겨보더니 다시 고개를 들었다.

"그런 이름은 없는데요."

없다는 접수원의 말은 거짓말처럼 들렸다.

"그럴 리가 없는데……. 잠깐만요. 거기 쓰여 있는 거 같은데요."

수현은 접수원 앞에 펼쳐진 바인더를 손으로 짚으며 말했다.

"선생님은 성함이 어떻게 되시나요? 여기에 성함부터 적어주세요."

접수원이 경계하는 눈빛으로 수현에게 명부를 내밀었다. 이름과 연락처를 쓰는 란이 있었다. 본명을 적는 것은 좋지 않다는 판단에 당장 생각나는 다른 사람 이름과 번호를 적어놓았다. 그러고는 바인더를 빼앗듯 끌어당겼다. 그곳에 적힌 이름을 빠르게 훑기 시작했다. 현채라는 이름은 본명이 아닐 가능성이 컸지만, 지푸라기라도 잡는 절실함이 판단력을 흐리게 하고 있었다.

마지막 장을 넘겼을 때 허탈함이 들면서 주변의 공기가 자신을 와락 덮치는 것 같았다. 수현이 바인더에서 눈을 떼어 고개를 들었다. 허겁지겁 방명록을 훑어보는 자신을 접수원과 경비원이 팔짱을 끼며 바라보고 있었다.

수현은 크게 숨을 들이마셨다. 문득 자신이 한심하다는 생각이 들었다. 온몸에 힘이 빠져나갔다. 목이 탔다. 냉온수기 앞으로 가 종이컵으로 연거푸 물을 받아 들이켰다.

당연하게도 바인더에 현채라는 이름은 없었다. 이제는 현채가 본명인들 어쩔 것인지 생각도 나지 않았다. 하루에 응급실로 오는 환자가 수백 명은 될 터였다. 무엇에 이끌려 여기까지 왔을까. 정작 현채를 만나면 무엇을 할 것인지 아무런 계획도 없었다. 그저 무작정 온 것뿐이었다. 현채의 말이 맞는지 확인하기 위해, 현채를 만나기 위해.

파주까지 왔지만 얻은 건 아무것도 없었다. 남은 것은 낭패감뿐이었다. 자정이 넘은 시간에 일반병실마다 들어가서 환자들 얼굴을 확인할 수도 없는 노릇이었다. 허탈한 심정으로 발걸음을 돌렸다. 수현은 다시 대리기사를 불렀다.

대리기사가 운전하는 수현의 차는 병원의 주차장을 빠져나와 주차요금 징수기 앞에 정차했다. 가로대 위에 설치된 전광판에 수현의 차량번호와 주차요금이 표시되었다.

그때, 요금소 창문이 열리면서 팔 하나와 함께 사람의 머리가 튀어나왔다. 징수원이 수현의 차를 보며 위아래로 손을 흔들었다. 머리가 완전히 벗어진 노인이었다. 운전석에 앉은 대리기사가 창문을 내렸다.

"저기, 43너에 8443, 산타페 맞죠?"

노인이 외치듯 물었다.

"네, 그런데요?"

조수석에 앉은 수현이 대답했다. 새삼스러운 질문이 귀찮게 느껴졌다.

"수현이라는 사람이 어느 쪽이요?"

징수원의 말에 수현은 정신이 번쩍 들었다.

"당신 누굽니까?"

수현의 질문에는 날이 잔뜩 서 있었다.

"지난주에 누가 와서 선생님 차가 오면 이걸 전해주라고 합디다."

징수원이 흰 봉투를 내밀었다. 대리기사가 징수원에게 그것을 받아 수현에게 건네주었다. 수현이 반사적으로 질문했다.

"누군데요?"

늙은 징수원이 말을 이었다.

"어떤 여자인데 말요. 부탁하더라고, 친구가 문병 올지 모른다고. 며칠 지나도 그런 차 없기에 안 오나 싶었지."

"그런데 어르신이 왜 이걸 갖고 있다가 나한테 줘요?"

수현의 머릿속은 여전히 혼란스러웠다. 징수원을 바라보는 수현의 눈이 매서웠다.

"수고비를 받았어요. 연애편지라도 되나 보지."

징수원은 홀가분한 표정으로 가로대를 올렸다.

수현이 봉투를 뜯었다. 포스트잇 한 장이 접혀 있었다. 접힌 포스트잇 속에 적혀있는 것은 한 줄의 문장이었다.

'잊지 마. 다음엔 일억이야.'

'그래도 처음 영상 유포한 사람은 찾았어.'

현채가 자유로에서 했던 말이 머릿속에 계속 맴돌았다. 그 것이 자신이었나 묻고 싶었다. 그 당시엔 물을 생각조차 들지 않았다. 마침 그때 현채에게 전화가 오는 바람에 그 영상을 유포한 사람이 누구인지 묻지 못했었다. 그게 나였냐고 수현이 물었다면 현채는 어떤 대답을 했을지 궁금했다.

'네 아이디를 포털 검색창에 넣어봤어.'

8년 전의 현채가 수현에게 이야기하고 있었다. 그때는 아무렇지도 않았던 현채의 말들이 지금에야 귓속에 화살처럼 박혔다.

수현은 USB 메모리 속의 섹스 영상에 딱히 관심을 두지 않았었다. 그저 원하는 음악을 다운받을 수 있는 포인트를 얻으려, USB에 담긴 노래와 영상 몇 개를 공유한 게 전부였다. 원래의 내용물은 중요하지 않았다. 음악을 담을 메모리와 다운받을 포인트, 그게 전부였다. 지금은 흔해진 2기가 USB는 그 당시에 십만 원이 넘는 것이었다. 음악 좀 들으려고 몇백 원이지만 푼돈이 계속 나가는 것도 아까웠을 뿐이다.

그 영상의 최초유포자가 자신이라는 사실이 믿어지지 않았다. 그렇다 해도 우연일 뿐이다. 그것이 잘못인가? 그렇다면

USB를 차에 떨어뜨린 사람의 잘못 아닌가? 그런 의문과 억울함이 불쑥 튀어나왔다.

현채는 영상의 출처를 거슬러 올라가 최초로 배포한 아이디까지 찾아낼 정도로 집요했다. 수현은 다시금 아이디 하나로 많은 사이트에 가입했던 것을 후회했다. 덕분에 현채는 너무도 쉽게 수현에게 접근할 수 있었다.

수현은 현채를 처음 만났던 그 날을 하나씩 복기했다.

'너는 택시 정류장 쪽만 보고 있더라.'

현채가 수현을 보자마자 했던 말이었다. 수현은 그 말의 의미를 곱씹었다. 수현은 자신이 먼저 와서 현채를 기다리고 있었다고 여겼다. 지금은 현채가 수현보다 더 먼저 남문에 도착해서 기다렸을 수도 있겠다는 생각이 들었다. 그 당시에는 눈치채지 못했다. 뒤에서 총을 겨누며 다가왔을까? 현채는 이미 먼저 와서 수현을 기다리고 있다가 기회를 노렸을지도 모를 일이다.

처음 만났을 때의 현채는 영상에서의 모습과는 달리 머리를 짧게 자른 모습이었다. 애당초 영상을 주의 깊게 보지 않기도 했지만, 확연히 다른 스타일이다 보니 현채가 수현이 공유한 영상 속 인물과 연관 있다는 생각은 전혀 떠오르지 않았다. 그때, 만약 자신이 현채가 영상 속 인물임을 알아봤다면 방아쇠를 당겼을까?

자신을 죽이려고 마음먹은 누군가가 있다고는 상상한 적도 없었다. 자유로에서 현채가 멋대로 핸들을 꺾었을 때가 생각 났다. 현채가 총을 갖고 다니던 것과 만나러 오지 않으면 쏴버 리겠다고 하던 말이 연이어 떠올랐다. 현실에서 동떨어져 있 는 것 같던 현채의 모든 말과 행동들이 갑자기 무겁게 다가왔 다. 사람이 죽었으면 하고 바라기만 하는 것이 아니라, 정말 죽 여야겠다는 생각이 들 정도의 증오는 어떤 것일까?

현채는 자신을 알아보지 못하는 수현을 보고 망설였을 것 이다. 더구나 지금과 달리 번화가였던 그 시절 수원의 남문은 새벽 두 시에도 보는 눈이 많았다. 수현을 제거하기가 여의치 않았을 것이다. 현채는 계획을 바꿨는지도 모른다. 당장은 수 현을 제거하더라도 위험이 너무나 크다. 무엇보다 섹스 영상 에 나온 자신의 남자친구는 아무런 대가도 치르지 않았다. 현 채는 남자친구에게 복수하는 것이 우선이라고 여겼을지도 모 를 일이다. 아니면 수현이 그날 무작정 청주로 향했던 것처럼, 현채도 계획 없이 수원으로 내려온 것인지도.

'해리피아에 불 켜졌는데.'

현채가 했던 말이 다시금 떠올랐다. 현채는 수현을 떠보았 다. 사람들의 알아보는 시선을 피해 밤에만 다녔던 현채는 무 엇보다 성형할 돈이 필요했을 터였다. 그래서 술집에서 현채 는 수현이 자신과 함께 은행을 털 수 있는 사람인지 살펴본 것이다.

수현은 계속 기억 속 현채가 되어 자문자답을 이어갔다.

'너 돈 필요하잖아? 엄마 편찮으시다며.'

"그래. 돈이 정말 필요해. 엄마가 왜 내 앞길을 막는지 모르 겠다. 돈이 필요하다면 무엇이든 할 수 있어."

수현은 중얼거렸다. 그때는 차마 입 밖으로 내지 못한 말 이었다.

현채의 권총으로 할 수 있는 것은 하나였다. 현채는 결국 수 현을 이용해 현금 수송 차량을 터는 데 성공했다. 둘은 헤어졌 다. 이것저것 살필 여유가 없었다. 당장은 경찰에 검거되지 않 는 것이 우선이었다.

수현과 현채는 경찰의 수사망을 완전히 벗어난 4년 후에 다 시 만났다. 현채는 자기 몫이 더 커야 한다고 생각했을 것이 다. 총을 쏴 인명피해를 입힌 건 총의 주인인 현채다. 그러니 자신의 역할이 더 크다고 여길 수도 있다. 실제로 다시 만난 현채는 그런 말을 했었다. 수현은 그 말에 동의하며 오천만 원 을 주었지만, 문제는 그다음이었다. 이번에 현채가 다시 돈을 달라고 했기 때문이다. 수현이 갖고 간 일억 오천만 원이 전부 자기의 것이라고 여겼을까. 그것이 자신의 잃어버린 시간과 고통에 대한 대가와 보상이라고 생각했을까?

'잊지 마. 다음엔 1억이야.'

1억 다음엔?

수현의 머릿속에서 이어지던 현채와의 대화는 거기에서 끊어지고 말았다. 현채가 원하는 게 정확히 무엇인지, 현채가 앞으로 무엇을 할지 여전히 알 수가 없었다.

그러나 언제까지고 현채의 장단에 놀아날 순 없었다.

16

'성 착취 영상 소지 유포 피소' 디지털 장의사 숨진 채 발견

입력 : 2016-02-21 13:24

성 착취물을 소지, 유포한 혐의로 경찰 수사를 받고 있던 디지털 장의사 대표가 숨진 채 발견됐다. 21일 수원 서부 경찰서는 이날 디지털 장의사 대표 A 씨가 오전 2시쯤 자신의 사무실이 위치한 인계동 소재 건물 아래에 숨진 채 쓰러진 상태로 발견됐다고 밝혔다. 경찰에 따르면 사인은 추락사로 추정된다. 유서는 발견되지 않았다.

인터넷 흔적 삭제 업체를 운영하는 A 씨는 의뢰받은 영상을 삭제하는 척하며 재유포하거나 삭제 의뢰를 받지 않은 성 착취 영상 수백 건의 소지 등의 혐의를 받고 있다. A 씨는 의뢰인 중 하나로 추정되는 익명

제보자의 구체적인 제보로 경찰의 수사를 받던 중이었다.

경찰은 A 씨가 극단적 선택을 한 것으로 보고 지인과 유족을 상대로 구체적인 사망원인을 조사 중이다. 하지만 사인이 명백하다고 판단되어 부검은 실시하지 않는다고 밝혔다.

2월 29일

사무실로 쓰던 컨테이너 하우스 옆에 3층짜리 건물이 올라갔다. 사무실을 올리는 데엔 6개월도 걸리지 않았다. 공기 단축을 위해 철골구조를 선택했다. 주차장 옆에는 주목 한 그루가 덩그러니 심겨 있었다.

"나무의 제왕이라고 하더라."

준공식 날이었다. 무배가 5톤 트럭에 나무를 싣고 오면서 말했다. 무배가 갖고 온 주목은 준공 기념수였다.

"주목은 꽃말이 좋지 않아."

아내가 옆에서 말했지만, 수현은 그다지 신경 쓰지 않았다. 설령 그렇다 한들 무를 수도 없는 일이었다. 오히려 삼각뿔 모양의 단정하고 푸른 모습이 지금의 아내와 비슷하다는 생각이 들기도 했다.

승용차 몇 대로 시작한 렌터카 장사는 사업이라고 부를 수 있는 규모가 되었다. 렌터카 지점은 이미 열 개가 넘었다. 자리를 잡나 싶더니 금세 확장되었다. 렌터카 무섭게 수요가 늘어난 까닭이었다. 화성과 안산의 외국인 근로자부터 면허를 막 취득한 10대 애들, 그리고 개인뿐 아니라 법인까지 렌터카를 찾는 이들이 끊이지 않았다. 수현은 하루도 빠짐없이 사무실에 나왔다. 거의 매주 직원을 뽑는데도 일손이 달렸다.

콜때기와는 달랐다. 불법 콜택시 기사는 돈을 벌어도 유흥으로 탕진하는 사람이 대부분이었다. 밤에 벌고 밤에 썼다. 콜때기의 섭리가 그랬다. 운전만으로는 돈을 모을 수 없었다.

콜로 돈을 벌어 식당을 차렸다는 무배조차 대포차나 중고차 중개를 하는 부업은 손을 놓지 않았다. 수현이 렌터카를 시작할 수 있었던 것도 현금 수송차에서 빼 온 돈다발을 종잣돈으로 삼았기 때문이었다.

4년은 자유로에서 느꼈던 흥분과 긴장을 희석하기에 충분한 시간이었다. 한동안은 혼란스러웠지만, 다시 제 일상을 하염없이 보내니 점점 현채 생각으로부터 멀어졌다. 음주운전으로 취소된 면허를 다시 취득할 무렵엔 현채를 거의 잊고 있었다.

돌연히, 수현은 현채가 자신을 이전 남자친구처럼 해치지는 않을 거란 확신이 들었다. 4년마다 현채를 롯데리아에서 만난다는 약속 자체가 우습게 느껴지기도 했다. 백주에 패스트푸드점에서 사람을 해할 생각으로 접근하는 사람은 없을 터였다. 자신의 도움이 없었더라면 현채가 한 푼도 건지지 못했을 뿐 아니라 지금 살인죄로 철창 안에 있을 수도 있었다.

그것 자체로 충분하지 않을까, 그리고 이제는 외모를 바꾼 현채를 알아보는 사람도 없지 않을까, 그렇다면 괜찮은 것 아닌가, 이런저런 의문을 던지며 자기 합리에 빠지기도 했다. 자신의 생일을 현채에게 빼앗기는 듯한 기분도 들어 분하다는 감정도 생겼다. 그런 것에 신경 쓰며 시간을 허비하기엔 수현이 가진 것이 적지 않았다.

2월 29일. 조촐한 준공식을 치렀다. 수현은 준공일을 굳이 자신에 생일에 맞췄다. 지금껏 자신의 생일엔 좋은 일이 일어났던 적이 없다고 느꼈던 까닭이었다. 사람이 죽기도 했다. 이제 그런 기분을 겪고 싶지 않았다. 새로운 삶을 시작하고 싶었고 그 시점은 자신의 생일이어도 좋을 거란 생각이 들었다. 생일의 나쁜 기억을 좋은 일로 덮고 싶기도 했다.

생일을 온전히 자신을 위해 보낸 것은 처음이었다.

아내와 딸이 부르는 생일 축하 노래가 어색하면서도 싫지 않았다. 새로운 기분이 느껴졌다. 아직도 못 느껴본 감정이 있다는 사실이 신기했다. 일방적인 추측이었지만 그게 행복인지도 모른다는 생각이 들었다.

그날은 그렇게 지나갔다. 현채도 서서히 지워지는 듯했다.

주말의 할인마트는 늘 사람들로 북적였다. 수현은 딸이 걷고 말을 하게 되면서 조금씩 딸과 함께 밖에 나가기 시작했다. 가끔은 온 가족이 마트로 갈 때도 있었다. 하지만 사람이 많은 장소는 늘 어색하고 불편했다. 특히 마트는 너무 조명이 밝아 익숙하지 않았다.

반면 아내는 그런 것에 개의치 않았다. 아니, 개의치 않기 위해 노력을 하는 것 같기도 했다. 함께 마트에 나왔지만, 자연히 딸과 다니는 건 아내가 되었다. 딸아이도 아빠인 수현보다 엄마인 아내와 돌아다니는 게 더 익숙해 보였다.

수현은 물건이 가득 담긴 카트 손잡이를 잡은 채로 앞서 걸어가는 아내의 뒷모습을 바라보았다. 아내는 딸과 함께 아이스크림을 사러 간다고 했다. 그들은 점점 작아지더니 이윽고 인파 속으로 완전히 사라졌다.

아내의 뒷모습에서는 어떤 감정도 느껴지지 않았다. 아내의 어깨는 힘이 들어가지도, 쳐져 있지도 않았다. 문득 수현은 아내의 생각이 궁금해졌다.

아내가 술집과 주야 3교대의 반도체 공장을 관두고 나온 것도 더이상 어두워진 시간에 일하고 싶지 않아서였다. 결혼하기 전 수현과 그녀는 과거의 불행을 나누며 서로에게 공감했지만, 추구하는 삶까지 같지는 않았다. 그녀는 지상을 향해 발아하는 씨앗처럼 한결같이 밝은 곳을 지향했다. 그러나 수현은 자신이 원하는 삶이 무엇인지 여전히 알지 못했다. 다만 불안한 일상에서 벗어나고 싶었다. 결혼은 그러기 위해 치러야할 막연하지만 당연한 절차였다. 수현이 생각한 결혼은 안정적인 삶을 위한 필수 요소 중 하나였다.

'그 차를 탈 수 없을 거라고 생각해 본 적이 없었어요.'

수현은 엄마의 장례식장에서 아내가 했던 말을 상기했다. 그러나 아내의 희망은 곧바로 어긋나 그 말이 무색할 정도였다. 다이너스티를 결혼하자마자 버렸던 까닭이다. 엔진이 녹아내린 차는 어떻게 해도 움직이지 않았다. 폐차하는 건 예정된 수순이었다.

장례식장에서의 바람이 결혼 이후의 삶으로 이어지지 않았다. 수현과 아내가 같이 드라이브를 하는 일은 열 번도 되지 않았다.

'맛있었겠네.'

아내가 어느 날 바깥에서 담배를 피우고 온 수현을 보고 한 말이었다. 아내는 수현과 같이 살 무렵 이미 임신 중이었다. 수현은 어느덧 아내가 담배를 피우지 않는 일상을 당연하게 받아들이고 있었다. 아내가 임신한 이후로는 담배를 같이 피우는 일도 일어나지 않았다. 아내가 수현과 같이 즐겼던 것들은 결혼 이후로 한둘씩 사라졌다.

언제부터인가 아내는 수현에게 자신의 이야기를 하지 않게 되었다. 수현은 하루도 빠짐없이 취한 것처럼 일에 몰두했고, 수현의 아내는 나름의 방식으로 세상을 일구듯 매일을 살아 갔다. 수현은 자신과 아내 사이의 관계에 의심을 갖기도 했지 만, 밖으로 드러내지 않았다. 결국 시간이 흐를수록 서로에 대 한 관심은 옅어져 피상적 관계로 변해갔다.

수현은 아내의 하루가 어떻게 지나가는지 알지 못했다. 아 내가 어디에서 무엇을 하는지 누굴 만나는지 알지 못했다. 아 내는 늘 아이를 돌보느라 바빴지만 때로는 다른 사람을 만나 는 것 같기도 했다. 수현은 추측만 할 뿐, 알려고 하지 않았다.

수현이 익숙하게 취한 반응은 외면과 기만이었다. 이미 장 례식장에 있을 때부터 다이너스티의 상태는 처참했었다. 지 금의 외면은 그때 같이 타는 게 불가능하리란 걸 이미 알고 있 었음에도 굳이 말하지 않은 것과 다르지 않았다. 같이 살았지 만 다른 삶이었다.

멀리서 아내와 딸이 자신에게 걸어오는 모습이 눈에 들어 왔다. 손에 소프트아이스크림 하나씩을 들고 있었다. 그들은 더없이 다정했다. 쇼핑카트를 잡은 자신의 모습은 왠지 모르 게 어색하게 느껴졌다.

"왜 안 왔어? 롯데리아."

딸의 한 마디가 수현의 회상을 한순간에 걷어냈다. 그 말은 수현을 일상과는 다른 차원으로 빨아들이고 있었다. 수현은 귀를 의심했다.

"민지야, 그게 무슨 소리야. 어디서 들었어?"

수현이 딸의 어깨를 흔들며 다그쳤다.

"왜 그래, 갑자기."

약간은 거친 손길에 아내가 수현의 팔을 잡았다. 아이를 바라보는 수현의 눈은 경계심으로 이글거렸다.

"롯데리아는 뭐야?"

수현이 여전히 표정을 풀지 않은 채로 아내에게 물었다.

"저기 식당 왼쪽에 롯데리아 있어. 민지가 거기 아이스크림을 좋아해."

"왜 안 왔냐니, 그게 무슨 말이냐고!"

영문을 모르는 아내의 미간에 주름이 생겼다.

"아빠랑 같이 아이스크림 먹고 싶었나 보지. 당신은 그런 거 신경도 안 쓰겠지만. 직원도 아빠는 왜 안 왔냐고 묻더라."

불안에 휩싸인 수현에게는 아내의 표정이 눈에 들어오지 않았다.

"직원이라니?"

수현은 팽개치듯 카트에서 손을 떼고는 식당 코너로 달려갔다.

코너 부스 중 하나에 롯데리아가 자리 잡고 있었다. 직원 중 현채일 거라 생각되는 사람은 눈에 띄지 않았다.

"여기 혹시, 키가 저만한 여직원 근무하나요?"

수현은 롯데리아의 카운터로 다가가 처음 보이는 직원을 보고 물었다. 수현이 줄을 무시하고 끼어들었기 때문에 줄을 선 다른 사람들의 시선이 자석으로 향하는 못들처럼 수현에게로 쏠렸다.

"왜 그러시는데요?"

직원은 다짜고짜 들이닥친 수현의 모습에 경계하는 표정이 역력했다.

"우리 아이한테 잘해주셨다고 해서요. 고맙다고 인사 좀 드리려고……."

수현은 너무 무작정 물었다는 생각에 호흡을 가다듬었다. 키는 170대 초반의 마른 체형에 나이는 30대 안팎으로 보일 거라는 말을 덧붙였다. 현채를 연상하며 한 말이었다.

"아뇨, 170이 넘는 사람이 한 명 있긴 했는데…… 손님이 말씀하시는 분은 아닌 것 같네요. 20대고 마른 편은 아니거든요."

직원이 정색하며 대답했다. 그러고는 '주문 도와드리겠습니다'라고 하며 수현의 뒤에 선 사람에게로 시선을 옮겼다. 수현은 직원을 노려보다 다음에 다시 오겠다고 하며 몸을 돌렸다.

"아, 그분 그만두셔서 이제 안 나오세요."

직원의 말이 걸어 나가는 수현의 등에 부딪혔다.

일전에 할인마트에서 딸이 했던 말은 다시금 현채를 떠올리게 했다. 아직까지 현채에게 얽매여 있는 자신에게 화가 났다. 그러면서도 지난 2월 29일, 현채가 남문의 롯데리아에 왔었는지 자꾸만 궁금해졌다.

수현은 남문에 있는 롯데리아에 들어가 4년 전, 현채가 앉아 있었던 자리에 앉았다. 그때는 보이지 않던 것들이 눈에 띄었다. 고개를 들어 앞을 보니 남문 로터리가 한눈에 들어왔다. 그 자리에서 로터리를 보며 자신을 기다리고 있었을 현채가 떠올랐다.

테이블과 벽에는 중고생들이 적어놓은 듯한 낙서가 군데군데 눈에 띄었다. 흡사 오래된 막걸릿집의 벽 같기도 했다. 다른 프랜차이즈 패스트푸드점과는 달리, 이곳은 사람들의 낙서를 방치하고 있었다. 테이블도 교실의 책상처럼 여기저기 상흔이 남아 있었다. 그것이 사춘기들의 흔적인 줄은 한눈에 알 수 있었다. 낙서를 읽던 중 테이블 정중앙에 쓰여 있는 글이 수현의 눈에 들어왔다.

'왜 안 왔어? 롯데리아.'

수현의 눈은 밖으로 빠져나올 것처럼 커졌다. 하얀 플라스틱 테이블에 못처럼 날카로운 것으로 긁어가며 쓴 글씨였다. 그것은 딸이 자신을 보며 마트에서 한 말이었다. 수현은 퍼뜩 고개를 들어 주변을 둘러보았다. 현채가 어디선가 자신을 지켜보는 것 같았다.

그날 밤, 집에 들어온 수현은 한 시가 넘어도 잠에 들지 못했다. 수현은 침대에서 몸을 일으켜 서재의 컴퓨터 책상 앞에 앉았다.

어찌 된 일인지 컴퓨터의 전원은 켜져 있었다. 페이스북에 연예인이 쓴 글이 나타났다. 수현은 인터넷을 자주 했지만 SNS를 하는 취미는 없었다. 연예인이 했다는 말이 걸린 뉴스의 링크를 타고 갔더니 페이스북이 열렸을 뿐이었다. 그것은 아내의 계정으로 로그인이 되어 있었다. 아내가 컴퓨터 사용 후 로그아웃을 하지 않았거나, 자동 로그인 기능이 실행되어 있었기 때문일 것이었다.

되는대로 커서를 휘젓다가 화면의 우측 상단을 클릭했다. 그곳에 주황색 점이 반짝인 탓이었다. 그 속엔 보고 싶지 않았지만 지나쳐서는 안 되는 메시지들이 있었다.

아내가 대화를 나누는 상대와 어딜 갔으며, 무얼 했는지 알수 있었다. 그들이 서로 옷을 벗고 몸으로 할 수 있는 것들을모두 했다고 상상이 가능한 대화였다. 하지만 둘의 대화는 무미건조했다. 그렇기에 그 누군가가 자신의 아내를 사랑했는지말았는지, 혹은 어떤 대가가 있었는지는 알 수 없었다.

그의 프로필 사진엔 아무것도 없었다. 오히려 다행이라고생각했다. 수현은 그 낯선 이의 얼굴이 어떤지, 누구인지 알고 싶지 않았다. 구체적인 사실을 안 자신에게 닥칠 현실과 마주치고 싶지 않았다. 컴퓨터를 꺼놓지 않은 아내의 부주의에화가 났다.

자신이 아내의 메시지 함만 클릭하지 않았다면, 차라리 몰랐으면 나았을 거라 생각했다. 혹은 자신도 이전부터 페이스북을 해서 아내와 이야기를 나누었다면 이런 일은 일어나지않았을 거라는 가정을 하기도 했다.

왜 하필 지금일까. 계속되는 의문이 수현을 괴롭혔다. 아내는 언제부터 그와 연락을 하게 됐을까. 아내의 페이스북을 발견한 것은 또 다른 우연 같았다. 우연일까. 그러기엔 너무 공교로웠다.

수현은 내내 잠들지 못한 채 책상 앞에 앉아 있었다. 어딘가에 기억을 삭제하는 약이 있을 것도 같았다.

아내의 외도를 확신했다가 다시 아니라고 하기를 수십 번 반복했다. 규칙적으로 잘 먹고 잘 잤던 수현의 몸은 하루 만에 자지 않고 먹지 않아도 피로와 배고픔을 느끼지 못하는 상태가 되었다. 시곗바늘 두 개가 숫자 4를 넘어가고 있었다. 누구일까. 왜 불길한 일이 한꺼번에 밀려오는 걸까. 의문이 꼬리를 물었다. 아내가 했던 말이 떠올랐다. 검색창에 아내가 했던 말을 쳐서 넣었다. 주목의 꽃말.

아내와 아이가 자는 방의 문을 열었다. 아내와 아이는 옆으로 포개져 누워있었다. 인기척을 느낀 아내가 몇 시냐며 물었다.

"다섯 시 조금 전."

수현이 대답했다.

"벌써 가?"

"어."

"직원들 있잖아."

아내는 눈을 뜨지도 않은 채로 말했다.

"차가 퍼졌는데 손이 없다고 해서."

차를 빌려 간 사람이 사고를 내거나 차가 고장 나는 일은 여전히 흔했다. 사고는 밤낮을 가리지 않았다. 동시다발로 여러 대의 차에 문제가 생기면 현장 가서 수습할 사람이 달리기도 했다. 사고수습이 가장 난도가 높았다. 예전처럼은 아니지만 수현이 직접 현장을 나갈 일이 종종 생겼다.

수현은 깰 리가 없는 아이의 볼을 살짝 꼬집은 후 말없이 방문을 향해 몸을 돌렸다.

"운전 조심하고 잘 다녀와."

아내가 휘적대며 나가는 수현의 등에 대고 말했다. 한 치의 의심이나 불안도 없는 목소리였다.

수현은 집을 나와 아파트의 지하 주차장으로 내려왔다. 밤새 다른 기운에 정신을 잠식당한 수현은 여유가 없었다. 차 문을 여닫고, 의자에 앉아 시동을 거는 것까지 한 호흡이었다.

한참이나 이른 시간이어서 급할 일이 없었음에도, 시동이 걸리자마자 바로 액셀을 밟았다. 핸들을 돌렸다. 엔진이 아닌 다른 것으로 인한 울림이 느껴졌다. 수현의 발이 동물적으로 움직여 브레이크를 밟았다. 차가 출렁대며 비명 같은 소리를 냈다. 그것은 뭔가 이상이 있다는 신호처럼 날카롭고 확실했다. 외면하고 싶었지만 그럴 수가 없었다. 수현은 고개는 돌리지 않은 채 눈알만 움직여 오른쪽 사이드미러를 보았다. 필로티 기둥과 차의 뒷문이 자석처럼 붙어있는 것이 보였다. 수현의 입이 얇게 벌어지면서 낮은 신음이 흘러나왔다.

수현은 대시보드의 수납함을 열어 안에 있는 담배를 꺼내 입에 물었다. 부싯돌이 마모되어 한계에 다다른 라이터는 휠을 열댓 번 돌려도 불이 붙지 않았다. 수현의 관자놀이에 핏줄이 불거졌다.

"씨발."

입에서는 욕이 터져 나왔다. 수현은 다시 엄지로 라이터의 휠을 꾹 눌렀다. 작고 노란 불이 켜졌다. 수현은 행여나 불이 꺼질세라 입에 문 담배를 조심스럽게 불에 갖다 댔다. 하얀 연기 한 가닥이 차의 천장까지 부딪혔다가 옆으로 흩어졌다. 필터를 깊이 빨아들이자 마른 풀잎이 타면서 싸르륵 소리가 났다. 겨우 불을 붙인 담배였으나 두어 번 빨고는 옆에 꽂혀있는 차량용 재떨이에 찔러 넣었다. 뒤이어 기어봉을 잡아 꺾어 후진한 다음, 핸들을 풀어 다시 직진 기어를 넣었다. 주차장을 빠져나왔다. 다섯 시. 동쪽 하늘은 해가 뜰 기미조차 보여주지 않았다.

차의 오른쪽 뒷문은 움푹 들어가 있었다. 왜 하필 오른쪽일까. 아직 꺼지지 않은 가로등은 수현의 차를 제대로 비추고 있었다. 사무실에 도착해서야 그 모습이 눈에 들어왔다. 청주은행 지하 주차장에서의 다이너스티가 떠올랐다. 거기까지 이르자 머리가 두통으로 지끈거렸다. 이제는 생각할 여력조차 없었다.

차의 문짝 철판을 펴고 도색을 한다 해도 색이 바랜 기존의
몸체와 색상이 같을 수는 없을 터였다. 차 전체를 도색할까 하
는 생각까지 한달음에 닿았다. 그렇지만 빨리 수리를 해야 한
다는 생각이 먼저였다. 오전 여섯 시도 되지 않은 시간에 문을
연 정비소가 있을 리 없었다.

"사장님, 이 시간에 나오셨어요?"

밤새 사무실을 지키고 있던 영호가 수현의 차 소리에 사무
실 문을 열고 나왔다. 늘 직원이 상주해 있는 렌터카 사무실은
24시간 내내 불이 꺼지지 않았다.

"잠이 안 와서."

"왜, 형수님이랑 싸웠어요?"

무심코 던진 영호의 질문이 옆구리를 쑤셨다.

"노 실장, 별일 없었어? 사고는?"

수현은 영호의 말을 잡아 돌리며 물었다. 수현의 목소리가
기계처럼 건조했다.

"오늘은 조용하네요."

수현의 굳은 얼굴을 본 영호는 더이상 토를 달지 않았다.

"이따가 내 차 갖고 가서 판금 좀 해와."

수현의 지시에 영호가 발을 돌려 수현의 차를 한 바퀴 휘
둘러보았다.

"형님, 아니 사장님도 차 해먹을 때가 다 있네. 어떻게, 제

대로 해와요?"

영호가 하얀 입김과 함께 질문을 뱉었다. 제대로 한다는 말은 정식 서비스센터에 맡긴다는 뜻이었다.

렌터카를 처음 운영하던 시기에는 렌트비만으로 보험료와 차 할부 값을 감당하기도 빠듯했다. 다른 길을 찾아야 했다. 그중 하나가 수리비로 수익을 얻는 수법이었다. 렌터카는 면허를 갓 취득한 20대가 많았고 그만큼 사고율도 높았다. 거의 매주 차를 수리할 일이 생겼다. 고객에겐 정식정비소의 수리비를 청구하고 차는 중고부품을 쓰거나 속성으로 수리하는 업체에 맡겨 렌트비보다 많은 수익을 챙기곤 했다. 수현은 그런 식으로 자산을 불려 차와 지점을 늘려나갔다.

"제대로 하면 일주일은 걸릴 텐데 무슨 소리야. 수리 가게 문 열자마자 갔다 와."

"네. 아침에 김 과장 출근하면 갔다 오라고 할게요."

영호의 대답에 수현의 이마에 주름이 파였다.

"영호야."

수현이 차갑게 영호를 불렀다.

"네?"

"너한테 시킨 거야."

"네, 사장님."

수현의 찌푸려지는 인상을 본 영호가 말투에 농기를 빼고 대답했다. 그제야 수현에게 피로가 느껴졌다. 밀렸던 졸음도 같이 찾아왔다.

수현은 버릇처럼 믹스커피를 타서 책상에 놓았다. 영호는 의자에 앉자마자 핸드폰 게임을 켰다.

"영호야."

수현이 다시 영호를 불렀다. 수현은 무뚝뚝한 편이었으나 영호와는 허물없이 지내는 편이었다. 영호는 눈치와 일 처리가 빨라 수현이 가장 의지하는 직원이기도 했다.

"네."

영호는 핸드폰에 시선을 고정한 채 대답했다.

"다른 사람에게 내가 하고 싶은 말을 대신 하게 하거나, 컴퓨터를 건드리지도 않고 조작할 수 있을까?"

영호가 잠시 멈칫하더니 수현을 향해 고개를 돌렸다.

"뭐라고요?"

영호가 예상외의 질문에 황당한 표정을 지었다.

"아니다."

수현은 체념한 듯 말했다.

현채가 자신의 딸에게 메시지를 대신 전달하게 하거나, 아내가 바람을 피우는 것처럼 자신의 컴퓨터를 조작하는 일 같은 걸 할 수 있을 리 없었다. 불안이 가져온 과대한 망상이었다. 수현은 있는 그대로 현실을 봐야 한다고 속으로 되뇌었다.

날이 밝아오자 주간 조 직원들이 출근하면서 사무실이 부산스러웠다. 영호는 수현의 지시에 못 이겨 수현의 차를 몰고 수리센터로 향했다.

오후가 되자 졸음이 극심해졌다. 밀렸던 잠이 쏟아지고 있었다. 수현은 고문을 참는 영화 주인공처럼 이를 악물었다. 담배를 태우는 것도 한계가 있었다. 꾸벅 졸다가 담뱃불에 손을 데기도 했다.

얼마나 졸았을까, 익숙한 목소리가 밖에서 들렸다.

"사장님, 차 갖고 왔어요."

영호였다. 수현의 회사에서 수시로 이용하는 사설 센터에 맡겼기 때문에 정식서비스센터보다 품질은 떨어졌다. 그런 만큼 하루 만에 수리하는 것도 가능했다.

수현은 사무실 밖으로 나가 자신의 차를 둘러보았다. 수현은 약간 놀랐다. 움푹 팬 부분이 완전하게 복원됐기 때문이었다. 다른 부분과 색이 달라진 곳도 없었다. 종일 굳어있던 수현의 표정이 처음으로 풀어지는 순간이었다. 수현의 입꼬리가 미세하게 올라갔다. 운전석에 들어앉아 시동키를 눌렀다.

엔진소리와 함께 차가 숨을 쉬기 시작했다.

수현은 그대로 차를 몰아 집으로 향했다. 주차장에 도착하니 자신이 긁어놓은 필로티 기둥도 흠집 하나 없이 멀쩡했다. 집 앞에 도착한 수현은 현관문을 열었다. 거실에 있던 딸이 달려 나와 수현에게 안겼다.

"어서 와. 빨리 왔네?"

수현의 아내가 안방에서 나오며 수현을 맞았다.

"피곤하다."

수현이 말했다.

"그러겠다. 수고했어. 일단 씻고 쉬어."

변한 것은 없었다. 수현은 화장실에 들어갔다. 거울을 보았다. 선크림 때문인지 회칠한 듯 허연 얼굴이 들어 있었다.

손바닥에 물을 받아 얼굴에 뿌렸다. 거울 속에 자신이 아닌 다른 사람이 들어있었다. 그 얼굴은 한 번도 본 적이 없었다. 저건 대체 누구일까.

갑자기 아내가 생각났다. 단걸음에 안방으로 향했다. 방문을 연 순간 놀라 딱딱하게 굳어버렸다. 아내가 낯선 이를 껴안고 있었다.

이를 악문 수현은 아내의 어깨를 잡아 돌렸다. 아내가 뒤를 돌면서 수현에게 총을 겨눴다.

"내 말이 우스워?"

돌아선 아내는 현채의 얼굴을 하고 있었다. 수현이 외쳤다.

"네가 진짜 원하는 게 뭐야!"

"내가 받은 고통의 대가."

현채가 말했다.

이건 현실일 수 없었다.

책상 위에 놓인 핸드폰이 드르륵거리며 계속 울렸다. 깜빡 잠이 들었던 수현은 무거운 눈꺼풀을 겨우 들어 올렸다. 꿈이었다. 언제부터 꿈이었던 걸까. 둘러보니 자신의 몸뚱이는 여전히 사무실 책상 앞에 놓여 있었다.

전화를 받았다. 영호였다.

"도색을 하면 며칠 걸릴 것 같다는데요."

하기야, 그렇게 완벽하게 처리됐을 리가 없다. 상식적으로 맞는 말이었다.

"들어간 곳만 펴. 그리고 너도 바로 퇴근해."

"네, 그럼 금방 갈 수 있어요."

수현은 버릇처럼 담배를 입에 다시 물었다. 차를 수리한다고 해서 흔적이 완전히 없어지는 것은 아니었다. 잊기로 했던 해로운 기억이 한꺼번에 몰려왔다. 벗어날 수 없는 것들이었다.

수현은 이런 일을 예상하지 못한 자신에게 화가 났다. 아이와 아내가 멀어지는 게 전부 현채 때문인 것만 같았다.

그렇지만 이제 현채에 대한 몇 개의 사실은 알 수 있었다. 수현은 롯데리아 테이블의 낙서를 발견한 이후로 현채를 쫓기 시작했다.

"최시영."

수현이 사람 이름 석 자를 던지듯 내뱉었다. 현채의 본명이었다. 수현은 현채를 처음 본 지 12년이 지난 후에야 현채의 본명을 알아낼 수 있었다.

수현은 현채와 나눴던 대화에서 현채의 실마리를 찾아 나가기 시작했다. 대학교, 공대, 비디오…….

섹스 영상이 학교 전체로 퍼졌다는 현채의 말이 사실이라면 현채의 신상을 알고 있는 사람도 그만큼 많을 터였다. 학교 이름은 동영상 제목에서 발견되었다. 수현은 자신을 만나기 전 현채가 어떤 생활을 했는지 알고 싶었다. 현채의 말은 사실일까.

수현은 음료수와 담배를 사 들고 현채가 다녔던 학교에 갔었다. 붙임성을 타고나지 않은 수현이었지만, 회사를 운영하다 보니 어디서든 문전박대를 당하지 않을 요령 정도는 자연스럽게 체화되었다. 수현은 먼저 오래 근무했을 청소원이나 경비 등 공무직들을 상대로 그 당시의 소동에 관해 물어보았다. 작은 단서나 구해볼 요량으로 기대 없이 물었건만, 의외로 그때의 일을 기억하는 사람이 있었다.

"아, 한때 좀 시끄러웠어요."

공대 건물 뒤에서 쉬고 있던 초로의 청소원들 중 하나가 수현이 내민 커피를 받아들더니 입을 뗐다. 수현은 자신을 고등학교 동창이라며 거짓을 섞어 둘러대며 그 당시의 소문에 대해 물었다.

"그땐 전산동에서 수업받던 학생들이 건물 끝에서 우르르 담배를 피웠어요. 건물 끝에 쓰레기통이 있었으니까. 휴지통 근처는 아주 담배 피우는 남학생들의 차지였지. 대화 주제도 여자 얘기가 많았어요. 그런데 야동이 뭐 어떻고 하던 때가 있었지요. 처음엔 그러려니 했는데, 매번 듣다 보니 무슨 일인지 얼추 알겠더라고."

분명 현채에 대한 이야기였다. 수현이 은근슬쩍 그때의 학생들에 대해 더 물어보자, 청소원은 그 당시 현채와 같은 과였던 학생이 현재까지 학교에 남아 직원으로 근무 중이라고 귀띔해 주었다.

수현은 수소문 끝에 전산동 건물에서 그 직원을 만날 수 있었다. 자신을 박경태라고 소개했다. 수현 또래로 마른 체구에

평범한 점퍼 차림을 한 남성이었다. 직원이 들려준 그 무렵의 학교생활은 현채가 이야기한 것과 다르지 않았다. 어느 날 갑자기 학교에 안 나오게 됐다는 것도 사실이었다.

"아, 최시영. 2학년 때 자퇴했어요. 그 사건 때문에 걔와 친한 친구는 없었던 걸로 알아요. 늘 혼자였고……. 사실 그 일이 있기 전부터 그랬어요. 늘 강의실의 맨 뒤에 앉아 있었고요. 무슨 생각을 하는지 알 수가 없었죠."

"그래도 잘 알고 계시네요."

수현이 고개를 끄덕이며 말했다. 수현은 왜인지 그가 10년 이상 지난 일임에도 구체적으로 알고 있는 듯 느껴졌다.

"아, 1학년 때 제가 과대를 했었거든요."

"과 대표요?"

과대라는 말에 수현의 눈이 얇아졌다. 현채가 자유로에서 했던 말이 떠올랐다.

"네, 뭐……. 그런데 고등학교 동창이시면 야곱 고등학교 나오셨어요?"

수현은 갑작스러운 질문에 어정쩡하게 그렇다고 대답하고는 서둘러 대화를 끝냈다. 그의 말끝에서 호기심이 느껴졌기 때문이기도 했다. 야곱 고등학교라면 의정부에 있는 학교였다.

수현은 구청 공익 요원으로 근무하는 조카를 둔 영호에게 최시영이라는 이름과 주민번호 앞 여섯 개를 주며 사람을 찾아달라고 했다. 2월 29일. 현채의 생일이 수현의 생일과 같다면 주민번호 앞자리 여섯 개가 수현의 것과 같아야 했다. 의정부가 고향이라면 주민번호 뒷자리 세 개까지 맞출 수 있었다. 그러나 영호는 최시영이라는 이름을 가진 사람 중에 그런 주민번호를 가진 사람은 없다고 했다. 현채에 대해 알아낸 정보는 거기까지였다.

이름만으로 알아낼 수 있는 정보는 극히 제한적이었다. 다른 이름으로 개명한 것일 수도 있었다. 현채의 생일이 2월 29일이라는 것도 사실인지 의심스러웠다. 수현의 능력으로는 한계가 있었다. 흥신소에 의뢰까지 했지만 특별한 성과가 없었다. 찾고자 하는 사람의 이름과 전화번호 정도는 알고 의뢰하는 것이 보통이었으나 수현이 알고 있는 것은 아무것도 없었다. 단지 현채가 과거에 최시영이라는 이름으로 살았다는 것뿐이었다. 흥신소에서조차 난색을 나타냈다.

흥신소 직원이 알아낸 것으로는 현채의 고등학교 당시 살던 곳의 주소 정도였다. 현채가 다녔다는 야곱 고등학교의 졸업 앨범을 입수하여 주소를 파악한 듯했다. 그러나 20여 년 전의 주소로는 현재 소재 파악이 되지 않았다. 그 당시의 주소 인근 주민들의 증언도 도움이 되지 않았다. 그들은 현채 부모가 서울로 이사 간다는 이야기만 들었다고 했다.

실마리라고 생각했던 것들은 파편이 되어 어디선가 뚝뚝 끊어지고 있었다. 수현에겐 현채가 마치 자신을 찾으러 올 것을 안 것처럼 과거를 지웠거나 지우는 중인 듯 느껴졌다. 주민번호를 안다고 해도 이런 식으로 흔적을 남기지 않는다면 아무 소용이 없었다.

"이렇게 말끔한 경우는 처음입니다. 그런데 사장님, 왜 그 사람을 찾으려는 겁니까? 보니까 옛 친구도 아니고, 금전 관계도 없으시고."

흥신소 대표가 수현에게 물었다. 혹시라도 찾는 사람을 해칠 의도가 있는지 에둘러 묻고 있었다. 사람을 해할 목적을 가진 고객의 의뢰는 받지 않는다는 불문율을 모르는 바는 아니었으나, 불법으로 뒤나 캐고 다니는 이가 사람 찾는 사유를 묻는 자체가 가당찮았다.

"못 찾겠다는 말씀을 다르게 하시네요."

수현이 인상을 찌푸렸다.

"기본정보가 워낙 없다 보니 공무원 브로커를 써도 힘듭니다. 고등학교 이후의 행적은 나오는 게 없네요. 동창들을 수소문해도 이후에 만났다는 사람조차 없고……. 이 정도면 이 사람은 누군가를 해하는 쪽이라기보다는 누군가를 피해 다니는 사람이겠죠. 여태 경험을 보면 이렇게 흔적조차 없는 사람이 다시 나타나는 일은 대단히 드뭅니다."

"네."

흥신소가 핑계를 댄다는 생각에 좋은 말은 나오지 않았다. 하지만 이런 경우가 드물다는 말만은 흘려보내지 못하고 채에 걸린 돌처럼 남아 있었다.

"대단히 드물다는 건 어느 정도를 말하는 겁니까?"

수현은 돌아서는 흥신소 대표를 다시 불러 세웠다.

"아, 솔직히 말씀드리면 이런 경우는 없었습니다. 이 사람은 마치 죽은 사람 같아요."

현채의 의도는 무엇일까. 정말 나를 죽일 생각이 있을까? 흥신소 대표의 말에 수현은 다시 한번 최근의 기억을 되짚어보았다.

대형마트 롯데리아의 직원 나이는 20대라고 했다. 현채가 아닐 터였다. 아내가 말한 대로 우연일 가능성이 더 높았다.

'왜 안 왔어? 롯데리아.'

수현 자신은 딸과 함께 롯데리아 간 적이 없었다. 딸이 자신한테 할 수도 있는 말이었고, 아내의 말대로 딸을 예뻐하던 직원이 딸에게 하는 말일 수도 있었다. 롯데리아는 자신과 현채만 가는 장소가 아니었다.

생체시계처럼 각인되어 있는 무의식이 4년마다 수현을 옭아맸다. 큰돈이 생기고 사람이 죽었다. 현채는 만날 때마다 그 이야기를 했다.

현채는 트라우마가 있었다. 트라우마. 나도 갖고 있는 걸까.

트라우마는 4년마다 찾아오는 악몽. 그리고 망상으로 발현되는 것인지도 몰랐다.

거기까지 생각이 미치자 격앙된 감정이 차츰 가라앉고 있었다. 아내의 외도를 현채와 연관 짓는 자체도 억측일 터였다. 현채를 떼어놓고 모든 걸 바라볼 필요가 있었다. 아내의 하루는 어떨까. 아이와는 어떻게 지낼까. 가족의 일상이 어떨지 아무런 생각이 나지 않았다.

수현은 아이와 함께 마트에 다시 왔다. 아이와 단둘이 외식을 하기 위해 나온 것은 처음이었다. 아내와 같이 나올 수는 없었다. 못 본 걸로 치는 것도 반드시 봤기 때문에 가능한 일이었다.

아내와는 어떻게 지내야 할까. 외도의 물증은 없다고 생각할수록 실체 없는 배신감은 코끼리처럼 커졌다. 잊도록 노력하면 잊힐지도 모른다는 바람이 고장 난 가로등처럼 깜빡였다. 제 생각과 행동이 안일하다는 생각이 들었지만 어쨌든 필요한 것은 시간이었다. 인정해야 했다. 모든 원인이 자신이었다는 사실을. 오늘 수현의 움직임은 바로잡고 싶다는 의지에 따른 것이었다.

186

"민지? 아이스크림 먹으러 왔구나."

직원이 딸을 알아보고 아는 체를 했다. 아직 점심 전이어서 그런지 사람이 거의 없었다.

"네. 두 개 주세요. 뭐 먹을지 잘 아시네요."

수현은 지난번엔 실례했다는 말도 덧붙였다.

"사모님이랑 자주 들렀으니까요. 민지가 말을 참 똑 부러지게 해요."

"네……."

수현은 자신의 딸을 사심 없이 알아봐 주는 사람에게 어떤 반응을 해야 할지 난처했다.

"특히 그분이 민지를 많이 예뻐했어요. 민지도 잘 따랐고."

"아, 알바 관두신 그분이요."

수현이 현채라고 추측했던 사람이었다. 흥신소에 알아본 바로는 직원의 말대로 현채와는 다른 사람이 맞았다.

─ 롯데리아에서 따님 예뻐해 줬다는 사람. 그 사람은 찾는 분이 아닙니다. 연변 교포예요.

흥신소 직원이 보낸 알바의 인적 사항이 포함된 문자는 아직도 수현의 핸드폰에 저장되어 있었다. 롯데리아에 취직할 정도였으면 서류가 있었을 테니 인적 사항 확보가 어렵지 않았을 터였다.

그 순간이었다.

"왜 안 왔어? 롯데리아."

갑작스러운 딸의 목소리에 수현의 머리가 망치에 맞은 것처럼 아래로 꺾였다. 딸의 시선이 머무는 곳은 수현이나 직원의 얼굴이 아닌 허공이었다.

딸의 말에는 맥락이 없었다. 그것은 질문이 아니었다. 기계적인 읊조림에 가까웠다. 순간 수현의 신경이 베일 것처럼 날카롭게 곤두섰다.

"민지야. 아빠랑 지금 롯데리아 같이 왔잖아."

딸이 '아니, 아니'하며 고개를 흔들었다.

"아빠한테 꼭 말하라고 그랬어."

수현의 속이 철렁 내려앉았다. 불안이 엄습했다.

"누가? ……아이스크림 언니가?"

딸이 고개를 크게 끄덕였다.

왜 안 오냐고 묻는 것과 왜 안 왔느냐고 물어보라는 건 다른 이야기다. 그것은 메시지였다. 수현은 다시금 혼란에 빠졌다.

누군가 자신을 지켜보고 있을 거란 직감에 주변을 둘러보았다. 호흡을 가다듬었다. 후우, 하는 소리가 직원에게도 들릴 정도였다. 수현은 직원에게 물었다.

"혹시, 그분 북한 사투리 썼나요?"

"아뇨, 전혀. 사투리 비슷한 말도 안 썼어요."

수현은 흥신소 직원이 보낸 문자를 다시 꺼냈다. 연변 교포

라던 알바의 주소지는 바로 이 근처였다.

"아, 현채 언니요."

현채를 만났다는 그녀의 말에 몸에서 전기가 흐르는 것 같았다.

주소지에서 만난 그녀는 키는 컸지만 분명 현채가 아니었다. 그녀를 보자마자 어떻게 된 일인지 한눈에 파악이 되었다. 현채가 그녀의 신분을 도용했을 것이다. 연변 말투를 쓰는 것은 현채가 아니라 자신 앞에 앉은 여성이었다.

그녀를 만나는 것은 어렵지 않았다. 수현은 현채와 관련한 몇 가지만 묻겠다고 했다. 응하지 않으면 경찰과 같이 만나게 될 것이라 했더니 순순히 카페로 나왔다. 수현은 연변에서 왔다는 사실만으로도 그녀를 궁지로 몰아넣을 수 있었다. 렌터카 이용객도 예외가 아니었다. 그들 대부분은 아무런 죄가 없어도 경찰에 신고하겠다는 말 한마디에 위축되었다. 그녀는 커피가 아닌 냅킨을 안전장치라도 되는 듯 꼭 쥐고 있었다.

"자신을 현채라고 했습니까?"

"네."

"사적인 이야기도 많이 나눴나요?"

"많은 이야기를 나눌 기회는 없었어요. 아, 성폭력 피해를 당했다고도 했어요. 그래서 자길 드러내지 않으려 한다고 생각했죠."

의외였다. 그렇게 신분을 감추었던 현채가 지극히 사적인, 더군다나 자신의 인생을 바꾸었다는 사건을 생판 모르는 자에게 털어놓았다는 사실이. 문득 수원에 처음 자리를 잡았을 때 자신의 머리를 깎아주던 미용사가 떠올랐다. 수현의 이름조차 몰랐지만, 많이 말랐다며 걱정해주던 이였다. 둘 사이에 아무런 접점이 없기에 오히려 상처를 꺼내 보일 수 있었을지도 몰랐다.

"보아하니 주기적으로 만났나 보네요."

"저랑 같이 저희 집에 살았으니까요."

같이 살았다는 말에 수현의 한쪽 눈썹이 올라갔다. 수현은 얼마나 자주 만났냐는 질문을 처음에 해야 했다고 생각했다.

"저는 이 주변 원룸을 알아보고 있었어요. 그런데 늘 그렇듯 맘에 드는 곳은 돈이 없어서 힘들잖아요. 그런데 부동산에서 연락이 왔어요. 사람 한 명을 소개해주겠다고, 그 사람이 월세를 일부 부담할 테니 같이 살면 안 되겠냐고요. 셰어하우스처럼요. 처음에는 좀 어이없었죠. 누가 생판 모르는 사람하고 같이 살려고 해요. 그런데 얘길 들어보니 괜찮았어요, 많이요. 언니와 직접 얘기해보니 안 살 이유가 없었죠."

그녀의 말에 따르면 현채는 월세의 일부가 아니라 거의 전부를 부담하겠다고 했고, 계약서는 그녀의 이름으로 써도 괜찮다고 말했다. 실제로 현채는 계약하는 날 월세 반년 치를 그녀에게 줘서 치르게 했다고 했다. 더군다나 그 집은 원룸이 아니라 투룸이었다. 그녀 입장이라면 현채의 제안을 거절할 이유가 없었다. 같은 여자라서 안심했다고 하는 그녀의 말에 멍청하다는 생각이 들었으나, 굳이 지금 표정을 드러낼 필요는 없었다.

그녀는 이미 부동산에 들를 때부터 현채의 타겟이었을 터였다. 현채는 부동산에 방을 구하러 오는 조선족이 있으면 알려달라고 요청했을 것이다. 거기다 신분을 드러내지 않기 위해 계약서를 그녀 이름으로 쓰게 한 것이다.

"림경옥 씨, 현채라는 사람에 대해 아는 걸 이야기하세요."

수현이 카페의 소파에 등을 기댔다. 그녀는 수현의 태도와 호칭에 입술을 한 번 실룩이고는 입을 뗐다. 그녀의 이름은 임경옥이었다.

"현채 언니는 처음부터 기운이 넘쳤어요. 자기가 두 살 많으니 말을 편하게 하겠다고 해서 얼결에 그러라고 했죠."

"두 살?"

그녀가 말하는 현채의 나이는 스물여덟이었다. 수현은 마지막에 만난 현채의 모습을 떠올렸다. 현채에게 시간은 어느 지점에서 정지되어 있는지도 모른다는 망상이 들어찼다.

"아, 경옥씨? 부동산 사장님한테 내 이야기 들었죠?"

자신을 현채라고 소개한 여자는 밝은 기운이 넘쳤다.

그녀는 중국에서부터 임경옥이라는 한국식 이름을 썼지만, 한국에서는 자신을 림경옥이라고 부르는 사람이 더 많았다. 여태껏 만난 한국 사람은 실수를 가장해서라도 경옥에게 중국인이라는 표식을 붙이고 싶어했다. 현채는 그렇지 않은 사람 중 하나였다. '중국에서 오셨다고요?'라는 말로 시작하지 않은 사람도 현채가 처음이었다. 물론 경옥의 성을 림이라고 부른 적도 없었다. 그렇기에 경옥도 현채가 자신의 이름을 현채라고 했을 때, 별다른 토를 달지 않았다.

하지만 한국인에게 마음을 열지 말라는 이야기는 주문과도 같아서 의심을 거둘 수는 없었다. 그러던 그녀가 현채에 대한 경계를 푼 건 한순간이었다.

"집주인이 보증금을 안 준다고 해?"

현채가 눈을 치켜뜨며 그녀에게 되물었다.

"언니를 만난 첫째 날이었어요. 언니가 미리 봐둔 집을 구경하면서 이런저런 얘기를 나눴죠. 저는 사실 살고 있던 집 계약이 만기가 지났는데도 못 나오고 있었거든요. 집주인이 보증금을 주지 않았어요. 전셋돈만큼 크지는 않았어요. 그래서 더 불안했어요. 내용증명이니, 소송이니 하는 절차가 복잡하기도 했고 부담스러워서 거의 포기하고 있었거든요. 그런데 언니가 제 이야기를 듣더니, 금방 줄 거라고 했어요."

그녀의 이야기를 듣는 수현의 눈이 반짝였다.

"쉬운 방법이 아닐 텐데요."

"저도 잘은 모르겠어요. 그날 저녁 저를 피하면서 전화도 안 받던 집주인에게 바로 연락이 왔어요. 돈을 줄 테니 빨리 나가라고요. 그러고는 바로 입금이 됐어요. 저는 할 수 없는 일이었어요. 그래서 저는 그렇게 집을 나가게 됐고, 언니와 같이 살게 됐죠."

현채가 어떤 방법을 썼는지 그녀는 설명하지 못했다. 그 돈을 현채가 받아줬다는 증거는 없으나 짐작할 수만 있었다고 했다.

어떻게 했을까. 수현이었다면 집주인을 찾아갔을 것이다. 남들과 함께 일하는 집주인의 일터면 더 좋다. 생계를 쥐고 흔드는 방법은 늘 유효했다. 어떤 지점에서 현채가 자신과 비슷한 고민을 많이 했을 거라는 확신이 피어올랐다.

수현은 현채가 수원에 온 이유를 그녀에게 어떻게 설명했는지 궁금했다.

"언니는 고향이 구미라고 했어요. 홀아버지 아래에서 자랐다고도 했죠. 어른이 된 후로는 공장에서 일도 하고 룸살롱 같은 술집에서도 일했댔어요. 그러다가 아버지가 지병으로 돌아가셨대요. 홀로 쓸쓸하게요. 그 후에 수원에 일을 구하러 왔다고 했어요."

수현은 그녀의 이야기가 계속될수록 표정이 굳어갔다. 불같은 분노가 수현을 휘감았다. 현채의 이야기는 자신의 아내에 대한 서사였던 까닭이었다. 어떻게 안 것일까. 자신뿐 아니라 가족의 뒤까지 캐고 다녔다는 사실에 현채의 목을 조르고 싶다는 욕구가 꿈틀댔다. 그것은 자신도 모르게 앞에 앉은 그녀에게로 이전되고 있었다.

"무슨 일이 일어나면 당신도 무사하지 못해."

수현은 속내를 끝까지 감추지 못했다.

"네?"

갑작스러운 수현의 반말에 그녀가 놀라며 되물었다.

"당신 여기 왜 나왔지? 내가 경찰을 부른다는 말에 나왔다는 게 이상하잖아. 조선족은 그냥 부르면 다 나오나?"

그녀가 경계하는 눈으로 수현을 쳐다보더니 주위를 힐끔 살피며 핸드폰에 손을 뻗었다. 수현의 눈이 그녀의 손을 따라 움직였다.

"전화해. 경찰에 전화해서 협박당하고 있다고, 당장. 현채가 당신의 이름으로 취직할 수 있었던 건 당신의 암묵적 동의가 있었기 때문이야. 당신의 신분증과 당신 사진을 사용하도록 방치했잖아. 같이 살고 있으니 충분히 일어날 수 있는 일이지."

"아, 아니에요."

그녀가 힘없이 부인했다. 표정에서 확신을 얻은 수현이 핸드폰을 집어 그녀의 손에 쥐여주며 말했다.

"아니면 아예 당신이 신분증을 현채에게 넘겨줬겠지. 그렇다면 죄인을 은닉해준 것과 다름없어."

"언니가 아저씨한테 무슨 잘못을 했나요."

그녀는 기어들어가는 목소리로 겨우 대꾸했다.

"시간 낭비하기 싫으니까 둘러대지 말고 대답하면 돼. 자, 나는 당신한테 관심 없어. 현채가 평소에 어땠는지 얘기해봐."

수현이 그녀의 질문을 뭉개며 대답을 요구했다. 그녀의 생각은 전혀 중요하지 않았다. 알고 싶은 건 현채의 생각뿐이었다. 그녀는 숨을 고르더니 마음을 정한 듯 '알겠어요'라고 하더니 상체를 곧추세웠다.

"언니는 늘 바쁜 사람이었어요. 집에 거의 없었어요. 휴일에도요. 짐도 단출해서 언제라도 떠날 사람 같았어요. 자신의 집이라고 생각한 것 같진 않아요. 덕분에 저는 집을 편히 쓸 수 있어 좋았지만요."

현채가 어쩌다 집에 있는 날은 웹서핑에 몰두하거나 운동을 했다고 했는데, 자신을 위해 한다기보단 단순히 스위치를 켠 기계가 움직이는 것처럼 느껴졌다고 했다. 그래서일까, 현채의 몸은 크진 않았지만 단련이 되어 단단한 체형이라고 했다. 문득 마른 체형은 아니라고 했던 롯데리아 직원의 말이 다시금 떠올랐다.

수현은 4년 전에 만났던 현채의 모습이 또 얼마나 변했을지 상상이 잘 되지 않았다. 처음 만났을 때의 현채의 모습이 전혀 남아 있지 않았을 수도 있었다. 앞에 앉아있는 경옥이라는 여자의 얼굴을 물끄러미 바라보았다. 그러고 보니 얼굴형은 현채처럼 모난 데가 없었다. 머리 모양만 비슷하다면 이 여자의 신분증을 자신의 것이라고 해도 의심을 품긴 어려울 것 같았다.

"정말 그것뿐인가? 이제 당신도 알았겠지만, 그 사람은 철저히 신분을 속이며 지내왔어. 본인이 범법자라는 걸 알고 있기 때문이지."

수현의 강요하는 듯한 시선이 그녀에게로 다시 향했다. 범법자라는 말 때문인지 현채를 옹호하는 듯한 태도는 어느새 증발하여 보이지 않았다. 수현이 수원 바닥에서 배운 것 중 하나는 구속을 목전에 둔 사람이 가진 신뢰는 종잇장만큼 얇다는 것이었다.

"하루는 언니가 다쳐서 집에 온 적이 있었어요."

수현이 저도 모르게 숨을 크게 내쉬었다. 자신의 앞에 앉아있는 여자가 이제야 솔직해지기로 마음먹은 것이다.

"어떤 모습이었지?"

"팔에서 피가 배어 나왔어요. 붕대를 감을 때 얼핏 보니 뭔가에 긁히거나 쥐어뜯긴 것처럼 보였고요. 뭐랄까…… 사람의 손톱 같은 느낌도 들었어요. 그런데 다른 부위는 멀쩡했어요."

그날 현채는 청바지에 티셔츠를 입고 들어왔다고 했다. 당연히 병원은 가지 않았다.

활동하기 편한 차림. 현채는 누구와 싸우고, 아니 누군가의 숨을 끊어놓고 온 것인지도 모른다. 목을 졸랐을까. 목이 졸린 사람은 현채의 팔을 부여잡으며 몸부림쳤을지도 모를 일이다. 죽기 직전 마지막 힘을 현채의 팔에 손톱을 박아 넣는데 몰아넣었을까. 여러 가지 상상에 수현의 팔에 나 있는 털들이 하나씩 일어났다.

현채가 수현에게 한 말은 사실일까. 현채의 원한을 산 이가 비디오에 나온 전 남자친구뿐일까. 현채의 목적이 무엇인지 혼란스러웠다. 현채가 수원에서 살았던 이유는 무엇일까. 우려와 달리 자신 때문만이 아닐 수도 있었다. 어쩌면 수현 자신은 현채의 우선순위 밖에 있는지도 몰랐다. 현채에게 일억 오천을 주면 정말 물러날지 궁금하기도 했다.

그러나 수현과 그의 가족을 관찰하고 있었다는 것만은 확실했다. 그리고 현채가 복수를 위해 살아가고 있다는 것도.

한동안 롯데리아에서의 여운이 가시지 않아 현채의 뒤를 쫓는데 많은 시간을 쏟았다. 임경옥과 현채가 같이 살았다는 집도 틈이 나면 찾아가 살피곤 했다. 그러나 이렇다 할 성과 없이 시간이 흐르고 있었다.

2월 29일에만 현채와 만났던 경험은 느슨함을 불렀다. 평생을 현채의 소재를 파악하며 살 수는 없었다. 문득 굳이 찾아다니지 않아도 만날 것 같다는 직감이 들었다. 아니, 필연적으로 만날 것이었다. 수현이 현채 찾는 것을 완전히 그만둔 것도 그즈음이었다.

대신 현채를 만날 준비를 할 필요가 있었다.

20

3월 4일

거리를 걷는 사람들은 모두 마스크를 쓰고 있었다. 여태껏 없던 풍경이 펼쳐졌다.

경찰서에서 나온 수현의 발은 무쇠로 만든 신이라도 신은 듯 무거웠다. 지난 일주일 동안 몇 번이나 경찰서를 들락거렸다. 다시는 그곳에 가는 일이 없길 바랐다.

밤거리는 유령도시처럼 한산했다. 자영업자가 운영하는 점포 매출이 줄었다는 뉴스가 온라인을 달궜다.

화이트데이가 열흘 앞이었다. 수현이 사는 아파트 정문 편의점 앞엔 사탕과 초콜릿이 가장 잘 보이는 곳에 진열되어 있었다. 오가는 사람이 별로 없어서인지 편의점 앞에 쌓아놓은 제품들이 유독 눈에 띄었다. 수현은 집 앞 편의점을 지날 때마다 그것들이 거슬렸다. 결혼 전 아내가 편의점에서 초콜릿을 사서 자신에게 줬던 기억이 머릿속을 어지럽혔다. 아내가 수현에게 준 첫 생일 선물이었다. 아마 그 일이 없었다면 아내와 결혼할 일도, 아이를 낳을 일도 없었을 것이었다.

수현은 편의점 유리문을 열고 들어갔다. 문 위에 걸린 종이 부담스럽게 딸랑거렸다. 커피를 마시고 있던 직원이 수현을 보고는 급하게 마스크를 귀에 걸었다. 수현은 손가락으로 편의점 밖 테이블을 가리키며 직원에게 말했다.

"저기 위에 있는 초콜릿 다 주세요."

"예?"

직원은 잘못 들었나 싶어 수현에게 물었다.

"바깥 테이블 위에 있는 초콜릿이요. 다 주세요."

수현이 천천히 다시 말했다. 곧이어 불편한 정적이 둘 사이에 들어찼다. 직원은 마스크를 썼지만 당황한 눈빛까지 숨기진 못했다. 그는 말없이 밖에 있는 초콜릿을 계산대 테이블로 옮기고는 바코드를 찍으며 수현에게 물었다.

"봉투에 담아드릴까요? 봉툿값 20원, 아니 두 장은 필요하겠네요. 40원 추가됩니다."

그에게는 에누리로 봉툿값을 받지 않을 융통성이나 결정권은 없어 보였다.

"근데 종량제봉투는 없나요?"

"있습니다. 종량제봉투에 담아드릴까요?"

직원이 다시 물었다. 수현이 고개를 끄덕이며 다시 직원에게 물었다.

"화이트데이 제품들 잘 팔려요?"

직원이 좌우로 고개를 크게 흔들었다. 상황이 어떤지 충분히 짐작 가능했다.

"3월 14일 지나도 거의 그대로 있어요. 오늘 같은 날은 처음이죠."

그제야 직원은 표정을 누그러뜨리며 대답했다.

"그래서 말인데요. 이제 저 빈 테이블에 초콜릿 진열 안 했으면 좋겠는데, 가능할까요? 14일까지요."

수현이 직원에게 부탁했다. 아니, 부탁이라기보다는 흥정이었다. 수현은 자기 부탁을 들어주지 않으면 초콜릿을 사지 않겠다고 했다. 직원이 점장으로 짐작되는 이에게 전화를 걸었다. 그는 전화기 너머의 누군가와 말을 주고받더니, 수현에게 알겠다고 말했다. 편의점 직원은 건조한 눈빛을 되찾았다.

수현은 양손에 초콜릿이 담긴 쓰레기봉투를 쥐고 편의점을 나섰다. 수현의 발걸음은 기계적이었다. 아파트 입구의 쓰레기 수거통이 수현의 눈에 들어왔다. 수현은 수거통의 덮개를 열고 손에 쥔 것들을 수거통 안으로 던졌다.

집에는 아무도 없었다. 수현을 맞아주는 딸도, 아내도 떠났다. 수현의 아내였던 사람은 이제 남이 되었다.

수현은 아내를 처음 만났던 그 날을 떠올렸다. 그녀는 수현을 만날 때부터 다른 사람이 되고 싶었던 이였다.

'선택지가 없었어요.'

엄마의 장례식장에서 아내가 자신에게 했던 말이 생각났다. 그녀는 원하지 않는 삶을 어쩔 수 없이 이어가야 하는 굴레로부터 스스로 벗어났다. 그리고 원하는 삶을 살기 위해 수현과 결혼한 것일 터였다. 이혼 또한 그녀가 선택한 삶 중 하나였다.

안정적인 삶에 대한 욕구는 아내를 만난 후부터 싹이 텄다. 수현은 아내를 만나기 전에는 결혼을 남의 일로 여겼다. 아니, 생각해 본 적이 없었다. 결혼하고 나니 이혼을 남의 일이라고 생각했다. 그러나 이제는 둘 다 자신의 일이 되어 있었다.

'나는 당신처럼 모른 척 덮고 살 수가 없어.'

수현의 아내가 이혼을 요구하며 한 말이었다. 수현의 아내가 외도한 것은 사실이었다. 그러나 그녀가 외도 상대를 선택해 떠난 것은 아니었다. 수현의 아내는 자신의 외도를 수현이 알고 있다는 사실을 견디지 못했다.

수현은 아내의 일탈을 알면서도 모른 척했다. 그러나 아내가 자신을 속이지 못했던 것처럼 수현도 아내를 속일 수 없었다. 수현이 그것을 모른 척하려 해도 은연중에 밖으로 드러났다.

수현이 혼잣말을 중얼거렸다.

"비애……, 죽음."

그날 찾아봤던 주목의 꽃말이었다.

수현은 소파에 앉은 채로 주머니에서 담배를 꺼냈다. 손에 쥔 것은 세븐스타가 아니었다. 자신이 마지막으로 세븐스타를 피웠던 때가 언제인지 궁금했다. 수현은 전화기를 들어 녹색 버튼을 눌렀다.

"네, 형님."

수신자는 영호였다.

"영호야, 사무실 앞마당에 주목 도비업체 불러서 뽑아버려."

11월 14일

"네, 최아영 님이요? 곧 가겠습니다."

통화를 끝낸 수현이 수화기를 내려놓았다. 수현은 직원을 부르려고 입을 달싹이다 다시 다물었다. 사무실에 아무도 없기 때문이었다. 직원들이 렌터카 배송이나 회수를 위해 모두 밖에 나가 있었다.

수현은 외근을 나간 영호에게 전화를 걸었다. 영호도 한 시간 전에 다른 직원 하나와 함께 고객이 반납한 차를 회수하기 위해 나갔다.

"지금 어디야?"

수현은 영호에게 전화를 걸었다.

"아, 형님. 여기 원주예요."

영호의 대답에 피로가 묻어나왔다. 영호는 한동안 수현을 사장님이라고 부르다가 최근부터 다시 수현을 형님이라고 불렀다. 수현은 영호와의 거리가 좀 더 멀어진 듯 느꼈다. 그것은 영호도 마찬가지였다. 호칭은 친근할지 몰라도, 위계가 희미해지고 규칙이 지켜지지 않는 경우가 늘었다.

수현은 이혼을 하면서 렌터카 지점을 몇 개만 남기고 프랜차이즈 업체에 매각했다. 아내와의 재산 분할 때문이었지만, 일할 의욕이 떨어진 이유가 더 컸다. 규제와 단속이 심해지면서 이전과 같은 영업을 하기도 버거워졌다. 이전처럼 렌터카에 GPS를 장착해 마구잡이로 추적하는 것도 고객의 동의가 없으면 불가능했다. 그렇다고 GPS를 쓰지 않을 수는 없었지만, 규제가 신경이 쓰이는 것은 사실이었다.

경찰의 함정수사에 걸린 것이 결정적 계기였다. 지난 3월, 경찰서에서 있었던 일은 다시 기억하고 싶지 않았다.

"김수현? 완전 양아치네……."

앞에 앉은 형사가 서류를 넘기며 중얼거렸다. 수현은 양아치라는 말에 발끈하여 그의 멱살을 향해 손을 뻗었다.

"뭐, 이 새끼야? 다시 말해봐."

여섯 시간이 넘어가는 심문에 수현의 인내심이 바닥나고 있었다. 경찰의 혼잣말이었지만 귀에 들린 이상 그냥 넘어갈 수 없었다.

경찰이 무심코 던진 그 한마디에 그동안 쌓아온 모든 것들이 폭풍 속의 모래언덕처럼 사라지는 것 같았다. 양아치. 20대에나 듣던 말이었다. 얼마 전까지만 해도 한 집안과 회사를 책임지고 있다는 사실에 우쭐하기도 했었다. 그만큼 노력을 했다고 여겼다.

수현의 저항은 거기까지였다. 경찰들은 순식간에 수현의 양팔을 잡아 꺾은 다음, 능숙하게 수현을 주저앉혔다. 발가벗겨지는 기분이 들었다. 이런 상황을 수없이 겪은 자들의 행동이었다. 수현은 무력감에 몸을 떨었다.

"사장님, 여기서 이러시면 안 되죠."

수현에게 멱살을 잡혔던 경찰이 자신의 목을 주무르며 말했다. 수현을 노려보는 그의 관자놀이에 핏줄이 불룩 튀어나와 있었다. 그도 화를 억누르고 있는 것이 느껴졌다.

"영호나 풀어줘요."

수현이 경찰을 보고 말했다. 영호는 같은 경찰서의 다른 방에 있었다. 수현이 경찰서로 연행된 것은 영호가 경찰에 붙잡힌 이후였다. 영호와 수현 둘 다 경찰서에 있다 보니 입을 맞출 새도 없었다.

"뭘 풀어줘요, 이제 시작인데……."

담당 경사가 컴퓨터를 만지며 자세를 고쳐 앉았다. 이제 시작이라니. 수현은 경찰과 다음 라운드를 치를 체력이 없었다.

수현은 이런 식으로 경찰을 맞닥뜨릴 줄은 예상하지 못했다. 그러나 단속에 전혀 대비하지 않은 것은 아니었다. 정식 장부가 아닌 계산서나 견적서 등의 서류는 한 달이 지나면 폐기했다. 경찰이 피해 금액을 유추만 할 수 있을 뿐, 증거를 찾는 데는 애를 먹은 이유였다. 그래도 고객에게 과다한 수리비를 요구한 사실을 부인할 수는 없었다. 수리비를 청구한 당사자가 경찰이기 때문이었다. 고객이 경찰이었다면 얘기가 달라진다. 수현과 영호는 현행범과 다름없었다.

경찰은 곧바로 대면조사와 압수수색을 시작했다. 경찰이 조사범위에는 수현의 과거도 포함되었다. 경찰의 수사망은 휴지에 닿은 물처럼 넓게 퍼져나갔다. 결국 그들은 수현의 불운한 가족사와 콜때기를 했던 일까지 들춰냈다. 밝지 않은 과거는 경찰에게 선입견을 심어줄 수 있었다.

문제는 거기에서 끝나지 않았다. 그 과정에서 멀쩡하다고 여겼던 무배까지 경찰서를 들락거려야 했다. 수현과 경찰들이 있던 취조실에 문이 열렸다.

"저 사람 알죠?"

담당 경찰이 턱으로 문 쪽을 가리키며 수현에게 물었다.

"수현아, 이러려고 사업하냐?"

익숙한 목소리에 수현의 고개가 절로 돌아갔다. 무배였다. 수현은 고개를 떨궜다. 무배는 이미 전과가 있었다. 이는 수현이 무배를 처음 만났던 날부터 알고 있었다. 입이 열 개라도 무배에게 할 말이 없었다.

"김수현 씨가 가짜 견적서를 끊으라고 노영호 씨에게 지시했습니까?"

경찰이 가장 오래 신문한 사람은 수현이었다.

"노영호 씨에게 범행 대상을 지목해서 범죄지시를 한 거죠?"

"김수현 씨가 견적서를 이면으로 작성한 거잖아. 그렇죠?"

경찰의 비수 같은 질문이 무작위로 꽂히기 시작했다. 경찰이 영호에게는 자신이 한 말을, 아니 하지도 않은 말을 들이밀며 원하는 답을 끌어낼 것을 알면서도 어찌할 도리가 없었다. 아니라고 대답할 수가 없었다.

"경찰한테 사기를 쳐?"

조서를 꾸미던 경찰은 수현의 대답이 마음에 안 들 때마다 비아냥대며 고객이 경찰인지도 몰랐냐며 되물었다. 모욕감이 들이닥쳤다. 수현은 무기력한 자신에게 화가 났다. 경찰은 보복할 수 없는 상대였다.

만 24시간이 넘는 경찰 조사가 끝나고 나니 이미 3월이었다. 수현은 자신이 생일을 경찰서에서 보냈다는 것을 그제야 깨달았다. 현채와의 약속은 기억도 나지 않았다.

몇 번의 경찰 조사와 법원을 오가는 동안에는 다른 것에 신경 쓸 여력이 없었다. 무엇보다 경찰이 예의주시하고 있는 것이 느껴져 평소 같은 방법으로 일을 할 수도 없었다.

수현은 결국, 벌금 오백만 원을 선고받는 것으로 마무리되었다. 요란했던 수사와는 달리 수현에게는 경찰이 예상한 만큼의 물증이 나오지 않았기 때문이었다. 수현이 마지막으로 법원을 나설 때는 계절이 두 번 더 바뀌어 있었다.

무배는 렌터카와 관련이 없었지만, 대포차 매매 알선 혐의로 징역 6개월에 집행유예 1년, 사회봉사 80시간을 선고받았다. 무배가 소유한 대포차는 전량 압수되었다. 수현이 받은 것보다 훨씬 과한 처벌이었다. 이 도시에 처음 발붙이게 도움을 준 무배지만 원수로 되돌려 준 것과 다름없었다. 그나마 무배가 실형을 살지 않은 것이 다행이었다. 무배가 이전부터 갖고 있던 전과는 폭력으로, 동종 전과가 아닌데다 형을 마친 지 10년 이상 지났기에 가중처벌은 피할 수 있었다.

수현은 무배에게 압수당한 대포차 대신 자신의 렌터카를 빌려주기도 했지만, 무배와 이전과 같은 관계로 돌아가지는 못했다. 수현은 한동안 무배가 운영하는 가게에 매일같이 찾아갔다. 수현은 무배가 용서를 강요당하는 것처럼 여길까 걱정이 되었지만, 다른 방법이 떠오르지 않았다. 시간이 걸릴 터였다.

"희한하네. 어떻게 알고 경찰이 왔지?"

판결이 나고 며칠 지난 후였다. 사무실에 앉아 있던 영호가 중얼거렸다.

수현은 사건을 복기할 생각이 추호도 없었다. 수현은 장부를 폐기하여 물적증거가 거의 없었고, 고객이 항의하는 일도 없었기 때문에 구속은 면할 수 있었다. 영호도 눈치가 있어 수현 앞에서는 그 이야기를 꺼내지 않았다. 그러나 무심코 나온 혼잣말마저 막지는 못했다. 영호는 말을 뱉은 후에야 곁에 있는 수현을 의식했는지 곧바로 자신의 핸드폰으로 시선을 돌렸다. 수현이 못 들은 체하지 않고 반응했다.

"뭔데?"

"아뇨, 그냥."

"괜찮으니까 말해봐."

고객으로 위장한 경찰을 직접 대면한 것은 영호였다. 영호가 핸드폰에서 시선을 떼면서 입을 열었다.

"형님, 우리가 이 일 하면서 언제 고객이 항의 한번 한 적 있어요?"

"그건 네가 더 잘 알지 않아?"

수현은 영호가 자신에게 이런 질문을 하는 의도를 알지 못했다. 수현이 직접 고객을 대하는 일은 드물었기에 세세한 일까지 다 알 수가 없었기 때문이었다.

"네. 그래서 하는 말씀이에요. 우리 지점이 열한 갠데, 슈킹은 세 개에서만 했잖아요. 그건 또 사장님하고 저하고 유 대리, 그리고 카센터 사장 요 넷만 알지."

그제야 수현은 영호가 무슨 생각으로 그런 말을 하는지 깨달았다. 고객이 한 번도 의심한 적이 없는데, 경찰이 어떻게 눈치채고 함정까지 파놓을 수 있느냐는 뜻이었다. 영호는 고객이 눈에 띌 만큼 터무니없이 수리비를 청구한 기억이 없었다. 사설 센터보다는 비싸지만, 오히려 정식서비스센터 수리 비용보다 낮게 받는 경우도 있었다. 수현의 회사 사정을 잘 아는 사람의 협조가 없으면 어려웠을 터였다.

"몇 달 전 이야기를 또 꺼내. 꼭 신고 들어와야 수사하는 건 아니잖아? 그 정도로 끝난 게 다행이다. 의심하면 끝도 없어."

수현은 그렇게 말하면서도 생각을 멈추지는 않았다. 경찰을 빼고도 늘 누군가 지켜보는 듯한 기분이 들었다.

"원주에서 지금 가도 한 시간 반은 걸릴 것 같아요."

영호가 수현에게 대답했다. 영호의 목소리가 수현을 다시 현실로 데려왔다.

"아냐 아냐, 오지 마. 내가 가면 되지. 일 보고 있어."

수현이 손사래를 쳤다. 고생하는 영호에게 미안한 감정도 들었다.

수현의 렌터카 회사 규모는 반 이하로 줄었다. 직원도 감원할 수밖에 없었다. 경찰 조사가 끝난 후, 신뢰하지 않는 사람들도 자연스럽게 정리가 됐다. 수현은 처음 렌터카를 시작할 때처럼 매일 사무실로 출근했다. 인건비를 줄인다는 명목이었지만, 몸을 바삐 놀려 상실감을 잊기 위함이기도 했다.

떨어진 의욕과는 별개로 일은 많았다. 프랜차이즈 업체들이 시장을 잠식하고 있었고 주변 평판도 이전 같지 않았지만, 렌터카 수요는 여전히 많았다. 코로나로 대중교통 이용을 기피하는 사람이 늘어난 것도 한몫했다. 수현은 주로 사무실에 앉아 있었으나 손이 달려 현장으로 가는 일도 적지 않았다.

"좀 쉬엄쉬엄하시지. 누군데요?"

영호가 투덜대며 물었다.

"장부 보니까 단골이네. 그것도 BMW로만."

수현이 전화기를 턱에 괴고 바인더를 넘기며 대답했다. 시선은 고객 장부에 고정되어 있었다. 렌터카 중 고가의 수입차는 국산 차에 비하면 이윤이 많이 남았다. 하루 렌트비만 수십만 원이었다. 차가 없으면 다른 곳에서 빌려서라도 고객을 지키는 게 상식이었다. 더군다나 차가 없는 것도 아니었다.

"아, 최아영인가 그렇죠?"

"맞아."

영호도 잘 알고 있었다. 지금은 실무를 하고 있지만, 업장을 줄이기 전까지만 해도 직원 배치와 함께 고객 리스트 작성이 실장인 영호의 주 업무였기 때문이었다.

"그 사람 최고죠."

"무슨 말이야? 그게."

수현이 고객 리스트를 꺼내며 물었다.

"저 같으면 아예 장기렌트를 하든, 차를 사든 할 텐데 하루이틀씩 자주 빌리는 거 보면 돈은 많은가 보더라고요. 깎아달란 소리 할 만도 한데, 그런 것도 없고. 지난번 범퍼 살짝 긁고 왔는데, 견적 내기도 전에 이백만 원이면 되냐고 하길래 깜짝 놀랐어요."

영호가 설명했다. 그런 고객이 없는 것도 아니었다. 집 없이 호텔에서 사는 사람이 있는 것처럼 차가 없이 렌트만 하는 사람도 있었다. 보통은 졸부나 거처가 일정하지 않은 사람이 대부분이었다. 수현은 이해할 수 없는 방식으로 사는 사람들에 대해 관심이 많지 않았다. 가장 가까웠던 엄마의 삶이나, 심지어 아내나 자신의 삶조차 이해할 수 없었다.

"알았어. 갖다주고 택시 타고 오든지 해야지. BMW 세차는 해놨지?"

"깨끗해요. 위치 찍어주세요. 시간 되면 제가 사장님 태우러 갈게요."

"됐어, 뭘 와."

"수원역 뒤편 공터에서 차 인계하기로 한 거죠?"

"맞아. 매번 거기로 배달해줬어?"

진성 단골이었다.

"네. 요청 장소가 늘 거기더라고요."

수현은 전화를 끊고 서랍을 열어 계약서를 챙겼다. 사무실 밖으로 나오니 도어락이 잠기는 소리가 들렸다. 경찰 수사를 받은 이후로는 보안에 부쩍 신경이 쓰였다. 사무실 도어락 비밀번호를 재설정하고 주차장 CCTV도 늘렸다. 퇴사한 직원이 침입할 가능성도 있었다.

주목은 여전히 사무실 앞에 서 있었다. 영호에게 뽑으라고 지시했지만, 영호는 무배가 알면 좋지 않을 거라며 수현을 만류했다. 결국 주목은 그대로 두기로 했다.

렌터카 지점이 가장 많았을 때, 이 주목에도 첫 열매들이 빨갛게 열렸었다. 수현은 문득 주목의 줄기 다발이 아름드리가 될 때쯤 무얼 하고 있을지 궁금했다. 왜인지 주목과 자신 둘 다 온전할 거라는 생각이 들지 않았다. 그때가 되면 개발이 되어 나무가 잘리든 자신이 죽든 둘 중 하나는 세상에 없을 것 같은 기분이 들었다.

역의 앞쪽은 발 디딜 틈 없이 분주했지만, 뒤편은 완전한 허허벌판이었다. 콘크리트로 포장된 넓은 야적장에는 수천 개의 컨테이너가 쌓여 있었다. 그 사이를 바퀴 달린 크레인 한 대가 분주히 오가면서 컨테이너를 열차에 싣는 중이었다.

차를 인계하기로 한 장소는 컨테이너 야적장 옆의 이면도로였다. 수현이 차를 세웠다. 사람은 보이지 않았다. 수현은 고객의 핸드폰 번호로 전화를 했다. 고객은 곧바로 전화를 받았다.

"바로 뒤에 있어요."

사무실에서 전화를 받던 사람의 목소리였다. 누군가 다가와 조수석 창문을 두드렸다. 수현이 차 문 잠금장치를 풀었다. 계약서를 집어 들기도 전에 문 여는 소리와 함께 그가 먼저 들어와 앉았다.

"사장님이 직접 오셨네요."

익숙한 목소리가 총알처럼 수현의 머리를 뚫고 지나갔다. 수현은 얻어맞은 것처럼 소리 나는 쪽으로 고개를 돌렸다.

전화기를 거치지 않은 그 목소리는 현채의 것이었다. 마스크를 썼지만 눈빛만으로도 충분했다. 현채였다. 현채는 오른손에 권총을 들고 있었다. 수현은 크게 입을 벌려 웃었다. 웃음이 끊임없이 나왔다. 수현에게 놀람보다 반가움이 앞섰다. 그토록 찾아다녔던 현채가 눈앞에 있다는 것이 비현실적으로 느껴졌다.

"우리 생일 때 보기로 했는데 못 봤잖아."

현채가 마스크를 벗으며 말했다. 현채는 8년 전 자유로에서 그대로 건너온 듯한 모습이었다.

"그건 너 때문이잖아."

수현이 비웃으며 대답했다. 다시금 3월의 기억이 떠올랐다. 그것은 확신이었다.

"정말?"

현채가 뻔뻔하게 되물었다.

"네가 최아영이니?"

수현은 현채의 도발에 반응하지 않고 되물었다. 수현의 표정에서 조금 전의 웃음기는 찾아볼 수가 없었다.

"맞아."

"원래는 최시영이었고."

현채의 지금 본명은 최아영이 맞을 것이었다. 신분이 확인되지 않으면 렌트를 할 수가 없기 때문이었다. 현채는 예전부터 신분증 사본을 자신의 회사에 제출해왔다는 얘기였다. 수현이 신음 섞인 한숨을 내뱉었다. 밀려드는 허탈감을 숨길 수가 없었다.

"맞아. 말했다시피 나는 과거를 지워야 할 필요가 있었으니까. 그러기 위해서는 돈도 필요했고."

현채가 담백하게 대답했다.

수현은 현채와 처음 만났을 때를 떠올렸다. 현채는 그때에도 돈이 필요하다고 했었다. 수현은 현채의 말이 정말인지 믿을 수 없었다. 현채는 돈이 절실한 사람의 모습이 아니었다. 정말 돈이 절실한 사람은 한눈에 알아볼 수 있었다. 그래서 현채의 한탄은 수현에겐 유복한 가정에서 자란 사람의 배부른 소리일 뿐이었다. 이치에 맞지 않는 피해의식이 현채에 대한 적개심을 불렀었다.

그때도 현채가 권총을 손에 들고 있었다. 수현은 처음에 현채를 만났을 때처럼, 지금도 권총을 든 현채를 위협적이라 느끼지 않았다. 다시금 잃을 게 없다는 생각이 들었다. 원점으로 돌아온 듯했다. 엄마가 죽고 아내와 자식이 떠나간 지금은 더 이상 지킬 것이 없었다.

"그럼 은행이라도 털러 갈까? 그때처럼."

수현이 현채에게 물으며 정차 상태 그대로 액셀을 밟았다. 위협하는 것처럼 공회전하는 엔진 소리가 커졌다.

수현은 문득 죽지 않아도 될 이유가 무엇인지 궁금했다. 이 대로 총을 맞아 죽어도 좋을 것 같았다. 그러나 현채가 자신 을 죽이지 않을 것이란 묘한 확신이 있었다. 정말 자신을 죽이 는 게 목적이었다면 이런 식으로 미루고 있을 리 없었다. 자신 의 인생을 망치려 하는 이유를 현채에게 직접 듣고 싶었다. 현 채가 자신의 아이에게 메시지를 전달했다고 생각한 이후부터 지금까지 현채에 대한 분노는 들끓었다가 잦아들길 반복했다.

현채의 흔적을 찾아다니면서 언제든 현채를 마주칠 준비를 했었다. 수현의 차에는 늘 현채를 단번에 제압할 도구가 실려 있었다. 다만 지금 탄 차는 렌터카였다. 그 탓에 준비한 도구 들이 없는 것은 아쉬웠다.

하지만 현채가 바로 옆에 앉아 있는 지금은 문제 될 것이 없었다. 지금이 그토록 기다려왔던, 머릿속으로 수없이 재생 했던 순간이었다. 현채가 들고 있는 권총은 팔을 뻗기만 하면 닿는 거리에 있었다. 총구는 수현의 복부를 향해 있었다. 현 채가 총을 자신의 머리를 겨눴으면 오히려 더 쉬울 것이란 생 각이 들었다.

엔진의 소음 사이에서 현채가 무언가를 말하려 하고 있었 다. 수현은 타이밍을 놓치지 않고 오른손으로 총을 잡고 있는 현채의 손을 잡아 대시보드에 던지듯 밀어붙였다. 무게중심이 앞으로 쏠린 현채가 왼손바닥을 수현의 관자놀이를 향해 휘둘렀다. 수현은 한쪽 고막이 찢기면서도 체중을 실어 현채의 손을 꺾었다. 수현이 미소를 머금으며 하얀 이를 드러냈다. 현채의 입에서 신음이 새어 나왔다.

수현이 현채의 손등을 세 번째 찧었을 때 총이 바닥으로 떨어졌다. 대시보드 위로 현채의 손가락이 뒤로 젖혀진 채 떨리고 있었다. 현채의 머리는 수현의 손에 잡혀 차의 가운데로 끌려갔다. 현채의 머리가 허공을 휘젓더니 계기반에 처박혔다. 비상등 스위치에 핏방울이 튀었다. 뻣뻣했던 현채의 목이 힘없이 늘어졌다.

"나한테 대체 왜 이러는 건데?"

수현이 현채의 머리를 들어 올리며 물었다. 현채의 이마에 찢어진 부분이 하얗게 드러났다가 서서히 피로 물들어갔다.

"네가, 내 뒤를 캐는 것만큼이나 네가 한 일도 알려고 했다면 좋았을 텐데……."

현채가 턱을 겨우 놀려 말했다. 현채의 이 틈새로 붉은 피가 흘러들었다. 현채의 선혈이 수현에게 알 수 없는 희열을 불러왔다. 온몸의 털이 곤두서면서 살아있다고 말하고 있었다. 수현의 입꼬리가 서서히 올라가면서 하얀 이가 드러났다.

"왜지? 말해."

수현이 질문과 함께 주먹을 현채의 얼굴에 날렸다. 주먹을 받아낸 현채의 머리가 튕겨 나가 조수석 유리에 부딪혔다. 현채의 몸통이 고꾸라지면서 바닥으로 흘러내렸다. 방향제와 피냄새가 뒤섞여 수현의 코를 찔렀다. 현채의 발밑에 떨어진 리볼버가 보였다. 수현은 그것을 집어 자신의 주머니에 찔러 넣었다.

조수석 의자 앞에 엎어진 현채는 미동도 없었다. 피 냄새가 수현의 정신을 환기시켰다. 렌터카는 선팅이 짙게 되어있지 않았다. 누군가 차 안을 볼 수가 있었다.

우선 현채를 트렁크에 실어야 했다. 수현은 먼저 창에 축 처진 현채의 상체를 끌어올렸다. 조수석 창문 너머로 크레인이 컨테이너를 들어 올리는 모습이 눈에 들어왔다. 당장 이곳은 사람을 차 밖으로 끌고 나와 트렁크에 넣기엔 장소가 적당하지 않았다. 주변에 CCTV가 있을 수도 있었다. 생각을 바꾼 수현이 현채를 조수석에 앉히고 등받이를 뒤로 젖혔다. 기어를 움직인 후 다시 액셀을 밟았다. 보는 눈이 없는 장소가 필요했다.

"여보세요."

어디선가 사람의 목소리가 들렸다. 수현은 오디오를 껐다.

"여보세요?"

다시 같은 목소리가 들렸다. 차 스피커에서 나는 소리는 아니었다. 조수석 쪽이었다. 그 소리는 현채가 입고 있는 옷 속에서 울리고 있었다. 수현은 왼손으로 핸들을 잡고, 오른손으로 현채의 주머니를 찾아 더듬었다. 두 번째 주머니에 손을 넣었을 때 핸드폰이 잡혔다.

"여보세요? 긴급 신고 112입니다. 말씀을 할 수 없으면 아무 버튼이나 눌러주세요."

주머니에서 꺼낸 핸드폰 액정을 보니 번호의 마지막이 0112였다. 경찰이 맞았다. 갑자기 왜? 수현은 어떤 상황인지 알 수 없었다.

그때 현채가 신음을 흘렸다. 현채가 깨어나고 있었다.

"여보세요?"

저쪽은 전화를 끊을 생각이 없어 보였다. 수현은 전화기의 종료 버튼을 눌렀다. 그러고는 전화기의 전원을 껐다. 본능적인 행동이었다.

"예약 발신을 해놓았거든. 내가 이렇게 돼도 경찰이 널 찾을 수 있게……."

정신이 돌아온 현채가 중얼거렸다.

"이렇게 될 걸 알았다는 거야?"

수현에게 좋지 않은 기분이 들었다.

"아까 네가 말해 보라고 했지?"

수현이 마른침을 삼켰다.

수현과 현채가 탄 차는 수원을 벗어나 안산의 국도를 달리고 있었다. 수현은 서해 가보항에 갈 작정이었다. 사람이 죽더라도 모를 정도로 인적이 드문 곳이었다.

"처음에 넌 우리가 우연히 만났다고 생각했겠지만, 그렇지 않아. 내 영상을 처음 퍼뜨린 사람이 너였어."

"어떻게 그걸 알지?"

수현은 알면서도 되물었다. 확인하고 싶었다. 수현이 설마 했던 일이 사실로 드러나고 있었다.

"네가 처음으로 나와 내 남자친구 영상을 공유사이트에 올렸어. 공유사이트들을 하나하나 거슬러 올라가면서 내 영상을 처음 퍼뜨린 사람의 아이디를 찾았거든."

"그게 나란 말이구나."

"그래. 노란 USB 말이야, 네 차에 있던."

수현은 시속 100킬로미터가 넘는 속력으로 차를 몰면서도 현채가 한 말을 곱씹고 있었다.

수현은 현채와 처음 채팅을 했을 때의 대화 내용을 떠올렸다. 현채는 수현이 매일 온라인 포커방에 들른다는 것을 알고 있다고 했다. 그 당시 현채가 수현을 아는 것은 헤비유저

이기 때문이라고 했지만, 오히려 그 반대였던 것이다. 이미 현채는 P2P 사이트로 아이디를 검색해 수현을 알고 있었고, 그러다 자신이 그 포커 사이트를 사용한다는 사실도 파악하게 된 것이다.

수현은 비로소 현채가 자신에게 접근한 이유를 현채의 말로 확인할 수 있었다. 현채는 최초 영상배포자의 아이디를 찾아내면서 영상의 출처 파악이 가능했다. 아이디 비공개 정책이 활성화되지 않은 시기, 그것 하나로 알 수 있는 것은 의외로 많았다. 인터넷 포커를 하는 수원의 20대 남성. 그의 실명은 김수현. 수현이 이전 남자친구와 어떤 관계인지까진 알 수 없었다. 하지만 남자친구와는 달리 수현은 돈이 필요한 사람이었다.

다시금 수현은 자책감에 어금니를 깨물었다.

"나를 처음 봤을 때, 내가 누군지 알아보지 못했지."

현채가 턱을 떨며 말했다. 현채의 입속의 어딘가가 부러졌는지 발음이 샜다. 끈적한 피가 입술 밖으로 새어 나오고 있었다. 피가 식도를 막으면서 현채가 쿨럭거렸다. 피 섞인 비말이 앞 유리에 뿌려졌다. 다시 떠올려 봐도 현채가 그 영상 속 인물과 동일인이라고는 생각할 수 없었다.

"그래. 처음 만났을 때 네 머리는 나보다도 짧았으니까."

수현은 그렇게 말하면서 고개를 현채 쪽으로 돌렸다. 지금 자신의 옆에 앉아 있는 현채의 모습에서 16년 전 롯데리아에서 만났던 현채의 흔적은 찾을 수 없었다.

"아니, 네게는 기억도 제대로 하지 못할 정도로 별일이 아니었던 거겠지. 나는 그것 때문에 인생을 망쳤지만."

고통에 적응이 됐는지 현채의 거친 숨이 차츰 잦아들었다. 수현은 인생을 망쳤다는 말에 현채가 총으로 자신을 겨누던 모습이 떠올랐다.

"사람을 죽이는 것만큼 인생을 망치는 게 가능할까? 제대로 수사가 됐다면 네가 이렇게 활보하고 다닐 수 있었을까? 왜 여분의 인생을 살면서도 고마워할 줄 모르는 거지?"

수현이 비웃으며 대꾸했다.

동영상을 찍거나 유포했다는 이유로 징역을 살았다는 이야기를 들어본 적도 없었다. 게다가 어차피 지난 일 아닌가? 수현은 그런 것에 과도하게 의미를 부여하는 현채를 이해할 수 없었다.

"누구한테 고마워해야 하는데? 여분? 나한테 그런 게 있으면 사람이 죽을 만큼 큰 죄를 저질러놓고도 처벌받지 않은 놈들 죗값을 치르게 하는 데 쓸 것 같은데."

현채의 발음은 심한 부상을 입었어도 갈수록 명확해졌다.

현채의 목적은 복수였다. 16년이 지난 후에야 현채로부터 직접 대답을 들을 수 있었다. 하지만 현채의 복수 동기는 수현이 땅에 묻힐 때까지 공감할 수 없는 얘기였다. 영원히 이해할 수 없을 것 같기도 했다.

해는 논밭을 비스듬히 비추면서 지평선 아래로 가라앉았다. 수현이 운전하는 차는 이제 평택과 서해 사이의 국도를 달리고 있었다. 갈림길에서 오른쪽으로 빠지니 금방 농로에 접어들었다. 도로의 왼쪽으로는 갈아엎어 풀 하나 없는 논이 펼쳐졌고, 오른쪽에는 검푸른 강물이 남양만으로 흘러들고 있었다.

수현은 속력을 줄이고 강줄기 쪽에 차를 붙였다. 농로 옆으로 갈대가 우거져 있었다. 휘어지는 갈대가 바람의 방향을 알려주고 있었다. 사람은 보이지 않았다. 수현은 차를 완전히 멈추고 시동을 껐다. 차가 포장된 곳과 가장자리 흙바닥 위에 반반씩 걸쳤다. 차를 세운 곳은 현채가 소리를 지르거나 차 밖으로 뛰쳐나가더라도 듣거나 볼 수 있는 사람이 없는 곳이었다.

"여기서 날 죽이기라도 하게?"

현채가 힘겹게 턱을 놀려 물었다.

"너야말로 날 죽일 생각이었나?"

현채와 달리 수현의 어조는 불안함을 겪은 적이 없는 포식자처럼 차분했다. 수현은 담배를 물고 불을 댕겼다. 연기를 깊게 빨아들였다. 담배 끝이 붉게 타오르면서 끈적이는 피로 뒤덮인 현채의 얼굴을 비추었다. 묘한 쾌감이 니코틴과 함께 수현의 몸속에 퍼지기 시작했다. 탈영병을 쏘던 때와 비슷했다. 지난 몇 년간 자신을 괴롭혔던 것들이 씻겨 나가는 느낌이 들었다.

"글쎄. 널 죽이지 않을 걸 아니까 날 이 지경으로 만들 수 있었던 것 아니야?"

현채가 다시 질문했다. 그 질문은 수현에게 어떤 확신을 가져다주었다. 수현은 바람소리를 내며 담배 연기를 내뱉었다. 머리가 맑아지는 기분이었다.

"그래, 넌 네가 겪은 일을 내게 말하고 싶었던 거야. 내가 이렇게 네게 물을 것까지 예상해뒀겠지."

수현의 추리에 현채가 희미하게 고개를 끄덕였다.

"그 비디오가 세상에 뿌려진 날 이후로 난 죽은 거나 다름없었어. 그래서 둘 중 하나를 선택해야 했지. 정말 죽든, 아니면 복수를 하든."

현채의 억양도 다소 차분해졌다. 수현은 현채의 말을 들으면서도 룸미러 뒤에 달린 블랙박스의 불빛을 의식했다.

가보항

현채는 처음 P2P 사이트에서 찾은 영상에 나온 자신을 발견했을 때 절망에 빠졌다. 다리가 풀리고 손은 떨렸다. 정신이 몽롱해지거나 사소한 일에도 크게 놀라는 일이 반복됐다. 무저갱 속의 절망은 끝이 없었다. 밤마다 발가벗은 자신이 모니터 속에서 부유하는 꿈을 꾸었다. 그때마다 전기에 감전된 사람처럼 몸부림치며 잠에서 깨어났다.

이전 남자친구에게 자초지종을 묻기 위해 전화를 했지만 이미 늦은 일이었다.

"고의는 아니었어. 그리고 나도 피해자라는 걸 알았으면 좋겠다."

그는 변명할 노력조차 하지 않았다. 그의 악의가 느껴지지 않는 천진함은 현채의 모든 의욕을 꺾고 있었다.

"그래. 그래도 얼굴 보고 얘기했으면 좋겠어."

현채는 솟구치는 분노를 온 힘을 다해 누르며 말했다.

"아, 나 내일 미국 가. 언제 한국 가면 봐."

그는 그렇게 말하고는 종료 버튼을 눌렀다. 개새끼, 씨발 새끼, 죽여 버릴 거야. 현채는 전화기를 손에 들고 울부짖었다. 눈물이 뚝뚝 소리를 내며 전화기 위로 떨어졌다.

남자친구가 다니던 학교의 과사무실로 전화해 전 남자친구의 근황을 알아보았다. 그가 미국으로 간다는 말은 사실이었다. 과사무실을 지키고 있던 직원 말로는 그가 유학을 갔다고 했다. 현채가 아는 남자친구는 평소에도 거짓말을 잘 하지 않는 사람이었다. 이는 그가 현채와 통화할 때 솔직했다는 의미이기도 했고, 동시에 자신의 잘못과 타인의 고통을 모르고 있다는 의미이기도 했다. 잘못했다고 생각하지 않으니 거짓말할 필요가 없었다. 그런 사람만이 할 수 있는 말이 있었다.

헤어지고 난 후에야 깨닫는 것들이 있었다. 그에게 다시 전화를 걸었으나 그 후로는 다른 사람이 받았다. 그에게 현채는 그저 벌레처럼 귀찮은 존재일 뿐이었다.

그를 만날 방법이 생각나지 않았다. 만난다 한들 장소가 미국이라면 할 수 있는 것도 없었다. 지독한 무력감이 자살하고픈 충동을 종종 불러왔다. 현채는 가만히 있다가도 어찌할 새도 없이 치미는 울분에 절규하다 실신하기를 반복했다. 칼로 자해를 하다가도 아파서 멈추는 자신이 역겹게 느껴졌다.

현채는 가방 속 주머니에 손을 넣었다. 우연히 얻은 차가운 쇠뭉치가 손에 잡혔다. 처음 이것을 봤을 때 생겼던 복수심은 정신이 피폐해지면서 약해지고 있었다. 좌절감이 의욕을 잠식했다. 복수보다 쉽고 간단한 것이 먼저 떠올랐다.

총구를 입에 물었다. 방아쇠에 엄지손가락을 집어넣었다. 생각은 죽음을 늦출 뿐이었다.

눈을 질끈 감으며 뒤로 힘껏 방아쇠를 밀었다. 주변이 조용했다. 뒤통수가 터져나가지도 않았다. 왜인지 엄지에 걸린 방아쇠가 움직이지 않았다. 다시 힘을 줬지만 초승달 모양의 쇠막대기는 꼼짝도 하지 않았다.

현채의 목덜미엔 어느새 땀이 흘렀다. 무엇이 문제일까. 입안에서 총구를 빼냈다. 방아쇠 뒤에 반달처럼 생긴 플라스틱이 박혀있었다. 방아쇠가 움직이지 않은 이유는 그것 때문이었다. 나중에는 그것이 안전장치라는 것을 알게 되었다. 현채는 망설이지 않았다. 곧바로 플라스틱을 빼내고 총구를 다시 입에 넣었다. 천천히 방아쇠에 힘을 주자 조금씩 공이가 움직이면서 둥근 탄창이 돌아가는 게 보였다. 현채의 호흡이 가빠졌다. 손끝이 떨리고 있었지만, 다시 턱에 힘을 주고 단번에 방아쇠를 밀었다.

철컥.

공이가 때린 것은 탄창의 빈 구멍이었다. 총알은 발사되지 않았다. 현채는 꽉 감았던 눈을 떴다. 머리를 지배하던 공포가 빠져나간 자리엔 얼얼함과 허탈함이 자리했다.

현채는 자신이 집행한 러시안룰렛의 생존자였다. 입속에서는 생전 느껴보지 못한 맛과 텁텁함이 느껴졌다. 총구에 발라진 방청유 때문이었다. 땀이 식으면서 오한이 찾아왔다. 자살에 두 번 실패한 것은 우연이었지만, 필연처럼 다가왔다.

현채 속의 누군가가 속삭였다. 복수하기 전에는 절대 죽지 말라고.

현채는 이미 죽은 것과 같았다. 죽지 못한다면 죽어도 상관없다는 생각으로 살자고 다짐했다. 그 각오는 몇 년이 지나도 희석되지 않았다.

핸들을 잡은 수현이 현채의 이야기를 곱씹었다. 하지만 어디까지가 사실인지 확인할 길이 없었다. 현채가 자신의 이야기라며 하는 말들이 전부 어디서 주워 들은 걸 따라하는 허황처럼 들렸다. 오히려 죽어도 상관없다는 생각으로 산 것은 자신이지, 그가 봐온 현채가 아니었다.

"나는 그 영상이 어떻게 퍼진 것인지 알아야 했어."

"고의는 아니었어."

"고의는 아니었어."

현채가 수현의 말을 중얼대며 따라 했다. 수현의 미간이 깊게 패었다.

"아니, 네 남자친구가 한 말과는 달라."

수현이 항변하며 어금니를 깨물었다. 그 대답에 현채의 낯빛이 싸늘해졌다.

"그랬겠지."

"그렇게 치면 은행 주차장에서 사람을 죽인 것도 고의였나?"

수현의 질문에 현채가 움찔거렸다.

"……아니. 그건 예상 밖이었어. 네 말대로 그 총에 맞고 사람이 그렇게 죽게 될 줄은 몰랐어. 그런데 그게 너한테 어떤 피해를 줬는데? 논점 흐리지 마. 넌 내게 진 빚이 많고, 아직 다 갚지 않았잖아. 내 말만 들었어도 네 딸과 아내가 널 떠나진 않았을……."

현채는 말을 미처 끝맺을 수 없었다. 수현이 현채의 목을 세게 움켜쥔 탓이었다. 수현의 적개심이 두 눈에서 터질 듯 부풀고 있었다.

먼 곳에서 사이렌 소리가 들렸다. 수현이 소리 나는 쪽으로 고개를 돌렸다. 저 멀리 경광등 불빛이 보였다. 경찰차였다.

"시동 걸어. 빨리 여길 벗어나는 게 좋을 거야."

현채가 숨을 겨우 내쉬며 긁히는 목소리로 말했다. 수현은 경찰차가 따라오고 있단 느낌이 들었다. 외진 곳인데도 경찰차가 계속 눈에 띄었다. 현채의 말대로 저들을 피해 벗어나는 것이 중요했다.

수현은 시동 버튼을 누르려다가 손을 멈췄다. 불안한 직감이 뇌리를 스쳤다.

"넌 내가 여기서 도망가길 바라는 거야, 아니면 잡히길 바라는 거야?"

수현이 중얼대듯 물었다. 이윽고 수현의 얼굴에 날 선 미소가 지어졌다.

경찰은 신고 전화가 들어오긴 했으니 신호가 끊어진 지점을 중심으로 순찰할 것이다. 저 멀리 보이는 경찰차가 그 임무를 맡은 것일 수도 있었다. 내내 달렸던지라 현채의 핸드폰 전원을 끈 장소는 이미 한참 떨어진 곳이었다. 그렇다면 경찰이 전화기의 위치를 파악하기엔 무리라는 생각이 들었다. 오히려 차에 시동을 걸고 도망을 간다면 경찰에게 수현이 있는 장소를 알려주는 것과 다름없었다. 더군다나 인적이 없는 강가에 정차하고 있다가 부랴부랴 출발한다면 경찰에게 수상히 보일 터였다. 수현은 현채의 계획에 말려들 뻔한 자신이 한심하게 느껴졌다.

먼저 자신에게 총을 겨눈 건 현채였다. 그러나 그로부터 한 시간도 채 지나지 않은 지금 피투성이가 된 현채를 본다면 누가 피해자라고 생각할지는 뻔했다. 수현은 이미 경찰의 압수

수색을 한 번 받은 후였다. 아무도 자신의 말을 믿어주지 않을 것이었다. 현채의 의도대로 넘어갈 수는 없었다. 현채를 처리해야 했다.

수현은 현채가 입고 있는 겉옷을 벗겼다. 손가락이 부러지고 얼굴 뼈가 함몰된 현채는 큰 저항을 하지 않았다. 수현은 벗긴 옷 소매로 현채의 손을 뒤로 묶었다.

그 틈을 타 현채가 상체를 운전석으로 던졌다. 현채의 어깨가 핸들 가운데의 클랙슨을 정확히 짓눌렀다. 긴 경적의 파동이 들판을 타고 넓게 퍼져나갔다. 수현이 급히 현채의 상체를 핸들 위에서 떼어냈다.

해가 완전히 떨어진 들판은 노을의 잔광조차 남아 있지 않았다. 둔치가 없는 강물 옆엔 가로등도 설치돼있지 않았다. 현채와 수현이 탄 차는 어둠 속에 파묻힌 것 같았다. 지금이라면 현채를 트렁크로 옮겨도 눈에 띄지 않을 터였다.

수현은 현채를 조수석에서 빼내기 위해 문을 열고 차 밖으로 나왔다. 차들이 주로 지나다니는 도로와는 1킬로미터 이상 떨어져 있었다. 먼 데서 지나다니는 차들의 후미등이 자그마한 붉은 점이 되어 한쪽으로 사라졌다. 안도하는 찰나, 그 중 작은 불빛 하나가 도로 밖으로 이탈하는가 싶다가 조금씩 그 크기를 키웠다. 불빛이 수현이 있는 쪽으로 다가오고 있었다. 붉은 등과 파란 등이 교대로 점멸했다. 경찰이었다. 수현은 현채를 차 밖으로 빼내려다 멈추고 다시 운전석에 앉아 시동을 켰다.

"경찰이 소리를 들은 거 같은데?"

그 와중에 현채가 빈정댔다. 현채의 비아냥거림이 수현에게는 유령의 저주처럼 들렸다. 차가 놓인 곳은 좁은 농로였기 때문에 경찰차와 마주하게 된다면 돌아갈 수도 없었다. 수현은 전조등을 켜지 않은 채로 엑셀을 밟았다. 경찰이 눈치챈다면 아까와는 입장이 달라질 게 뻔했다. 차가 빨리 빠져나오기 어려운 장소가 가장 위험했다.

"너는 내가 뭘로 밥 벌어 먹고살았는지 모르나 본데……."

수현이 중얼대며 핸들을 돌렸다. BMW는 농로를 빠르게 빠져나와 다시 국도로 향했다. 위에 달린 룸미러가 하얗게 번쩍였다. 뒤에서 쏜 서치라이트가 반사되어 수현의 눈을 때렸다.

"들켰네."

현채가 미소를 지었다.

이윽고 사이렌이 울렸다. 수현은 엑셀 패달을 바닥에 닿도록 밟았다. 타이어가 지면을 움켜쥐며 튀어 나갔다.

차가 국도 위에 오르면서 경찰차와의 간격이 순식간에 벌어졌다. 속도계의 바늘이 180을 넘나들었다. 목표를 포착한 경찰차는 맹렬한 속도로 뒤따라오고 있었다. 그러나 수현의 차를 쫓아오기엔 역부족이었다. 산을 끼고 도는 커브 길에 접어

들면서 경찰의 불빛이 잠시 사라졌다. 수현은 그 순간을 놓치지 않고 라이트를 껐다. 그리고 도로 밖으로 핸들을 틀었다. BMW가 빠르게 도로를 벗어났다. 곧이어 따라온 경찰차가 굉음을 내며 도로를 따라 커브를 돌아나갔다.

한시름 놓은 수현은 주변을 둘러보았다. 낯선 마을이었다. 멀리 일직선으로 검은 수평선이 이어졌다. 바다가 바로 앞이었다.

현채는 손이 묶였음에도 불구하고 꿈틀대기를 멈추지 않았다. 용케 레버를 당겨 문을 열더니 몸을 날렸다. 넘어지지 않고 차 밖으로 나오는 데 성공한 현채는 곧바로 앞쪽으로 달렸다.

수현은 내리지 않고 현채의 뒷모습을 응시하면서 라이터를 꺼냈다. 현채는 좀비처럼 비틀거리며 앞으로 나아갔다. 담배를 꺼내 문 수현이 불을 댕겼다. 불에 반사된 수현의 얼굴이 도깨비불처럼 점멸했다.

수현은 담배 연기를 깊이 빨아들이고는 액셀을 밟았다. 차가 발진하면서 현채는 차 앞에 쿵, 부딪혀 보닛 위로 튕겨 올랐다가 다시 앞쪽으로 나가떨어졌다. 팔이 묶인 몸뚱이가 바닥에서 통나무처럼 굴렀다. 바닥에 엎어진 현채는 움직임을 보이지 않았다.

수현이 고개를 빼 들어 주변을 한 바퀴 둘러보았다. 조금 멀찍이에 창문에 불이 들어온 농가 몇이 눈에 들어왔다. CCTV

는 눈에 띄지 않았다. 시간을 끌수록 사람들의 눈에 띨 확률이 높았다.

수현은 차에서 내려 쓰러진 현채의 양쪽 겨드랑이 사이로 자신의 양팔을 집어넣었다. 수현은 현채를 차 뒤로 끌고 가면서도 주위를 살피는 것을 잊지 않았다. 마침내 트렁크를 열고 현채를 집어넣었다. 현채의 얼굴은 경극 가면이라도 쓴 것처럼 피범벅이었다. 눈은 감았는지 보이지 않았다. 수현은 트렁크를 닫았다.

차를 오래 몰고 다닐 수는 없었다. 이미 경찰이 이 차를 수배했을 가능성이 있었다. 수현이 운전석에 앉았을 때 핸드폰이 울렸다. 주머니에서 핸드폰을 뺐다. 영호였다. 그러고 보니 영호가 원주에서 오면 전화하겠다고 했던 것이 생각났다.

"형님, 저 이제 왔습니다. 좀 늦었습니다."

수현은 가쁜 숨을 드러내지 않기 위해 고개를 돌려 숨을 골랐다.

"괜찮아. 수고했어."

"어디세요? 아직 밖이시면 제가 모시러 갈까요?"

"차 배달 끝난 지가 언젠데……. 너 나 데리러 오기 싫어서 일부러 늦게 온 거 아니야?"

수현이 어디에 있는지 말하지 않아도 영호는 물어볼 것 같지 않지 않았다. 조금 안심이 되었다.

"아이, 무슨요. 길이 좀 막혔어요."

"정리하고 퇴근해. 그런데……."

"네?"

수현은 문득 경찰에게 전화가 왔었는지 궁금했다.

"혹시 퍼지거나 사고 난 차 없었지?"

수현은 에둘러 물었다. 경찰 이야기를 하면 영호가 의문을 가질 우려가 있었다.

"차는 많이 출고됐는데 그런 얘기는 없네요. 입고 지연도 없고."

수현은 전화를 끊었다. 경찰이 사무실로 전화를 하지 않은 거로 봐서는 BMW의 번호판까지는 파악하지 못한 것이 분명했다. 경찰 입장에서는 대답 없는 전화 한 통이 온 것뿐이었다. 장난 전화로 여길 수도 있었지만, 그냥 지나치진 않은 모양이었다. 경찰은 전화의 신호가 끊어진 주변을 순찰하다가 강 옆에 수상하게 움직이는 BMW를 우연히 발견했던 것이다. 옆좌석에 현채만 타고 있지 않았다면 도망칠 필요도 없었다. 이 BMW는 도난차량도, 사고차량도 아니었다.

경찰의 시야에서 벗어났다면 차를 몰고 가보항까지 가도 될 터였다. 생각이 거기까지 미치자 몸이 나른해지면서 조급함도 사라졌다.

수현은 만약을 대비하여 옆좌석과 앞유리에 튄 피를 닦았다. 권총은 윗옷 주머니에 넣었다. 트렁크에서는 어떤 움직임이나 소리도 느껴지지 않았다. 수현은 현채가 깨어나지 않길 바랐다.

가보항은 '항'이라는 글자가 붙긴 했지만 항구의 역할은 사라진 폐항이었다. 주변 간척지 매립으로 인해 항구가 있었던 만은 작은 호수가 되어 가보호로 이름이 바뀌게 되었다. 그러나 전에 살았던 사람들은 여전히 가보항이라고 부르곤 했다. 수현이 이 호수를 알게 된 것은 무배 때문이었다.

무배는 차에 문제가 생겼을 때 가보항에 차를 밀어 넣었다고 했다. 수현은 무배의 말이 농담인 줄 알았으나 실제로 그 광경을 보고는 믿을 수밖에 없었다.

몇 년 전이었다. 한밤중에 무배가 수현에게 쏘나타 열쇠를 던져주며 자신을 따라오라고 했다. 무배가 먼저 자신의 차를 타고 앞장섰다. 수현은 쏘나타를 운전하며 무배를 따라갔다. 그리고 도착한 곳이 이 가보항이었다.

"여기는 서해랑 달리 수심이 깊어. 물도 탁해서 뭐가 들어가도 모른다."

무배가 호수 앞에 차를 세워두고 말했다. 지상에서부터 이어진 길이 호수 속까지 들어가 있었다. 그 길은 넓지 않은 데다, 구불구불하여 마치 뱀이 물속으로 들어가는 것처럼 보였다. 무배는 작은 마을 하나가 호수 속에 잠겨 있다고 했다. 가보항이 호수가 되면서 수면이 높아졌기 때문이었다.

"굳이 여기까지 끌고 올 필요가 있어요?"

수현이 무배에게 물었다. 무배가 차를 처리하는 방식이 이해가 가지 않기 때문이었다.

콜때기 몇 년 하다 보니 대포차의 섭리에 대해서는 무배만큼 잘 알았다. 대포차를 처리할 때 정식 폐차장에 맡길 수 없다는 건 알았지만, 물속에 넣는다는 건 상식 밖이었다. 신분증이나 서류 한 장 없이 대포차를 폐차하는 가장 좋은 방법은 길에 방치하는 것이었다. 시간이 흐르면 구청이나 시청으로 민원이 들어오고, 민원이 반복되면 시에서 차를 견인해갔다. 그렇게 구청에서 알아서 처리하게 유도하는 식이었다. 차량등록이 되어 있지 않으니 차주에게 연락이 갈 리도 없었다. 오히려 물속에 집어넣는 것이 눈길을 끌 확률이 높았다.

"아무도 몰라, 여긴. 평지에서는 여기가 보이질 않거든."

무배는 수현의 머릿속을 읽기라도 한 것처럼 말했다. 수현은 주위를 둘러보았다. 그러고 보니 뱀처럼 구불구불한 길 양옆으로 언덕이 담처럼 이어져 있었다. 언덕이 방음벽의 역할을 해서인지 무배의 낮은 목소리가 더욱 무겁게 느껴졌다.

"그래도 번거롭게. 왜 아는 폐차장으로 보내지 않고요? 길에 버려도 되고."

수현은 무배에게 양도받은 다이너스티를 폐차할 때를 떠올리며 물었다. 분명 대포차 폐차를 전문으로 하는 폐차장도 있었다. 이후 수현도 렌터카 사업을 시작할 때부터 중고부품을 수급하기 위해 폐차장을 끼고 운영했었다. 무배와 만나며 어깨 너머로 배운 게 컸다.

"이건 대포차가 아니야."

무배가 담배에 불을 댕기며 말했다.

"네?"

"차를 처리해달라는 의뢰를 받았어. 네 말대로 대포차면 그냥 아무 데나 버리면 되겠지만 그게 아니니까 내게 부탁을 했겠지."

무배는 콜때기를 접고 식당을 시작했지만, 실상 식당만 운영한 것은 아니었다. 무배에게는 여전히 대포차 수급이나 처리 같은 일이 심심찮게 들어왔다. 무배의 주꾸미 식당은 무배가 음성적으로 하는 일의 자금을 세탁하는 용도로 사용되었다. 수현은 아무것도 모른 채 콜때기로 돈을 모아 식당을 차렸다는 무배의 말을 감탄하며 듣던 때가 생각나 저도 모르게 웃음이 나왔다.

무배가 불을 붙인 담배를 수현에게 건네고 다시 하나를 입에 물었다. 수현은 무배가 준 담배를 입에 물었다.

"옛날 생각나네요. 나는 진짜 형이 콜때기만으로 돈 벌어서 주꾸미 집 차린 줄 알았어요."

"무슨 소리야, 콜때기 안 했으면 이런 것도 못 했어. 너도 콜해서 렌터카 사장된 거 아니야?"

무배가 시치미를 떼며 말했다. 무배는 콜때기로 성공한 사람을 두 명 아는데, 그중 하나가 자신이고 다른 하나가 수현이라고 말하곤 했었다.

"에이, 운이 좋았죠."

말은 그렇게 했지만, 콜때기만으로 큰돈을 벌 수 없다는 건 둘 다 알고 있었다.

눈치 빠른 무배 역시 수현이 불법 콜택시 하나로 돈을 모았다고 생각하진 않았을 것이다. 수현은 간혹 무배가 물어볼 때마다 엄마가 돌아가시면서 받은 보험금이 좀 있었다며 둘러 댔다. 아무리 무배여도 현금 수송 차량을 턴 돈이 렌터카를 할 수 있는 밑천이었다고 말할 수는 없었다.

"운도 실력이지."

무배가 짓궂은 표정을 지으며 말했다.

"그런데 저한테는 왜 하라고 했어요?"

수현은 웃으며 물었다.

"넌 그거 말곤 할 게 없었잖아. 잃을 게 없다고 얼굴에 쓰여 있었어. 만약에 도둑질하러 가자고 했어도 넌 따라왔을 거야. 그때만 할 수 있는 일이었고……."

맞는 말이었다. 분명 잃을 게 없는 사람만이 할 수 있는 일이 있었다. 이런 사실은 그 시기를 지나 본 후에야 알게 된다. 수현은 자신이 그렇게 보였나 싶어 약간 부끄럽기도 했다.

낯선 수원에 첫발을 디뎠을 때 무배와 만나서일까, 결국 터놓고 지낼 수 있는 사람이 무배 말고는 없었다. 렌터카 사업을 할 때 폐차장이나 정비센터를 소개해준 것도 무배였다. 무배는 불법과 합법의 경계를 넘나들며 사는 것에 익숙했으나, 음침하지는 않았다. 어두운 일을 하더라도 어두운 사람처럼 보이지 않았다. 수현은 무배의 그런 성격이 부럽기도 했다. 수현이 보기에 무배는 스스로에게 자신감을 가진 사람이었다.

수현은 자신을 사랑할 수 없었다. 언젠가부터 기저에 자기혐오가 무의식적으로 깔리고 있었다. 그래선지 자신과 완전히 다른 사람과 어울렸다. 무배는 그런 사람 중 하나였다. 그래서 저와 이토록 다른 무배가 자신한테 이렇게까지 호의를 베푸는 이유는 늘 궁금했다.

"제가 형을 경찰에 신고라도 하면 어쩌려고요."

수현이 담배 연기를 깊게 빨아들이며 말했다. 공교롭게도 이전에 현채에게 했던 말과 같았다. 습기로 가득 찬 새벽공기 때문인지 담배 연기가 유난히 멀리 퍼졌다.

"그러면 네가 죽지 않고 살 수 있겠냐?"

무배가 수현의 말에 대꾸하며 과장되게 웃었다. 그러고는 수현의 어깻죽지를 움켜쥐었다. 무배의 말은 농담 같았지만, 수현의 어깨를 움켜쥔 큰 손은 결코 자신을 무시해서는 안 된다고 말하는 것 같았다. 무배가 다시 입을 열었다.

"내가 너 말고 누굴 믿겠냐. 쓸데없는 소리 그만하고 차 사이드 브레이크 풀어봐."

표정을 바꾼 무배가 수현에게 지시했다.

"사이드만 풀어도 돼요?"

수현은 무배의 뜻을 재차 확인하기 위해 물었다. 물속으로 이어진 길의 경사가 완만해서 차가 완전히 물속에 잠길 것 같지 않았기 때문이었다. 그러나 무배는 고개를 끄덕였다. 수현은 고개를 갸웃하면서도 호수 앞에 세워진 차의 주차브레이크를 해제했다.

경사면을 따라 차가 스르륵 물속으로 들어가는가 싶더니 차의 후면이 수직으로 들리면서 잡아먹히듯 호수 속으로 빨려들어갔다. 무배와 수현은 영화라도 감상하듯 그 광경을 가만히 바라보았다. 얼마 뒤 차가 완전히 잠기고 물거품이 올라왔다. 무배가 침묵을 깨며 입을 열었다.

"길이 바로 앞에서 끊어져 있어. 물이 검다 보니 보이질 않지. 물속에서는 바로 절벽이야."

무배가 손바닥을 세워 보이며 설명했다. 무배에게 여유가 느껴졌다.

"들어가 본 적도 없을 텐데 어떻게 그리 잘 알아요?"

무배가 호수 바닥이라도 본 것처럼 말하는 것이 신기하게 느껴졌다.

"내가 저 밑에 살았었어."

"네? 그게 무슨…….."

수현은 무배가 농담을 하나 싶었다. 그러나 무배의 표정을 보고는 덧붙이려던 말을 속으로 삼켰다. 무배는 지금까지 나온 것 중에서 가장 진지한 얘기를 하고 있었다.

무배의 고향은 가보항이었지만, 마을이 잠기면서 고향을 떠날 수밖에 없었다고 했다. 그래서 이젠 물에 잠겨 아무것도 보이지 않아도 호수 속 지형을 머릿속에 꿰고 있던 것이었다.

"너, 혹시 아낌없이 주는 나무라고 아냐?"

무배가 수현에게 물었다.

"알죠, 그거. 나무가 소년이 달라는 거 다 주잖아요. 열매도 주고, 가지도 주고, 나중엔 밑동도 주고…….."

수현은 무배가 종종 엉뚱하다 느낄 때가 있었는데, 바로 이런 순간이었다.

"나한테는 가보항이 그 나무 같기도 해."

무배는 가보항이 작은 항구였을 때, 가판에서 해산물을 파는 노점상 등에게 자릿세를 받으며 지냈다고 했다. 그러다가 간척사업 지역으로 결정이 되어 방조제가 착공되면서 마을이 물속에 잠기게 되었다. 주민들은 보상금을 받고 마을을 떠나게 되었다. 무배는 개중 하나였다.

"부모님은 안 계셨나요?"

수현이 툭 물었다.

수현이 무배의 가정사를 물어본 것은 처음이었다. 무배는 어떤 것이든 의뭉하게 감추거나 거짓으로 알려준 적이 없었다. 최소한 수현은 그렇게 느꼈다. 수현은 무배의 가족에 대해 물어본 적이 없었다. 알고 싶지 않아서가 아니라, 왠지 무배에게 부모가 있을 거란 생각이 들질 않기 때문이었다.

"너랑 같아. 아버지는 어디 갔는지 모르고, 엄마는 지병 앓고 있었고. 내가 보상금 갖고 흥청망청 쓰다 보니까 연락이 오더라고. 엄마 죽었다고. 엄마가 돌아가신 데가 수원이야. 그래서 내가 너하고 이러고 있는지도 모르지."

수현은 자신과 가장 다르다고 여겼던 사람이 이런 말을 하는 게 당황스러웠다. 같거나 다르다는 것이 머릿속에서 복잡하게 뒤엉키고 있었다. 대체 그게 무슨 의미인지, 어쩌면 그것은 아무 의미가 없는 것일지 모른다는 생각도 들었다. 무배가 담배를 하나 더 입에 물었다.

"나는 양아치로 살았을지언정, 가보항은 나를 키워준 곳이니까 그렇다는 거야. 지금처럼 물에 잠겨 있어도 쓸 데가 있 잖아."

무배는 차가 가라앉은 곳으로 시선을 옮기며 불을 댕겼다.

"그런데 나중에 저 차 발견되지는 않을까요?"

수현은 문득 궁금해져 물었다.

"누가 신고하기 전에는 그럴 리가 없다. 발견한다 해도 어쩔 수 있는 것도 아니고."

무배가 주머니에서 봉투 하나를 꺼내 수현에게 건넸다. 무배의 손에 머물렀던 수현의 시선이 무배의 얼굴로 빠르게 꽂혔다.

"이게……."

분명 돈이었다. 소설책 한 권 정도 되는 두께였다.

"심부름 값이야. 나도 돈 받고 하는 거니까 받아."

"누가 의뢰했는데요?"

수현이 머뭇거리면서 물었다.

"받아, 새끼야. 나도 몰라. 두어 다리 걸쳐서 하는 거니까 걱정 안 해도 돼."

수현은 말없이 봉투를 받아 주머니에 넣었다. 무배는 담배 꽁초를 호수로 던지더니 자신이 몰고 온 차를 향해 걸어갔다. 수현도 무배를 따라 그 차의 조수석 문을 열었다.

"고마워요."

수현이 말했다.

"뭐, 공돈 있으면 같이 먹는 거지. 너도 뭐 숨길 일 있으면 저기에 담가."

"알았어요."

수현이 무배의 말에 피식 웃었다.

"농담 아냐. 너도 차밥 먹잖아. 그럴 일이 한 번은 와. 그런데 명심해."

"뭔데요?"

수현은 어처구니없다고 생각하면서도 물었다.

"딱 한 번만 해. 많이 하면 호수 바닥에 차 쌓여서 올라온다."

무배는 그렇게 말하고는 과도하게 웃어 재꼈다.

"오늘 한잔할까요? 제가 살게요."

자신과 같은 처지라고 생각해서였을까. 무배가 한결 편하게 느껴졌다.

가보호는 여전히 검었다. 뱀처럼 구부러진 길바닥이 풍화되어 갈라진 것 말고는 몇 년 전 무배와 왔을 때와 달라진 모습을 찾기 어려웠다. 호수는 주변 공단에서 흘러나오는 폐수를 머금어선지 죽은 듯 잔잔해 보였다. 악취는 더 심해진 것 같았다. 실제로도 물고기가 살 수는 없을 터였다.

수현은 길이 호수 앞에 차를 세우고 시동을 껐다. 적막이 끝없이 이어졌다. 수현은 놓고 내린 소지품이 없는지 살폈다. 렌터카가 자신의 소유라서 다행이라는 생각이 들었다. 만에 하나 차가 발견되어 차 속에 수현의 흔적이 남아 있더라도 의심받지 않을 것이기 때문이었다. 수현은 빠른 침수를 위해 차의 창문과 선루프를 전부 개방했다.

차 뒤에서는 여전히 아무런 소리도 나지 않았다. 현채는 살아있을까. 차 열쇠에 달린 트렁크 버튼을 만지작댔다. 수현은 깊게 숨을 들이마셨다. 현채의 생사를 확인하는 것이 두려웠다. 수현은 차의 열쇠를 운전석으로 던졌다. 수현은 결국 버튼 누르기를 포기했다. 자신이 현채를 죽이고 싶은 마음이 어느 정도인지 알 수 없었다. 그러나 되돌아갈 수는 없었다.

무배와 함께 왔을 때처럼 여유를 부릴 수는 없었다. 수현은 기어를 중립으로 놓고 주차브레이크를 풀었다. 차가 소리 없이 미끄러지듯 앞으로 나아갔다. 수현은 서둘러 차에서 내렸다. 차의 범퍼가 검은 물에 잠기기 시작했다. 수현은 그 광경을 바라보며 마른침을 삼켰다.

한쪽 발을 움직이자 묵직한 덩어리가 가슴에 닿는 것이 느껴졌다. 수현은 흠칫 놀라 뒷걸음질 쳤다. 그것은 웃옷 주머니에 넣은 현채의 권총이었다. 한 걸음씩 발을 옮길 때마다 수십

톤의 쇠뭉치에 치이는 듯한 기분이었다.

쇠뭉치가 수현을 때리자, 그때서야 현채와 BMW 안에서 나눴던 대화가 떠올랐다. 블랙박스에 그 대화들이 차 안에 기록돼있을 터였다. 현채와 자신과의 관계를 알려주는 유일한 증거였다.

수현은 빨려 들어가는 차 속으로 뛰어들었다. 길이 물속에서 자른 듯 끊어져 있다는 무배의 말이 마음을 조급하게 만들었다. 수현은 운전석 문을 열고 룸미러 앞에 달린 블랙박스를 뽑아냈다. 동시에 차가 급히 기울었다.

트렁크 쪽에서 진동과 함께 둔중한 소리가 느껴졌다. 현채일까. 찰나의 순간 현채의 얼굴이 머릿속을 스쳐 지나갔다.

창문에서 물이 쏟아져 들어오면서 문이 닫혔다. 손잡이를 당겼지만 밀려드는 수압 때문에 문이 열리지 않았다. 물속에 있는 차의 앞바퀴는 아무것도 딛고 있지 않았다. 수평에 가까웠던 차가 사선으로 기울어졌다.

수현의 웃옷에 폐수에서 나온 기름이 묻어 번들거렸다. 수현은 열려 있는 창문 밖으로 팔을 뻗어 겨드랑이까지 빼냈다. 양팔로 창틀을 밀어내자 상체가 겨우 차 밖으로 빠져나왔다. 물은 목까지 차올랐다. 호흡하기 위해 숨을 들이마시자 물 위에 떠 있는 폐유가 입속으로 들어왔다. 기도에 들어오는 폐유를 방어하기 위해 횡격막이 격하게 움직였다.

수현이 쿨럭댈 때마다 몸 전체가 꿈틀거렸다. 숨을 쉬려고 해도 쉬어지지 않았고, 참으려 해도 참아지지 않았다. 팔을 휘저어도 손에 잡히는 것이 없었다. 물이 폐로 들어차는 것을 막을 수가 없었다. 그러면서도 타는 듯한 갈증이 이어졌다.

"나는 죽지 않아."

누군가 수현에게 말하고 있었다. 수현의 무의식이 그 말에 동조했다. 그것은 자기 자신이 스스로에게 하는 말처럼 느껴지기도 했다.

수현의 몸부림은 살고자 하는 사람의 마지막 의식적 행동이었다. 허우적대는 발에 무언가 닿았다. 가라앉고 있는 차의 천장이었다. 본능적으로 무릎을 힘껏 펴자 반동으로 수현의 몸이 떠올랐다. 이윽고 팔이 물에 잠긴 길바닥 경사에 닿았다. 수현은 위로 튀어 올라 가까스로 물을 토해냈다. 물이 빠져나간 나간 폐에 다시금 공기가 스며들기 시작했다. 입에서 숨이 터져 나왔다.

수현은 물 밖으로 기어나가는 폐어처럼 꿈틀대며 호숫가로 나왔다. 기침을 할 때마다 몸이 경련이 인 것처럼 펄떡였다. 숨을 내쉴 때마다 기력이 반씩 빠져나갔다. 손에 마른 흙이 닿자 몽롱한 기운이 주변을 감쌌다. 차가 가라앉은 곳에서 그때처럼 거품이 일었다.

오한이 밀려왔다. 수현은 눈을 떴다. 호수 쪽에서 바람이 불어오고 있었다. 그대로 기절했던 건지, 수현은 맨바닥에 웅크리고 있었다. 얼마나 시간이 흘렀을까. 손목을 들어 시계를 보았다. 밤 열 시가 넘어가고 있었다. 다행히 정신을 잃은 시간은 그리 길지 않은 듯했다.

땅바닥엔 수현이 차에서 떼어낸 블랙박스가 놓여 있었다. 수현은 주머니에서 핸드폰을 꺼냈다. 물에 들어갔다 나와서인지 전원이 들어오지 않았다. 이가 흔들릴 정도의 한기가 수현을 감쌌다. 턱에서 딱딱 소리가 났다.

바닥에서 일어서긴 했지만 다리에 감각이 없었다. 젖은 셔츠가 몸통에 치덕치덕 달라붙었다. 밤 기온은 젖은 옷을 입은 사람의 목숨을 앗아가기에 충분할 정도로 차가웠다. 공기가 수현을 스칠 때마다 칼날이 베는 것처럼 고통스러웠다. 그렇지만 계속 움직여야 했다. 수현은 차를 몰고 온 그 길을 따라 걸었다. 큰길까지 나가야 했다.

2차선 도로 위에는 화물차가 다닐 뿐 버스는 눈에 띄지 않았다. 간혹 보이는 택시에 손을 흔들었지만, 예약된 택시였는지 그냥 지나가기 일쑤였다.

가보호를 벗어나 걸은 지 삼십 분 정도 지났을까, 수현의 등을 비추는 승용차가 있었다. 그 차는 서서히 속력을 줄이더니 수현의 앞에 정차했다. 차의 지붕에 경광등이 반짝였다. 경찰이었다. 수현은 자신도 모르게 멈칫거렸다. 경찰차의 창문이 내려갔다.

"어디까지 가세요?"

조수석에 앉은 경관이 수현에게 말을 걸었다. 차에 탄 경관은 둘이었다.

"평택이요."

수현의 대답은 차분했다. 평택이라는 글자는 경관이 타고 온 차의 문에 쓰여 있었다. 평택에서 온 경찰차였다. 굳이 수원으로 간다고 말할 필요는 없었다. 그래서는 안 될 것 같았다.

추위에 기력을 다 빼앗긴 터라 긴장할 만한 기운도 남아 있지 않았다. 맘 같아서는 당장 경찰차 뒷문을 연 다음 들어가고 싶었다.

"아니, 젖으셨네. 어쩌다가 이렇게 되셨어요?"

수현을 가까이에서 본 경관이 놀라며 물었다. 그 와중에도 수현은 주변에 가로등이 없어 자신의 몸이 적나라하게 드러나지 않은 것을 다행이라고 생각했다.

"걷다가 발을 헛디뎌서요. 도랑에 빠졌네요."

"어휴, 여기 택시도 잘 안 잡혀요. 얼른 타세요."

경관은 진심으로 걱정하는 표정이었다. 하지만 수현은 그들을 따라 차에 탈 수는 없었다. 차에 몸을 들이는 즉시 경찰차 안에 가보호의 악취가 퍼지고 시트에는 폐유가 묻을 것이다.

수현의 거짓말이 금세 탄로 날 것이 분명했다.

"친구가 여기로 데리러 오는 중입니다."

수현은 자신도 모르게 둘러댔다.

"네?"

경관이 고개를 갸웃거렸다.

"저도 경찰차 타고 싶은데, 이동하면 친구한테 또 위치 다시 설명해야 하고 더 복잡해요."

"정말인가요? 전화기 줘보세요. 친구분한테 물어보게."

경찰은 호락호락 넘어가지 않았다. 그때, 차 안의 스피커에서 여성의 목소리가 울려 퍼졌다. 경찰의 관제센터 무전인 듯했다. 운전석에 앉은 경관이 무전기를 들고 여성과 말을 주고받더니, 조수석의 경관에게 말했다.

"여기 앞에 뺑소니 차량 지나갔다는데?"

"어? 그래요?"

조수석의 경관이 운전석의 동료를 바라보며 대답했다. 그러더니 고개를 돌려 수현에게 다시 말을 걸었다.

"선생님, 조심해서 들어가셔야 합니다. 알겠죠?"

수현은 말없이 고개를 끄덕였다. 경찰차는 사이렌을 켜고 튀어 나가듯 달려갔다.

앞으로 지나간 경찰차의 후미등이 점차 작아지더니 시야에서 완전히 사라졌다. 반대쪽에서는 지붕에 노란 불을 단 택시가 지나가고 있었다. 수현은 관성적으로 손을 들었다. 택시가 수현을 지나치는 듯하다, 2차선의 좁은 도로에서 차를 돌렸다.

택시는 좀전의 경찰차가 그랬던 것처럼 수현의 옆에 차를 댔다. 수현이 다가오자 택시의 조수석 창문이 내려갔다.

"어디 가세요……, 어?"

택시 기사는 무표정하게 묻다가 수현의 모습을 확인하더니 인상이 바뀌었다. 수현은 그 틈을 놓치지 않았다.

"수원까지 이십만 원이요. 시트 세탁비는 따로 줄게요."

기사가 잠시 수현을 다시 훑어보더니 입을 열었다.

"뒷좌석에 타세요."

"별놈들 다 있어요. 가져갈 게 없어서 블랙박스 SD카드를 다 가져가네."

수현의 질문에 영호가 헛웃음을 뱉으며 말했다. 영호는 모처럼 사무실을 지키고 있었다.

수현이 BMW에서 떼어낸 블랙박스엔 SD카드가 들어 있지 않았다. 언제부터 없었던 건지 알 수 없었다. 수현은 자신의 회사 차에 SD카드가 없어지는 일이 흔한지 궁금했다. 그렇다고 해서 영호에게 BMW의 블랙박스 점검을 언제 했냐고 콕 집어 물어볼 수는 없었다. 영호는 수현이 BMW를 고객에게 인도하고 복귀한 줄 알고 있기 때문이었다. 그래서 다른 차들의 블랙박스는 어떤지 점검해보라고 지시했었다. 그랬더니 다른 두 대의 차량에 있는 블랙박스에도 메모리카드가 들어 있지 않았다고 했다.

"다시 사서 꽂아놔. 그리고 앞으로는 차 빌려주기 전에 블박 제대로 작동하는지 꼭 봐."

수현의 눈은 붉게 충혈되어 있었다. 밤새 한숨도 잘 수가 없었다.

"불륜하는 놈들이 많으니 증거 없애려고 가져가고 그러나 봐요."

영호가 구시렁댔다.

"차 갖고 도둑질에 쓰는 게 더 문제 아니냐."

수현은 조금 안심했다. SD카드가 없는 것이 그리 특별한 상황이 아니라는 걸 확인했기 때문이다. 한편, 일어날 가능성이 없는 것에 너무 많은 신경을 쓰고 있다는 생각도 들었다. 오히려 SD카드는 없는 것이 나았다. 아예 들어 있지 않다면 더 잘된 일이었다. 어차피 블랙박스에 녹음되었을 수현과 현채의 대화 기록을 지우려던 게 목적이었으니 말이다.

"형님, 근데 어제 형님이 배달한 BMW는 언제 오는지 혹시 아세요? 하루가 지났는데 연락이 없네요."

영호가 서랍에서 새 SD카드를 꺼내며 물었다.

"오겠지. 왜? 누가 찾냐?"

수현이 시치미를 뗐다.

"네. 요즘 외제 차 찾는 손님이 많더라고요. 아까도 다른 손님이 물어봤었어요."

"그 여자 단골이라며? 빨리 갖고 오라고 닦달할 수도 없잖아."

수현이 자리에서 일어나며 외투를 입었다.

"어디 가세요?"

"핸드폰 가지러."

수현은 침수되었던 자신의 핸드폰을 아침 일찍 AS센터에 맡겨 놓았었다.

"아, 고장 났다고 하셨지? 제가 대신 갖다 드려요? 형님 피곤해 보이는데……."

"아니. 사무실이나 잘 지켜."

태연한 척했지만 아무렇지도 않게 사무실에 앉아 있기도 쉽지 않았다. 가보호에 한 번 빠졌다 나온 후에 몸이 남의 것처럼 익숙하지 않았다. 수현은 휘청대며 사무실 문을 열고 나갔다.

수현은 현채가 떠올랐다. 현채가 했던 말들이 귓가에 계속 맴돌았다. 블랙박스에 녹음되어야 했을 대화가 수현의 머릿속에서 재생되었다. 그것은 기억에 각인처럼 남아 있었다.

— 차 찾은 것 같아요.

수현은 영호의 문자를 받고는 몸이 경직되는 걸 느꼈다. 수리가 끝난 전화의 전원을 켰더니, 부재중 전화 세 통이 와있었다. 모두 영호에게서 온 전화였다. 수현은 곧바로 영호에게 전화를 걸었다.

"그 최아영이란 사람이 차 갖고 왔어?"

수현의 가슴팍이 터질 것처럼 심장이 불룩거렸다. 있을 수가 없는 일이었다.

"아뇨, 제가 차 있는 곳으로 이동하고 있습니다."

"무슨 소리야."

불안한 기운이었다.

수현은 이틀 만에 다시 가보호 앞에 섰다. 다시 오고 싶지 않았다. 더군다나 타인과 함께 온다는 가정은 해본 적도 없었다.

"오셨어요?"

영호가 가보호 주변을 서성대고 있었다. 수현은 영호가 어떻게 여길 왔는지 알 수가 없었다.

"여기 뭐가 있다는 거야?"

수현은 태연한 척 물었지만, 눈으로는 차가 물속으로 들어
간 주변을 훑어보았다. 길바닥엔 검은 기름이 군데군데 떨어
져 있었다. 수현이 호수에서 빠져나와 쓰러져 있던 자리였다.
자신의 흔적들이 눈에 들어올 때마다 불에 덴 것처럼 화끈거
렸다. 그걸 내색하지 않는 것도 고통스러웠다. 그나마 길이 콘
크리트로 되어 있어 자국이 희미했다. 비포장길이었다면 수현
의 발자국이 기름 탓에 선명하게 찍혀 있을 터였다.

"차가 이 주변에서 사라졌는데요."

"그걸 네가 어떻게 알아?"

수현은 자신도 모르게 말을 돌리지 않고 직접 물었다. 조급
한 모습을 들키지 않았나 걱정되었지만 이미 입 밖으로 나간
말이었다.

"GPS 신호 찾아보니 여기예요."

영호는 당연하다는 듯 대답했다.

"GPS라니?"

수현이 렌터카를 시작할 때만 해도 모든 차량에 GPS 수신
기를 달아놓았지만, 지난번 경찰의 조사를 받으면서 모두 제
거했었다. 고객 동의 없이 위치를 추적했던 적도 적지 않았기
때문에 차들의 동선까지 경찰이 입수해서 좋을 게 없었다. 다
시 GPS 수신기를 달기엔 아직 이르다고 판단했었다.

"BMW에 붙은 건 경찰 조사받을 때 렌트 중이라서 못 뗐어요."

수현이 미처 생각지 못한 부분이었다. 생각이 블랙박스에 함몰되어 다른 장치에 신경 쓰지 못했다.

"최아영한테 전화해봤나?"

수현은 떠보느라 굳이 물었다. 현채의 전화기는 자신이 갖고 있었다.

"전화기 꺼져 있어요."

당연한 일이었다.

"그럼 계획적인 거 아니야?"

"좀 수상하죠."

영호가 납득했다. 수현으로서는 다행이었다.

"차가 왜 여기에 있어. 신호가 여기서 끊겼으면 GPS만 떼어서 여기에 버렸나 보지. 차를 훔치려면 나라도 그렇게 했을 것 같은데……."

수현은 다른 이야기를 꺼냈다. 실제로 오랫동안 차가 반납되지 않았을 경우 차에서 떼어낸 위치추적기만 덩그러니 남아 있는 경우가 많았다. 영호가 가보호에 집중할 수 없도록 해야 했다.

"맞네요. 좀 더 찾아볼게요. 주변에도 알아보고."

영호가 아는 주변이란 중고차 업자들과 정비센터 직원들일 것이다. 수현도 아는 사람들이었다. 굳이 소문내 그들을 끌어들일 필요는 없었다.

수현은 계속해서 최악의 상황을 가정해봤다. 그러면서 스스로를 설득했다. 정말 만에 하나 호수에서 차가 발견되더라도, 수현과 연관 지어 생각할 사람은 없을 터였다. 수현의 회사 차였기 때문에 차 안에서 수현의 흔적이 나와도 관계없었다. 비록 SD카드는 없었지만 블랙박스를 떼어 확인한 건 현명한 선택이었다.

"이상한 짓 하지 말고 정식으로 경찰하고 보험회사에 도난 신고 하고 끝내. 괜히 들쑤셔서 GPS 달아 불법 추적했다는 꼬투리 잡히지 말고."

"그래도……"

영호가 미심쩍은 듯 호기심을 거두지 않았다.

"노 실장, 요즘 한가해? 오늘은 일 없어?"

"아뇨. 걱정돼서 그러죠."

영호의 말은 진심 같았다. 영호의 그런 성격은 사업을 일으키는 데 적지 않은 힘이 됐지만, 지금은 아니었다.

"나 빵에 가기 싫으니까 내 말 들어. GPS 얘긴 하지도 말고."

BMW를 경찰에 신고하는 건 예정된 수순이었다. 다만 그 시간이 좀 더 빨리 온 것뿐이라고 속으로 되뇌었다.

렌터카가 사라지는 일은 드물지 않았다. 렌터카 차대번호를 다 떼어 대포차로 만들거나 밀수출하는 조직도 있었다. 그러나 이 바닥을 꿰고 있는 수현에게 그런 움직임은 금세 포착이 됐다. 경찰도 그 사실을 알고 있었다. 그래서 도난신고를 받은 경찰도 가보호를 조사하기보다는 주변의 대포차 업자나 중고차 판매상을 중심으로 수사를 했다. 물론 차량 도난 소식은 무배에게도 닿았다.

"차 없어졌다며?"

무배에게 전화가 왔다. 지난번 경찰 조사 이후로 무배와의 관계가 전처럼 좋진 않았지만 점차 회복되는 중이었다. 그러나 무배의 마음을 돌리려는 그간의 노력보다는 수현에게 닥친 좋지 않은 소식이 둘 사이의 거리를 좁히는 데 훨씬 효과가 있었다.

"입고가 지연됐어요. 들어오겠죠, 뭐."

수현은 애써 태연한 척했다.

"지연은 무슨. 빌려 간 사람 전화 꺼졌다며."

영호에게 들은 소식일 터였다. 무배의 말투는 진지하게 느껴졌다. 수현은 무배에게 연락이 온 것과는 별개로 입단속을 하지 않은 영호에게 조금은 짜증이 났다. 평소라면 신경 쓸 일이 아니었다. 그러나 차를 수장한 사람이 자기 자신이었기 때문에 일이 커지는 것에 극도로 신경이 쓰였다.

"네. 영호가 그러던가요?"

"그게 중요한 게 아니잖아. 차 없어진 곳이 평택 근처라면서? 평택항으로 나갈 거 아냐."

수현은 무배가 어떤 말을 하려는지 짐작이 갔다. 최근에는 사라진 렌터카가 대포차로 쓰이는 일보다는 밀수출되는 경우가 많았다. 국내에서 대포차로 유통하는 것보다 컨테이너에 실어 중동으로 보내는 것이 위험이 적었다.

"그렇지 않아도 주변 중고차 밀수하는 업자들 알아보고 있어요. 그런데 그중에 혹시 형 친구들 있을까 봐 걱정이네요."

밀수업자를 알아보고 있다는 말은 거짓말이었다. 어차피 차의 소재를 알고 있기 때문이었다. 그러나 그런 사람들 중 무배의 지인이 있을까 걱정되는 것은 사실이었다. 무배에게 원한을 살 일은 조금도 하고 싶지 않았다.

"왜 네가 그런 걸 신경 쓰냐. 가져간 놈이 잘못이지."

무배의 말은 어떤 일이 일어나도 수현을 편들어주겠다는 뜻으로 들리기도 했다. 수현은 BMW를 가보호에 수장했다는 말이 목구멍까지 차올랐지만, 가까스로 억눌렀다. 가보호를 알려준 사람이 무배였다는 사실이 다시금 떠올랐다. 현채를 죽이지만 않았어도 그 사실을 무배에게 숨길 이유는 없었다.

그때, 전화기가 울렸다. 전화기를 귀에서 떼어 액정을 보니 받을 수밖에 없는 번호였다.

"형. 조금 있다가 전화 다시 할게요."

녹색 수화기 그림을 터치했다.

"여기 수원서부경찰서인데요. 한 번 오셔야 될 것 같습니다."

수현이 조서를 쓰는 것은 지난번 렌터카 수리 건으로 처벌받은 이후로 두 번째였다. 그러나 이번에는 피해자 입장이었다.

"반납기한이 지났는데 아직 입고가 안 됐다는 거죠?"

경찰이 물었다. 공교롭게도 지난번 자신을 몰아붙이던 그 경사였다.

"네."

"도난당한 건 맞아요? 그냥 입고 지연이잖아요."

수현은 경찰이 색안경을 끼고 보는 것이 느껴져 불쾌했다. 하지만 굳이 불쾌감을 드러낼 필요는 없었다.

"고객이 연락이 안 돼요. 보통은 이렇지 않거든요."

"네, 뭐. 알겠습니다. 여태 렌터카 수백 대를 운용하면서 도난신고 하신 건 처음이시네요. 그동안 고객이 렌트한 차들은 전부 회수가 됐던가요?"

그가 고개를 갸웃거리며 물었다. 의심스러운 표정이었다. 지난번 사건으로 그와 수현 사이엔 손톱만큼의 신뢰도 남아 있지 않았다. 이런 반응은 당연했다.

"네. 회수되지 않은 차는 없었습니다."

수현은 무표정하게 대답했다.

물론 모든 차량이 제시간에 입고될 수는 없었다. 사고 차량이나 입고 늦게 입고되는 차량은 보험과 과금으로 해결했다. 도난차량도 있었다. 하지만 대부분 사흘 안에 모두 찾았고, 전부 회수됐다는 대답은 사실이었다. 다른 일은 몰라도 입고가 지연된 차를 찾는 일은 직접 하는 게 빨랐다. 관련 업자들 사이에서도 수원에서 수현의 차를 훔치는 건 은행을 터는 것보다 어렵다고 소문이 나 있었다.

그간 사라진 차들은 GPS를 확인하거나, 고객정보를 토대로 주변인에게 연락하거나, 밀수업자들에게 수소문하면 나오지 않은 적이 없었다. 오히려 자동차 도난에 대해서는 무배나 수현이 경찰보다 더 잘 알고 있었다.

"그럼 이번에도 기다리면 회수될 가능성이 높겠네요."

"그렇긴 합니다만……."

수현의 대답은 형식적이었다.

"이제 겨우 사흘 지난 거 아닙니까?"

"전에는 이틀 안에 다 찾았어요."

사흘이면 수현처럼 렌터카를 운영하는 이에겐 긴 시간이었다. 수현은 경찰이 멍청하다고 생각했다. 특히 앞에 앉은 녀석이 수사한다면 걱정할 필요도 없을 듯했다. 수사자료라는 것도 기껏해야 수현이나 수현이 아는 사람들로부터 얻을 것이었고, 그런 정보는 이미 수현도 파악하고 있었다.

조서를 작성하고 나서 경찰이 렌터카 사무실에 직접 들렀다. 그들은 BMW가 주차장에 없는 것을 확인한 후에 수사를 시작하겠다고 말했다. 도난신고 접수 절차의 마무리였다. 수현에게는 경찰의 그러한 행동들이 수박 겉핥기처럼 형식적으로 보였다. 수현이 보기에 그들의 수사는 느리고 비효율적이었다. 렌터카 찾는 일을 흉내만 내는 사람은 자신뿐이 아니라는 생각이 들었다.

경찰들이 떠나간 렌터카 사무실에는 수현 혼자 남아 있었다. 수현은 책상 앞에 앉아 담배 하나를 꺼내 물었다. 수현의 입장에서는 경찰이 아무것도 하지 않아야 해결이 되는 것들이 있었다. 청주에서 현금을 강탈하고 사람을 죽게 만든 일이 그랬다. 현채를 차와 함께 물속에 수장한 일도 그렇게 세상 밖으로 나오지 못하고 잊힐 터였다.

"사장님, 사무실 금연이에요."

밖에서 일을 마치고 들어온 영호가 수현을 보며 말했다. 영호는 말은 그렇게 하면서도 종이컵에 물을 약간 담아 수현의 앞에 놓았다.

"경찰들 왔다 갔어."

수현은 영호가 묻지도 않은 말을 핑계처럼 뱉었다. 시달렸으니 봐달라는 의미였다.

"고생하셨네요."

"혹시라도 꼬투리 잡힐지 모르니까 경찰한테 연락 오면 나한테 전화해. 무배 형한테 시시콜콜 말하지 말고."

"아유, 무슨요."

수현이 무배 이야기를 꺼내자 영호는 뜨끔했는지 움찔하면서 손사래를 쳤다.

"너야말로 차 수배하느라 고생 많았다. 먼저 들어가."

"아니, 퇴근은 사장님이 하셔야죠."

"아냐. 나 집에 가봐야 아무도 없는 거 알잖아. 그리고 직원이 너밖에 없는 것도 아니고."

수현이 한마디 하자 영호가 못이기는 척 퇴근 준비를 했다. 수현은 영호가 갖다 놓은 종이컵에 피웠던 담배를 꽂아 넣고는 영호가 사무실 밖으로 나가는 모습을 물끄러미 바라보았다.

결과적으로 현채의 계획은 실패한 것이 되었다. 수현은 현채가 자신의 인생에 무엇이었는지 떠올랐다. 긴 시간 고통과 부담을 안겨준 사람이라는 점은 엄마와 같았다.

기이하게도 그들이 떠나간 지금 홀가분하지만은 않았다. 증오와 경계심이 사라지고 공허함이 그 빈자리를 차지했다. 자신을 붙잡고 있던 하나의 끈마저 끊어진 것 같은 기분이 들었다. 이렇게 허한 기분을 느끼면서도, 왜인지 현채가 세상에 없다는 사실은 실감이 나지 않았다.

"사장님, 퇴근 안 하세요?"

영호의 후임이 사무실로 들어오다가 책상에서 담배를 피우는 수현을 보고 말했다.

"어, 송 과장. 출근했어?"

야간 조였다. 수현은 끝내 자리에서 일어났다. 자신의 사무실이었지만 제 것이 아닌 것처럼 어색했다. 직원들이 자신을 불편해하는 것도 한몫했다. 그나마 영호라서 수현에게 농도 던지곤 했지만, 다른 직원들은 좀처럼 수현에게 다가오지 않았다.

사무실을 나온 수현은 갈 데가 없었다. 거리 두기가 실시된 까닭인지 사람들이 보이지 않았다. 엄마를 병원에 두고 나온 그 날이 생각났다. 현채를 처음으로 만났던 날이기도 했다. 을씨년스러운 공기가 온몸에 스며들었다.

아파트엔 사람의 흔적이 없어 바깥보다 더 차갑게 느껴졌다. 아내와 아이가 떠난 후 수현은 안방에서 잔 적이 없었다.

집에서의 행동반경은 점점 위축되고 있었다. 안방을 열면 아픈 엄마가 누워있을 것만 같았다.

수현은 적막감이 싫어서 TV를 켰다. TV 속에서는 양복을 말끔하게 차려입은 호리호리한 체격의 영화배우가 진지한 표정으로 토크쇼를 진행하고 있었다. 주제는 벌써 16년 전 사건이 된 자신과 현채가 저지른 은행강도 사건이었다. 초점이 없던 수현의 눈이 TV로 모였다. 수현은 범인 중 하나가 자신이었지만 별 감흥이 없었다.

현채와 자신이 저지른 사건은 잊힐 만하면 한 번씩 TV에서 다뤘다. 용의자들이 검거됐다가 강압 수사에 증거 불충분 등으로 풀리길 반복했다. 이 과정에서 경찰의 무리한 수사와 범행 특정 시도가 드러나기도 했다. 물론 경찰이 진범인 자신을 찾고 있다는 느낌은 한 번도 든 적이 없었다. 이런 방송들은 수현이 경찰을 우습게 보는 이유가 되기도 했다. 그나마 자신과 현채가 저지른 강도 사건으로 멀쩡한 사람이 억울하게 옥살이를 한 사람이 없다는 사실이 다행이라면 다행이었다.

16년이 지난 현재, 그 프로그램도 사건의 재구성이라기보다는 미제사건을 소개하는 느낌으로 이야기를 다뤘다. 동시에 사회를 본 영화배우는 아직도 제보할 여지가 많이 남아 있다고도 말했다. 그러나 주범인 현채가 세상에 없는 지금 그의 말은 무의미했다.

그런 와중에 새롭게 밝혀진 사실 하나가 있었다. 총을 맞은 사망자 가족에게 매년 익명으로 성금이 전달되었다는 점이었다. 현채일까? 문득 그녀가 자책했던 모습이 떠올랐다. 현채는 세상을 어떻게 바라본 사람이었을까. 집착적이고 비정상적인 행보를 보였지만, 최소한 죄의식은 가진 사람이었다.

'죽기를 포기하면 사람을 죽이는 것도 어렵진 않아.'

현채가 수현을 바라보며 말했었다. 어쩌면 죽을 수 있는 힘으로 살아왔을지도 모를 일이었다.

수현이 살아온 시간 대부분은 죽어도 상관없는 날의 연속이었다. 그러나 현채를 만난 그날은 죽고 싶지 않았다. 기이하게도 수현은 현채를 만나는 순간 살아있는 기분으로 들끓었다. 현채를 물속으로 집어넣은 그 순간이었다. 적개심은 순식간에 살의가 되었다.

자신이 사람을 숨지게 했다는 사실이 실감 나지 않았다. 현채를 포함해 많은 것을 잊어야 했다. 곧 밀렸던 졸음이 돌무더기처럼 쏟아졌다. 리모컨 스위치를 눌러 다른 채널로 돌려야겠다는 생각이 들었지만 실행하지는 못했다. 수현은 정신을 잃듯 잠에 빠졌다.

"나는 당신과 같이 살 수가 없어."

아내의 눈은 슬퍼 보였다.

"왜? 그 사람을 사랑해서?"

수현이 아내에게 물었다. 수현은 자신이 헤어진 게 현채 때문이라고 믿었다. 몇 년 전까지는. 그러나 그렇게 믿고 싶었기 때문인지도 몰랐다. 수현은 아내와 결혼하고 나서야 비로소 아이와 아내가 자신을 반갑게 맞아주는 가정을 가질 수 있었다. 그동안은 이런 가정에 속해 본 적이 없었다. 가정은 화목했고 렌터카 사업은 잘되었다. 누군가 인생의 황금기가 언제였냐고 물으면 그 시기라고 대답할 것이다.

"아니, 당신은 내 사랑을 받을 자격이 없는 사람이라서."

아내가 말했다. 수현은 사랑을 받는 데 자격이 필요하다는 생각은 해 본 적이 없었다. 그러나 자신의 아내는 사랑을 받을 자격이 충분한 여자였다. 아내는 온화하면서도 단단한 사람이었다. 그런 아내에게 자신이 해준 것이 무엇이었는지 떠올려봤지만 생각나는 것이 없었다. 아내가 떠나간 지금도 아내가 뭘 원했는지조차 알 수 없었다.

"그 자격이라는 것이 뭔데? 당신이 원하는 게 뭐였는데?"

수현은 다그치듯 물었다. 아내의 눈은 미동조차 없었다.

"사람을 사람으로 대해주는 거."

"나는 늘 당신을 위해 살았어."

수현이 변명했다.

"아니. 그렇다면 당신이 나를 사람으로 대했는지 늘 의심하게 놔뒀을 리가 없지. 결국 이 의심의 이유를 알게 됐어."

아내는 씁쓸한 미소를 머금으며 말했다.

"그게 뭔데?"

질문하는 수현의 입술이 떨렸다.

"당신은 사람이 아니기 때문이야. 당신은 기계와 다름없어. 아무것도 느껴지지 않아."

"사람이 아니라니?"

수현이 되물었다.

"당신은 가책도 없어? 사람을 죽여놓고도 이렇게 태연하잖아."

수현의 눈이 떠졌다. 머리가 쪼개질 듯한 두통이 느껴졌다. 눈앞에서는 TV가 어지럽게 빛을 발하며 떠들어댔다. 수현의 손에는 리모컨이 들려 있었다. 꿈이었다. 꿈속에서 아내를 만났다. 너무도 생생했다. 가보호에 다녀온 이후로는 잠이 들면 악몽이 따라왔다.

수현은 냉장고에서 물을 꺼내 들이켰다. 한 손엔 여전히 리모컨을 쥐고 있었다. 그러면서도 TV를 끄지 않았다. TV가 꺼지는 것이 두려웠다.

평정심과 따뜻함을 잃지 않은 사람들만이 수현의 곁에 있었다. 그중 하나가 아내였다. 아내는 꿈속에서도 평정심을 잃지 않은 듯 보였다. 그러나 더는 따뜻하지는 않았다. 아내는 그렇게 떠나갔다.

다른 하나는 무배였다. 다시는 같은 경험을 하고 싶지 않았다. 수현은 핸드폰을 들었다.

"형, 술 한잔할 수 있어요?"

전화를 끊은 수현은 나갈 채비를 했다. 집에 와서 옷을 벗지 않은 채로 잠들었기 때문에 바지와 셔츠가 구겨져 있었다. 거울에 비친 자신의 얼굴은 바스러질 듯 건조했다.

탁자 위에 놓인 핸드폰이 울렸다. 저장되지 않은 번호였다. 별일이 아닌 용무로 전화를 하기엔 너무 늦은 시간이었다. 녹색 버튼을 터치했다.

"김수현 선생님이시죠? 수원서부경찰서 김진환 경삽니다."

익숙한 목소리였다. 김진환. 차량 도난신고로 조서를 썼던 경찰이었다. 그 이전에 수현의 렌터카 사무실을 압수 수색했던 자이기도 했다. 전화번호가 낯선 것은 수현이 알고 있던 번호가 아니었기 때문이다. 그는 다른 경찰의 핸드폰으로 전화를 한 듯했다. 배터리가 다한 걸까. 자정이 다 되었음에도 그의 목소리에서는 힘이 느껴졌다. 불길한 예감이 수현에게 깊숙이 파고들었다.

"네. 이 시간에 무슨 일이시죠?"

"신고하셨던 BMW, 54허 8425 맞죠?

"네."

"차를 찾았습니다."

경사의 말을 듣고 있는 수현의 얼굴은 석고처럼 굳어있었다.

"어떻게요?"

수현은 마른침을 삼키며 간신히 물었다.

"차가 호수에 빠졌는데 건져 올렸습니다. 가보호라고, 인적도 드문 곳이에요. 참나, 이거 찾는다고 제 전화기도 물에 빠지는 바람에……, 차량 사진 찍어서 보내드릴게요."

가보호라는 말에 머리가 쭈뼛거렸다. 경찰이 어떻게 조사하루 만에 차를 찾아낼 수 있었을까? 영호가 GPS 기록을 경찰과 공유한 걸까? 그렇다 해도 확신이 없다면 이렇게 빨리 찾는 건 어려운 일이었다.

어쨌든 그 차를 건져 올렸다면 트렁크 속 현채의 시신도 발견했을 터였다. 수현의 눈썹이 미세하게 떨렸다. 상황이 수현의 예상과는 전혀 다르게 흘러가고 있었다.

"누가 신고했나요?"

수현이 힘겹게 입을 떼며 물었다.

"아, 빌려 가신 분이 신고했어요. 최아영 씨라고."

경찰이 최아영 이름 석 자를 말하는 순간 수현이 핸드폰을 떨어뜨렸다. 바닥에 널브러진 핸드폰에서는 경찰의 목소리가 계속 이어지고 있었다.

"외진 길로 들어섰는데, 기어를 잘못 놓아서 차가 물에 들어갔다고 합니다."

수현은 한 손으로는 바닥을 짚고 다른 한 손으로는 핸드폰을 다시 집어 들었다. 경찰은 최아영이 그동안 전화할 수 없는 상태였다고 했다. 경찰은 모르는 외국어를 하는 것 같았다. 그의 말이 머리에 입력이 되지 않았다. 어떤 장면도 머릿속에서 재생되지 않았다. 시간이 정지된 듯 생각도 멈춰진 것 같았다. 지금 무슨 일이 일어나고 있는 걸까.

곧이어 수류탄처럼 터진 생각의 파편이 무작위로 머릿속에 쏟아져 들어왔다. 정말 최아영, 아니 현채가 경찰에 신고한 것이 맞을까? 현채가 살아있을까? 트렁크에 갇힌 사람이 물속에서 살아나올 수 있을까? 트렁크에 현채의 시체가 있었다면 경찰이 자신에게 말하지 않을 리가 없었다. 설령 살았다 해도, 현채가 경찰에게 그 일을 '차량 분실'로 신고한 이유는 뭘까?

"선생님, 듣고 계십니까?"

스피커 너머의 경사가 수현이 듣고 있는지 확인하려 수현을 불렀다. 수현이 반응 없이 침묵했기 때문이었다. 어쩌면 그는 지난번 서에서 수현과 얼굴을 붉힌 일을 상기하며 수현의 태도에 기분 나빠하고 있는지도 몰랐다.

"아, 네."

"날이 밝으면 확인해 보시기 바랍니다. 그럼 쉬세요."

"잠깐만요."

경사는 필요하다고 생각하는 말만을 전하고는 끊으려 했다. 수현이 경사를 붙잡았다.

"네?"

그의 주위에서 분주하게 움직이는 사람들의 소리가 그의 대답 틈으로 섞여 들어왔다.

"최아영 씨 연락처 좀 알려주세요. 그 사람이 신고했다면서요."

현채의 핸드폰은 수현이 갖고 있었다. 어떻게 신고를 한 걸까?

"아, 공중전화로 신고받았습니다. 핸드폰을 차에 두고 내려서 없다고 했습니다. 아직 살려놓지 않은 모양이더라고요. 날 밝으면 서로 나온다고 했는데, 같이 만나 보셔도 될 것 같습니다. 최아영 씨가 보험회사에도 신고했다고 합니다. 거기까지예요. 동전이 다했는지 전화가 끊어졌습니다. 그래서 저희도 혹시나 장난 전화인가 싶었는데, 현장 와보니 아니네요. 어쨌든 렌터카 보험에 가입돼있을 테니 보험사랑 협의해 보시면 될 것 같습니다. 지금 그게 문제가 아니라서……."

"무슨 일이 또 있나요?"

예감이 좋지 않았다.

"호수에서 BMW 말고 다른 차도 나왔거든요."

순간 수현에게 몇 년 전 무배의 차를 몰고 가보호에 갔던 기억이 떠올랐다. 무배와 자신이 수장한 차일 것이었다. 하마터면 쏘나타가 맞느냐는 말이 나올 뻔했다.

"그 차 주인도 찾았나요?"

수현이 경사에게 물었다.

"아직요. 그 차 트렁크에서 시신이 나왔어요."

경사의 말이 수현의 머리를 울렸다. 터지는 일의 속도를 수현의 생각이 따라잡을 수 없었다.

"시신이요?"

수현은 반사적으로 되물었다.

"신분증도 나오긴 했는데, 이게 부패가 워낙 심해서요. 감식을 하면 정확히 나오겠죠. 혹시 아시는 거라도……?"

"아니요."

더 이상 관심 갖는 모습을 보이는 것은 좋지 않았다. 아니, 위험했다.

"아무튼 그건 저희가 알아서 하겠습니다. 필요하면 연락드릴게요."

경관은 이어 시체가 들어 있는 자동차는 수현이 찾는 BMW를 인양하다가 발견된 것이었다며, 오래전에 침수된 것으로 보인다고 말하고는 전화를 끊었다.

통화가 끝난 후에야 수현은 자신이 양 무릎을 바닥에 대고 전화를 받고 있다는 사실을 깨달았다. 수현은 일어서서 크게 숨을 들이마셨다. 경찰의 말이 사실이라면, 경찰은 BMW보다 몇 년 전에 가보호에 빠진 자동차에 수사에 집중하고 있을 터였다. 경찰 입장에서는 BMW 실종은 이미 종료된 건이었다.

문제는 몇 년 전에 빠진 차에서 나온 시신이었다. 그 차를 물에 빠뜨린 자들은 자신과 무배였다. 무배는 알고 있었을까?

전화기가 다시 울렸다. 영호였다.

"형님, 늦은 밤이라 전화 안 드리려고 했는데, 차 찾았대요."

"알아. 나한테도 경찰한테 방금 전화 왔어."

영호가 렌터카 실무를 총괄하고 있으니 경찰의 연락을 받는 것은 당연한 일이었다.

"네네. 가보호에 빠졌더라고요. 이제 보험사든 최아영이든 차 값 받으면 되는데, 다른 차가 발견됐나 봐요. 그것 때문에 인터넷에 아주 난리네요."

"인터넷?"

"아, 모르셨구나. 벌써 뉴스에 떴어요."

수현은 전화기를 귀에서 떼어 뉴스 앱을 띄웠다. 물에 빠진 BMW는 사람들의 관심 밖이었다. 이목은 오래전에 빠진 것으로 추정되는 쏘나타와 쏘나타에서 나온 시신에 쏠려 있었다.

"뉴스엔 안 나왔지만, 저한테 아는 사람이냐고 물어보더라고요. 마침 아는 사람이 있어서 대답했죠."

"아는 사람?"

영호가 아는 사람이라니 의외였다.

"네. 죽은 사람 이름이 박경태인가 그런가 봐요. 제가 아는 가게 사장 이름이 박경태라서요. 경찰한테 말해줬더니, 반색 하더라고요. 그래서 그 사장 얘기를 했더니 그 사람은 아니라고 하더라고요. 나이도 다르고, 동명이인이라고……."

"그래서 그 죽은 사람이 어떤 사람이라는데?"

"아, 40대 초반? 대학교에서 근무하던 사람이래요."

수현의 머리털이 곤두서는 것 같았다. 박경태. 수현은 다시 한번 놀랄 수밖에 없었다. 수현에게 떠오르는 사람이 있었다.

현채를 찾기 위해 찾아갔던 대학교에서 근무하던 사람이었다. 공대 교직원. 영상의 주소를 퍼트렸었던 과 대표였다.

현채가 살아있다. 어떻게 된 일일까. 현채가 원하는 것은 무엇일까. 왜 현채는 경찰에 사실대로 내가 자신을 죽이려 했다고 말하지 않았을까. 수현의 머릿속에는 온통 현채의 생각으로 가득 차 있었다.

영호가 안 이상, 무배도 경찰이 가보호에서 시신이 들어있는 쏘나타를 건져 올린 사실을 모를 리가 없었다. 어떻게 쏘나타의 트렁크에 시신이 들어 있는 것일까. 무배는 쏘나타의 트렁크에 사람이 들어 있던 걸 알았을까. 자신이 만나자고 전화를 했을 때 무배는 왜 그 이야기를 하지 않았을까. 알 수 없는 질문들이 수현을 두려움으로 빠져들게 했다.

다시 무배에게 전화해 못 간다고 말할 수는 없었다. 무배가 자신을 우습게 생각한다고 여길 터였다. 수현은 벽에 붙어 있는 금고를 열어 그 속에 든 쇠뭉치를 주머니에 넣었다. 현채의 리볼버였다.

수현은 무배가 있는 곳으로 차를 몰았다. 무배는 자신이 운영하는 가게에 없었다. 코로나 탓에 손님이 줄면서 가게 문도 일찍 닫았다. 무배의 가게뿐 아니라 밤 열 시가 넘은 시간에 문을 연 술집은 없었다.

수현은 무배와의 마지막 통화내용을 곱씹었다.

'올 때 삼겹살하고 소주 좀 사 와.'

자다가 깬 말투는 아니었다. 무배는 수현의 갑작스러운 전화에도 기다리고 있었다는 듯 목소리가 차분했다. 핸들을 쥔 수현의 손에 힘이 들어갔다. 대시보드에 박힌 시계의 시침이 숫자 1로 향하고 있었다.

무배가 오라고 한 곳은 경기도 화성의 한 폐차장이었다. 수현에게도 익숙한 장소였다. 그곳은 폐차장이기도 하지만 수현과 무배에게 차량과 부품을 공급하는 곳이기도 했다. 대포차

를 세탁하거나 폐차할 차량에서 뺀 부품을 렌터카에 사용해
수리비를 부풀리는 데에도 이용되었다. 그러나 경찰 조사를
받은 이후로는 폐차장을 이용해 문제가 될 일은 하지 않았다.

화성시의 동쪽은 신도시를 중심으로 하루가 다르게 변하
고 있었지만, 서해안 인접 지역은 대부분이 논밭과 황무지였
다. 가보항도 그중 하나였다. 수원에서 화성의 서쪽에 있는 폐
차장으로 가는 길은 고르지는 않았지만 막히지 않았다. 마음
만 먹으면 최고속력으로 차를 몰아붙일 수도 있을 정도로 한
적했다. 수현의 차는 무배가 있는 폐차장으로 빨려 들어가고
있었다.

폐차장은 말이 폐차장이지 넓은 공터나 다름없었다. 산을
깎아 다져놓았을 뿐 포장도 돼 있지 않아 바닥은 붉은색을 띠
었다. 그러나 새벽 한 시 즈음의 폐차장 공터는 어둠으로 가득
차 어떤 색도 구별할 수 없었다. 정문 옆에 우두커니 서 있는
가로등이 유일하게 빛을 발하는데, 새벽안개에 산란해서 몽롱
한 느낌을 주기도 했다.

그 아래 무배가 앉아 있었다. 사방이 어두웠기 때문에 무배
의 모습이 유달리 눈에 띄었다. 무배는 반으로 자른 드럼통
안에 장작을 넣었다. 드럼통 위엔 무쇠 불판이 얹혀 있었다.

"앉아."

수현을 본 무배가 유달리 기다란 집게로 숯을 뒤집으며 수현에게 말했다. 수현은 뒤집어 놓은 맥주 박스 위에 앉았다. 무배가 가져다 놓은 것이었다. 둘은 불이 타는 장작을 가운데 두고 마주 앉았다. 수현이 철판 위에 갖고 온 삼겹살과 마늘을 올렸다. 과하게 달궈진 무쇠에 돼지의 살이 눌어붙으며 찌지직거렸다.

"한잔하세요."

수현은 종이컵 두 개에 소주를 따른 후, 하나를 무배에게 건넸다.

"BMW, 네가 집어넣었어?"

무배가 시선을 고기에 고정한 채 물었다. 수현의 표정이 경직되었다.

"네?"

"거기 아는 사람이 너하고 나밖에 없잖아."

무배의 말을 들은 수현은 갑자기 갈증이 느껴졌다. 수현은 물 대신 소주를 삼켰다. 차디찬 소주가 식도를 훑어 내려갔다.

"아니요. 형 전화 끊고 경찰에서 전화 와서 알았습니다."

수현은 부인했다. 수현이 선택한 것은 거짓말이었다. 뼛속 깊은 자기혐오가 스며들어 고통스러웠다.

"그렇군."

무배의 벼려진 듯 날카로운 눈빛이 수현의 눈을 후벼 파고

있었다. 자신의 잔을 비운 무배가 소주를 자신과 수현의 컵에
나누어 따랐다. 수현은 주저 없이 다시 소주를 들이켜고는 입
을 열었다.

"시신이 발견됐다던데요."

"어."

무배의 대답은 무심했다.

"저하고 같이 가보항에 갔을 때도 알고 계셨나요?"

무배가 시신과 관련되었는지 확인하고 싶었다. 만약 그것
이 사실이라면 누군가 사람을 죽여놓고 무배에게 뒤처리를
맡긴 것이었다. 아니면 박경태라는 사람의 숨을 끊어놓는 것
까지 무배가 했을 수도 있었다. 물론 그 일을 맡긴 누군가는
현채일 터였다.

"그게 중요한가? 아무튼 그때 너에게 트렁크에 뭐가 실려
있다고 말하지 않길 잘한 것 같네."

"무슨 뜻입니까? 그게."

"네가 거짓말할 줄은 몰랐거든."

무배가 무심하게 대답했다. 이후 이어진 정적이 수현을 짓
눌렀다. 무배는 숯을 뒤집던 집게로 고기를 집어 입에 넣었다.
우적거리는 소리가 폐차장을 채웠다.

현채의 시간

"너 박경태라고 누군지 알지? 또 아니라고 할 건가."

무배가 물었다. 걸렸다는 확신과 함께 후회가 몰려왔다. 할 수만 있다면 시간을 되돌려 다시 대답하고 싶었다. 무배는 절대 호락호락하지 않은 사람이었다.

이번엔 모른다고 할 수가 없었다. 수렁에 빠져드는 기분이었다.

"딱 한 번 만났습니다. 우연히……. 친분은 없어요."

수현은 현채라는 사람을 찾다가 만났다고 말하려다가 그대로 삼켰다. 이유를 다 말한다 해도 무배를 납득시킬 확신이 서지 않았다. 사람과 차를 수장했는데, 그 사람이 죽지 않고 빠져나와 신고했다는 말도 믿지 않을 것 같았다. 얻을 것 없이 살인을 하려 했다는 사실만 털어놓게 되는 꼴이었다.

무배가 숨을 짧게 들이마시더니 입을 열었다.

"넌 내가 그 사람을 죽여서 호수 바닥에 처넣었다고 생각하 겠지. 그래서 말인데, 네가 나를 골로 보내고 싶어 한 걸 수도 있잖아. 보통은 경찰에 신고하면 간단하지. 그런데 네가 그 쏘 나타를 운전했었으니 직접 신고할 수는 없는 노릇이었겠지. 그래서 다른 방법을 쓴 거야. 제삼자에게 다른 차를 그 차 옆 에 빠뜨리게 하고, 신고를 유도한 거야."

무배의 눈에 반사된 장작불이 이글대고 있었다. 이미 그는 무언가 확신에 찬 듯했다. 수현이 집에서 출발할 때의 불안한 예감이 현실이 되고 있었다.

"말도 안 되는 소리 마세요. 제가 형에게 그럴 이유가 있습 니까?"

수현은 몸부림치듯 항변했다.

"글쎄, 아무래도 내가 네 사업을 다 알고 있어서 껄끄러운 건 아닐까? 은혜를 원수로 갚는 일이야 흔하지."

무배가 억지를 부리고 있었다.

"알잖아요. 처자식도 떠나가고 제겐 형밖에 없습니다. 오늘 형을 만나자고 한 것도 정말 술이나 한잔하고 싶어서였어요."

사실이었다. 무배는 억측하고 있었지만, 최소한 생각을 숨 기지는 않았다. 그러니 수현도 솔직해질 필요가 있었다. 무배 에게 잔머리는 통하지 않는다. 거기에 생각이 미치자, 술렁이던 마음도 차츰 정리되었다.

수현은 무배가 불을 고르는 모습을 바라보았다. 무배는 입꼬리만 살짝 올렸을 뿐 말이 없었다.

어느새 무배가 쥐고 있던 집게는 숯불에 벌겋게 달아올라 있었다. 수현의 양 눈이 집게의 끄트머리로 모였다. 그걸 눈치챈 무배가 집게를 수현의 얼굴 앞으로 들이밀었다. 수현이 움찔하며 고개를 젖히자, 무배가 큰 소리로 웃기 시작했다.

"씨팔, 진지하긴. 새끼가 유머 감각이 없어. 한잔해."

이런 식의 장난이 없진 않았지만, 오늘만큼은 무배의 행동을 종잡을 수 없었다. 현채의 신고 전화만 아니었다면 이런 의심 따위는 없었을 터였다. 하지만 무배의 웃음에 수현의 곤두선 신경이 약간은 누그러지는 것 같았다.

수현과 무배는 컵에 따른 술을 동시에 들이켰다. 소주 두 병을 비웠지만, 고기에는 거의 손을 대지 않아 까맣게 타들어 가고 있었다. 잊었던 술기운이 올라왔다. 무배의 곁에 놓인 핸드폰이 울렸다. 번호가 그대로 액정에 표시되었다. 저장된 번호는 아니었다.

"누구야, 이 시간에."

무배가 구시렁대며 핸드폰을 잡았다. 무배는 시선을 수현에게로 고정한 채로 통화하고 있었다. 전화기 건너에서 하는 말을 가만히 들으며 네라는 대답을 두어 번 하고는 전화를 끊었다.

"중요한 일인가 보네요. 이 시간에."

고기를 입에 넣은 수현이 우물거리는 채로 무배를 따라했다. 무배가 무신경한 투로 답했다.

"이상한 전화가 왔어. 예전에 나한테 일을 맡긴 사람이라고 하네. 의뢰한 사람하고 직접 접촉한 적은 없는데······. 자기가 지난번에 쏘나타 처리해달라고 했던 사람이라네. 내가 받은 돈 액수까지 알고 있으니 맞는 것 같다만."

"네?"

단말마 같은 대답이 수현의 입에서 터져 나왔다. 무배가 계속 말을 이었다.

"그런데 수현이라는 사람하고 같이 있냐고 해서 그렇다고 했지. 그랬더니 네가 위험한 사람이라잖아. 가만두면 내가 죽게 될 거라나. 그게 말이 되는······."

무배는 말을 하면서 불을 헤집던 집게로 수현이 걸친 점퍼의 불룩한 오른쪽 주머니를 찔렀다. 집게는 둔중한 금속에 부딪히면서 날카로운 소리를 냈다. 찰나의 정적이 있고, 한 박자 늦게 수현이 황급히 뒤로 물러나며 주머니에 오른손을 집어넣었다. 무배는 그 순간을 놓치지 않고 집게로 수현의 손을 후려쳤다. 뼈가 부러지는 진동이 팔 전체에 울렸다. 주머니에서 빠진 검은색 리볼버가 땅바닥에 떨어졌다.

수현이 신음을 토하며 떨어진 권총을 향해 손을 뻗었다. 무배의 워커가 수현의 콧등을 걸어 올렸다. 머리통이 쪼개지는 듯한 충격이 골을 울렸다. 수현은 얼굴을 감싸며 장작불 뒤로 나자빠졌다.

"뭐야, 이거."

흙바닥에서 리볼버를 집어 든 무배가 중얼댔다. 무배는 흥미로운 듯 손목을 좌우로 돌리며 권총을 관찰하더니 총구를 수현에게로 겨눴다. 권총에서 불꽃이 일었다.

공기를 가르는 폭발음과 함께 뜨끈한 통증이 온 다리를 훑고 지나갔다. 수현이 지른 외마디 비명은 안개에 잡혀 멀리 뻗어나가지 못했다. 수현이 다리를 움켜잡으며 꿈틀댔다. 곧이어 총알이 관통한 수현의 허벅지에서 검붉은 피가 뿜어져 나왔다.

"진짜잖아. 이 새끼 이거 무슨 생각이야?"

바닥에 누워 떨고 있는 수현에게 무배가 다가오고 있었다. 무배의 표정에는 망설임이라는 것이 전혀 느껴지지 않았다. 무배는 일관적인 사람이었다. 수현이 무배를 가까이했던 이유 중 하나였다. 그런 기질은 타인의 목숨을 끊을 때도 유용하게 사용될 것 같았다. 그 타인이 자신이라는 사실에 절망감이 몰려왔다.

"왜 날 죽이려고 했니?"

무배가 수현에게 다가오며 물었다.

"오해예요."

휘적대는 수현의 팔다리가 바닥을 밀어내고 있었다.

"지금 이 상황에서 내가 전화한 사람과 너 중에 누굴 믿어야 할까? 아니다, 피차 위험한 상태가 됐는데 무슨 소용이냐."

무배가 박스 위에 올려둔 소주를 낚아채 병째로 들이켰다. 그러고는 고통스러운 듯 얼굴을 찡그렸다.

수현은 체념할 수밖에 없는 상황에서도 살고 싶었다. 스스로 목숨을 끊고 싶었던 순간들이 스치듯 떠올랐다가 사라졌다. 막상 죽을 것 같아지니 자신의 목숨을 내주고 싶지 않았다. 본능이 자꾸만 아픈 다리를 움직이게 했다.

발끝에서 무배가 걸어오고 있었다. 무배의 모습은 점차 커져 시야를 가득 채웠다. 무배는 집게 끝을 수현의 허벅지에 난 구멍에 찔러 넣었다. 아득한 통증이 수현의 시야를 가렸다. 입 밖으로 터진 비명이 길게 이어졌다. 쇠집게로 수현의 허벅지를 비트는 무배의 표정이 낙담한 듯 어두웠다.

시간이 영원처럼 길게 이어졌다. 수현의 눈이 희번득 돌아가고 있었다.

"끝까지 넌 나를 믿지 않았구나."

무배의 시야가 뿌옇게 가려졌다. 어둠에 가려진 무배의 얼굴이 점차 하얗게 밝아지고 있었다. 무배가 집게를 쥐고 돌렸다. 참을 수 없는 고통이 수현의 입을 벌리고 눈을 뒤집었다.

수현의 의식이 사라져가던 차였다.

무배의 뒤편에서 빛이 쏟아졌다. 무배가 빛이 있는 쪽으로 고개를 돌렸다. 곧이어 눈을 찡그리더니 왼쪽으로 몸을 던져 수현의 시야에서 사라졌다. 그리고 무배가 서 있던 자리에는 승용차 한 대가 대신 자리해 위협하듯 그르렁거렸다. 문이 조금 열렸다. 수현은 여전히 바닥에 등을 댄 채로 누워 있었다.

"어서 타."

익숙한 목소리였다. 수현은 힘겹게 고개를 들어 목소리가 나는 쪽을 쳐다봤다.

"빨리."

현채였다.

수현은 성한 팔로 땅을 짚고 발을 굴러 차에 몸을 옮겨놓았다. 신경이 마비됐는지 통증은 느껴지지 않았다. 조수석에 앉으니 차 앞에 무배가 서 있는 것이 보였다. 무배가 팔을 들어 올려 자신을 향해 총을 겨누었다. 현채가 엑셀을 밟았다. 차가 급발진했고, 총성이 울렸다. 동시에 무배가 눈앞에서 사라지면서 둔중한 소리가 차 내부로 전해졌다. 차가 무배를 타고 넘으며 위아래로 출렁댔다.

현채가 핸들을 꺾어 차를 폐차장 입구로 돌렸다. 수현의 시선이 사이드미러에 고정되어 있었다. 엎어져 있는 무배의 모습이 점점 작아지고 있었다. 왼쪽에는 현채가 마스크를 쓴 채로 핸들을 붙잡고 있었다. 무배의 집게에 맞은 수현의 손등은 야구공처럼 부풀어 올랐다. 허벅지에서는 피가 멈추지 않았다. 며칠 만에 둘의 처지가 완전히 뒤바뀌어 있었다. 현채의 오른손은 붕대에 싸여 있었으나 무력해 보이지는 않았다.

"어떻게 네가 살아있는 거지?"

수현이 신음하며 물었다.

"결박에서 손을 빼낼 땐 손이 부러져 있는 게 낫더라. 그리고 너 나랑 처음 만났을 때 기억나니? 네가 나보고 어깨가 넓다고 했었는데 말이야."

고등학교 때 수영부였다고 했던 말이 떠올랐다. 그렇다 해도 지금 현채의 모습은 너무나 멀쩡해 보였다. 얼굴이 함몰된 흔적도 보이지 않았다.

"내가 물에서 빠져나오니까 너도 물 밖에 나와서 쓰러져 있더라. 네가 멀쩡한 상태였다면 나는 거기서 죽었겠지."

수현은 가보호에 빠졌을 때 들었던 말이 환상이 아님을 깨달았다.

"죽지 않아……."

수현은 다시금 중얼거렸다. 그것은 현채의 목소리였다.

수현은 현채가 죽지 않았다는 사실을 믿을 수 없었다. 그러나 이 또한 현채가 살아있다는 걸 당연히 받아들이는 자신을 인정하고 싶지 않을 뿐이란 걸 알았다. 머리로는 아니라고 했지만, 수현의 직감은 지금껏 현채가 죽었다고 말한 적이 없었다.

"날 왜 무배 형한테서 구해준 건지 궁금해지는데."

수현이 거친 숨을 내쉬며 물었다.

"무배가 널 죽인 후에는 나를 죽이려 할 테니까. 딱히 널 살리려 한 건 아니야. 넌 지금 가만히 놔둬도 죽겠지."

현채가 수현의 허벅지를 훑어보며 대답했다. 출혈량이 비현실적으로 많았다. 허벅지에서 뿜어져 나온 피가 시트를 적시고 있었다.

차가 덜컹댈 때마다 피가 왈칵왈칵 뿜어져 나왔다. 수현이 무의식적으로 몸을 고정하기 위해 왼손으로 안전벨트를 당겨 채웠다. 폐차장을 벗어나는 길은 폭이 좁고 구불대는 농로였다.

"어디로 갈 생각이지? 가보호?"

"폴리스라인이 쳐져 있을 텐데, 들어가도 될까?"

현채가 되물으며 한심하다는 듯 웃었다. 출혈 때문일까. 수현의 정신은 타르 속을 헤엄치는 듯 몽롱했다.

현채와 달렸던 자유로가 떠올랐다. 현채가 자신이 운전하던 차의 핸들을 잡아 돌린 날이었다. 차의 속력은 자유로에서만큼 빠르지 않았지만, 좁은 길을 조금만 벗어나도 몇 미터 아래의 논밭으로 추락할 수 있었다. 차가 아스팔트로 진입하게 되면 기회는 두 번 다시 사라질 것이었다.

수현은 운전석 버클의 붉은 버튼을 눌러 현채의 안전벨트를 풀고는 오른손으로 현채가 잡고 있는 핸들을 쥐고 꺾었다. 하지만 현채가 두 팔로 쥐고 있는 핸들을 부러진 손으로 돌려 차의 방향을 트는 것은 역부족이었다. 현채가 필사적으로 핸들을 쥐고 있었다. 힘으로는 되지 않았다. 수현은 핸들의 틈으로 막대기를 찔러넣듯 팔을 꽂아 넣었다.

차의 한쪽이 들리는가 싶더니, 곧 완전히 길옆으로 완전히 뒤집혔다. 쇳소리를 내며 차체의 아래가 바닥과 마찰하다 무게중심을 잃었다. 제어를 포기한 현채가 운전석 손잡이를 잡기 위해 손을 뻗고 있었다.

차가 한 바퀴 굴렀지만 아무런 고통도 느껴지지 않았다. 옆에 웅크리고 있는 현채가 보였다. 현채는 차의 천정에 등을 댄 채로 수현을 쳐다보며 말했다.

"실패했구나, 넌. 난 네가 하라는 대로 해서 성공했는데."

수현은 안전벨트에 매여 의자에 붙어 있었다. 핸들에 끼인 수현의 왼팔은 완전히 꺾어 있었지만, 통증이 느껴지지 않았다.

수현과 현채는 위아래가 엇갈린 채로 서로를 마주 보고 있었다. 수현에겐 이제 좌절할 힘도 없었다. 현채는 멀쩡했고, 자신의 몸은 완전히 부서져 있었다. 차 안을 탈출할 힘마저도 남아 있지 않았다.

깨진 유리창 사이로 사이렌 소리가 들어차고 있었다. 수현의 이 사이로 피가 흘러나왔다. 눈이 부셨다.

요란한 빛이 안개를 뚫고 시야에 들어왔다. 사이렌이 귓속을 계속 훑고 지나가고 있었다. 제복을 입은 사람들이 눈앞에서 움직이고 있었다.

"내 말 들려요?"

누군가 수현에게 말을 걸었다. 구급대원으로 보이는 사람이 총알이 관통한 자신의 허벅지를 지혈하고 있었다. 아찔한 통증에 정신이 들었다.

자신의 몸은 전복된 차 안이 아닌 폐차장 바닥을 벗어나지 못하고 그대로 누워 있었다. 옆으로 고개를 돌렸다. 현채가 보이지 않았다. 현채가 있어야 할 자리에는 무배가 피를 흘리며 쓰러져 있었다.

"어디 맞았어?"

"배?"

"숨은?"

주황색 옷을 입은 구급대원과 사복을 입은 경찰들이 무배 주위를 오가며 한마디씩 던지고 있었다. 무배가 총을 맞고 쓰러진 모양이었다. 어디서부터가 진짜고, 어디서부터가 가짜였는지 분간이 되지 않았다.

구급대원이 전등을 수현에게 비추었다. 수현이 눈을 찡그렸다.

"수현 씨?"

귀에 익은 목소리였다. 저녁에 자신에게 전화했던 그 경사였다.

"네……."

수현이 겨우 입을 열어 들릴 듯 말 듯 내뱉었다.

"강도살인 혐의로 체포하는 거예요. 당신은 변호인을 선임할 권리가 있으며, 변명의 기회가 있고, 체포구속적부심을 법원에 청구할 권리가 있습니다."

경찰은 수현이 깨기만을 기다렸다는 듯 곧바로 미란다 원칙을 고지했다.

"나는 사람을 죽인 적이 없어요."

수현이 힘없는 목소리로 항변했다. 그것은 사실이었다.

"이따가 얘기할게요."

경사가 수현의 한쪽 팔목과 들것에 수갑을 채우며 건성으로 대답했다. 수현이 재차 숨을 들이마시고 사람을 죽이지 않았다고 다시 외쳤다. 그러나 수현의 말을 귀담아듣는 사람은 아무도 없었다.

수현은 묶인 채로 구급차 뒤로 미끄러져 들어갔다. 구급차로 따라 들어온 경사가 자신의 얼굴을 수현에게 가까이 대고 물었다.

"2004년에 청주에서 사람 죽인 적 없어요?"

24

철창 사이를 비집고 들어오는 한풍은 늘 매서웠다. 실내의 공기가 바깥보다 차게 느껴졌다. 겨울이면 종종 수현은 자신의 모든 책임을 한기와 맞바꾼 듯한 착각이 들었다.

수현의 몸은 가벼웠다. 한때 80킬로그램까지 나갔던 체중은 서서히 빠져 20년 전의 몸무게로 돌아갔다. 나이는 40대 중반을 넘어가고 있었지만 잃을 것이 없던 그 시절과 다름이 없었다. 살면서 했던 모든 걱정은 어디론가 사라지고 없었다. 이곳에선 무엇을 할지, 무엇을 먹을지, 어떻게 잘지에 대해 생각조차 할 필요가 없었다.

"거 좀, 어지간히 처 울어."

누군가 이틀 전에 들어온 죄수에게 한마디 던졌다. 그 신입

죄수는 벽에 등을 기대고 쪼그려 앉아 흐느끼고 있었다. 영하에 가까운 추위에도 신입은 무엇에 정신이 팔렸는지 옷깃을 여미지 않았다. 냉기에 노출된 얼굴과 손목의 피부가 하얗게 일어나 있었다. 그는 형을 선고받은 지 얼마 되지 않아서인지 자신의 형량을 실감하지 못했다. 자신이 억울한 누명을 쓰고 있다고 여겼기 때문이었다.

"저는 죽이지 않았어요."

신입의 눈에는 단 하나의 위선도 보이지 않았다. 그에게 보이는 것은 진심과 간절함뿐이었다. 신입의 피의사실은 방 안의 수감자 모두가 알고 있었다. 신입이 스스로 자기 얘기를 하든 안 하든 아무 상관이 없었다. 교도소에는 그와 함께 재판을 받은 다른 죄수가 있고, 간수가 있고, 뉴스가 나오는 TV가 있었다. 누군가 새로운 죄수가 들어오면 그에 관한 소문도 죄수번호처럼 딸려 들어왔다.

그의 죄목은 상해치사였다. 친구의 머리를 둔기로 가격해 사망케 한 혐의였다. 그가 낸 항소는 기각되었고 2심에서 형이 확정되었다.

"뭘로 때렸는지 찾아내지도 못했으면서, 현장 검증시키고 말도 안 되는 자백을 하게 했다고……."

신입은 머리를 양 무릎 사이에 파묻고는 중얼댔다. 자신은 그를 가격한 기억이 없으며, 증거물도 없다고 했다. 신입의 말에 따르면 그는 여기에 있을 필요가 없었다. 신입을 제외한 다른 동료들은 간혹 신입의 말에 그런 일이 있었냐며 혀를 차기도 했지만, 신입의 억울한 사연에 진심으로 동조하는 이는 없었다. 수감자들이 말하는 자신의 누명이란 대부분 기억의 왜곡이나, 기억의 기만에서 만들어지는 까닭이었다. 억울한 사람은 오직 자신뿐이었다.

어제와 다름없는 오늘이었고, 억울함을 호소하는 죄수들의 모습도 그중 하나였다. 하지만 긴 패닉에 빠진 죄수들의 모습은 종종 수현으로 하여금 과거를 돌아보게 했다. 신입은 한때 자신의 모습이었던 까닭이었다.

지금도, 신입의 행동이 수현을 4년 전 기억으로 되돌아가게 했다.

장기 미제사건이었던 2004년 청주은행 지하 주차장 강도살인 사건 용의자가 16년 만에 붙잡혔습니다. 용의자는 42살 김 모 씨. 김 씨는 지난 2004년 청주의 한 은행 지하 주차장에서 현금 3억 원을 강탈하고 저항하던 은행 직원에게 권총을 쏘아 숨지게 한 혐의를 받고 있습니다. 여러 목격자의 진술과 김 씨가 사용한 차량까지 확보하고 공개수배까지 했지만, 결국 검거엔 실패하고 미제사건으로 남아 있었습니다.

하지만, 김 씨의 렌터카 업체를 이용했던 한 시민의 신고로 검거되었습니다. 검거 현장에서 청주은행에서 사용된 권총까지 발견되면서, 청주은행 강도살인 사건조사가 급물살을 타고 있습니다.

수현은 수갑을 찬 채로 시선을 박힌 듯 TV에 고정했다. 경찰서 벽에 걸려 있는 TV에서 수현에 대한 뉴스가 흘러나왔다. 경찰서 입구에는 경찰보다 기자들이 더 많이 보였다. 수현은 경찰서 안에서 조사를 받으면서도 자신에 대한 보도를 접할 수 있었다.

수현이 조사실과 법원에서 현채를 만난 횟수는 지난 16년간 만났던 것보다 더 많았다. 대면을 반복할수록 수렁에 빠져들었다. 경찰서에서 현채가 한 진술은 상세하고 일관적이었다. 수현이 알고 있는 경험 이상으로 자세했다. 당사자가 아니면 알 수 없는 진술인 까닭이었다. 처음부터 현채는 자신이 은행강도에 가담했다며 범죄 사실을 시인하는 데 주저하지 않았다. 게다가 현채의 증언을 뒷받침할 증인이 있었다. 조사실로 거구의 중년 남성 하나가 들어왔다. 얼굴이 낯익었다. 수현은 기억을 더듬었다.

"여자분은 기억이 잘 안 나는데, 이 남자는 그때 그 사람이 맞아요. 얼굴형이 낯익어. 그날 문을 닫으려 할 때 들어와서 기억하고 있어요. 생일이라고 했던 것도 기억납니다. 제가 케이크를 서비스로 줬어요. 음악을 바꿔 달라고 요청했고…… 마른안주랑 소주를 마셨을 거예요. 얼마나 있었나…… 그렇게 오래 있진 않았어요. 이 사람들이 나가고 나서 테이블을 정리하는데, 창밖으로 이 사람들이 다이너스티를 타고 가는 게 보이더라고요. 젊은 친구들이 돈이 많구나 생각했죠."

당시 해리피아의 주인이었다. 살이 붙고 머리털은 사라진 모습이었지만, 그때의 호기심 가득한 표정은 16년이 지났어도 그대로였다. 해리피아의 주인이 수현의 얼굴을 기억하고 있다고 진술하면서 더는 강도 사실을 부인할 수 없었다. 해리피아 주인은 현채가 지목하여 데려온 목격자였다.

현채의 진술은 처음부터 달라진 게 없었다. 그러나 수현은 그러지 못했다. 목격자가 나타나면서 진술의 일관성에 균열이 생기기 시작했다. 결국 현채와 수현의 진술은 점차 하나로 일치할 수밖에 없었다. 다만, 은행원을 쏜 사람으로 서로를 지목했다는 점만 달랐다.

"저는 총을 쏠 줄도 모릅니다."

현채의 이 말을 의심하는 사람은 한 명도 없었다. 경찰은 현채의 진술만을 진실이라 단정했다.

BMW의 블랙박스에 SD카드가 없는 것은 우연이 아닌 듯했다. 수현이 검거된 상황에서는 현채와 수현이 BMW 안에서 나누었던 대화 내용은 오히려 현채에게 불리하게 작용할 수 있었을 것이다. 그러나 SD카드가 소실되었으니, 증거가 없었다.

SD카드를 빼는 것은 현채에게 너무 쉬운 일이었다. 현채는 BMW를 자주 빌렸기 때문에 마치 제 차처럼 익숙했을 터였다. 결국 차에서 현채와 나누었던 많은 대화를 인증해줄 수 있는 건 수현 자신뿐이었다.

현채의 마지막 퍼즐은 권총이었다. 수현은 권총을 현채가 갖고 왔다고 항변했지만, 체포될 당시 권총의 주인은 수현이었다. 현채가 자신에게 모든 죄를 덮어씌우기 위해 자신을 만날 때 권총을 갖고 왔다는 말은 경찰들에게 허망하게 들릴 뿐이었다. 수현은 좌절하며 절규했다. 목격자가 있었고 진술이 있었고 진술에 맞는 증거가 있었다. 이 모든 것은 수현이 살인자라 말하고 있었다.

"따라서, 피고의 위 주장은 받아들이지 아니한다."

선고일 재판장 안의 수현의 눈빛은 16년 전으로 돌아가 있었다. 모든 것을 내려놓았던 시절의 눈이었다. 주문 한 마디가 수현의 모든 것을 재로 만들 수 있었다. 형이 확정되자 방청석에서는 박수가 터져 나왔고 유족들은 기쁨과 안도의 눈물을 흘렸다. 징역 16년. 죄목은 강도살인이었다.

수현은 판사의 판결이 내려진 직후 뒤를 돌아보았다. 방청석에 드문드문 낯익은 사람들이 앉아 있었다. 이전 아내, 그리고 영호였다. 딸은 보이지 않았다. 다행이었다. 전 아내도 이런 모습을 딸에게 보여주고 싶지 않았을 터였다. 수현은 그들을 발견하고도 계속 눈을 움직여 누군가를 찾고 있었다. 충혈된 수현의 눈동자는 불안함이 어른댔다. 수현이 기다리고 있는 사람은 현채였다. 재판 내내 증인으로 참석했던 현채를 선고일에서는 볼 수 없었다. 두리번거리던 수현은 교도관이 팔을 잡자 낙심한 듯 고개를 떨궜다.

현채는 자유였다. 아니, 현채는 애초에 자유를 빼앗긴 적이 없었다. 특수강도에 대한 공소시효인 15년이 흘렀기에 검찰은 공소권을 갖고 있지 않았다. 수현은 생각했다. 현채가 비로소 16년간 더러워진 것들을 피로 씻음으로써 원하는 것을 얻었다고.

폭발했던 증오는 재판이 끝나면서 폭풍이 지나간 것처럼 잦아들었다. 증오가 사라진 그 자리는 체념이 들어찼다. 빠르게 마음이 안정되었다. 수현은 항소를 하면서 결국 혐의를 인정하였다. 원심은 파기되었다. 수현이 혐의를 인정하고 반성한다는 이유로 12년으로 형량이 줄어들었다. 현채는 중요한 증인이었지만 항소심에 나타나지 않았다. 그러나 수현의 유죄판결엔 어떠한 이점으로도 작용하지 않았다.

형을 먼저 마친 무배가 가끔 영호와 함께 수현에게 면회를 오곤 했다. 무배는 징역 3년 형을 받았다. 체포 직전 허공을 향해 총을 발사한 것이 판결을 결정하는 혐의의 전부였다. 가보호에서 발견된 시신에 대해서는 약속한 것처럼 무배나 현채, 수현 그 누구도 입을 열지 않았다.

"김수현 씨?"

수현은 문 쪽으로 고개를 돌렸다. 교도관이 자신을 부르고 있었다.

회색의 복도는 길고 좁았다. 수현은 교도관을 따라 걸어가며 조금 전 들었던 '최아영 씨가 접견 왔습니다'라는 말을 속으로 되뇌고 있었다. 접견실에 다다를 때까지 긴장이 풀리지 않았다. 가슴이 두근거렸다.

접견실의 철문이 열리자, 투명 아크릴판 앞에 앉아 있는 현채가 보였다. 검은 털모자 아래에 있는 현채의 얼굴은 유난히 하얘 비현실적으로 느껴졌다. 수현의 눈시울은 의지와는 상관없이 붉어졌다.

"생일 축하해."

현채가 미소를 지었다. 수현은 생일이라는 말에 현채의 뒤에 걸려 있는 달력을 보았다. 2월 29일이었다. 새해가 오는 것에 대한 감흥은 사라진 지 오래였다. 날짜에 둔감해지는 것도 감옥에서의 생존본능처럼 느껴졌다.

"어떻게 지내?"

묻는 수현의 입술이 작게 흔들렸다.

"똑같아. 수영도 하고 롯데리아에도 가. 너는?"

현채가 되물었다. 수현은 곧바로 대답하지 못하고 마른침을 삼켰다. 몇 초의 정적이 흐른 뒤에야 겨우 입을 열었다.

"좋아. 규칙적이잖아, 생활이. 술 담배도 안 하고. 밖은 추워? 뭐 그리 꽁꽁 싸매고 있냐."

"응. 엄청 추워. 어제 눈 엄청 많이 왔다? 내일부터 봄인데 미쳤나봐."

대답하는 현채의 표정은 밝았다. 수현도 떨리는 입으로 웃고 있었다.

"왜 왔어? 이 먼 데를."

수현이 콧물을 들이마시며 물었다. 눈에서 물이 맺혔다.

"우리 생일마다 만나기로 했잖아. 잊었니?"

현채가 대답했다.

"내가 억울한 것 같다고 생각하지는 않아?"

수현이 현채에게 물었다.

"어떤 점에서?"

현채가 되물었다.

"내가 정말 사람을 죽였을까?"

수현이 현채를 똑바로 쳐다보았다. 현채는 수현의 눈을 피하지 않았다. 둘 사이에 정적이 이어졌다.

"그래. 네가 쐈잖아."

현채가 입을 떼며 대답했다. 미소를 짓는 현채의 표정이 서늘했다.

문득 수현은 생각했다. 어쩌면, 현채의 말처럼. 깨닫지 못한 새 총을 쏘았을지도 모른다고.

창밖으로 푸른 주목이 바람에 흔들리고 있었다.